Der kleine Paul steckt in Lederhose und Janker, als seine Mutter ihn aus Bayern nach Dortmund verfrachtet. Der Ruhrpott wird seine Heimat, auch wenn es in der engen Wohnung für ihn nur ein Klappbett in der Küche gibt. In der großen, lärmenden Familie seines Stiefvaters, wo sich unter Blutwurst und Krautwickeln die Tische biegen, fühlt er sich geborgen.

So beginnt Michael Brandners Roman, der mit bewusst biografischen Zügen fröhlich, zuweilen unglaublich und doch ganz echt vom Mut zum Möglichen und vom Zulassen des Glücks im Nachkriegsdeutschland erzählt. Paul, der mit Kurzhaarperücke den Wehrdienst ableistet, als Hausbesetzer und Musiker Freunde fürs Leben findet, der seine erste Bühne selbst zimmert und völlig unerwartet in ein Schauspielerleben stolpert. Paul treibt von einem Verhältnis zum Nächsten und kommt doch ohne Ziel und Vorsatz überall hin. Und erkennt dabei eins: Frauen sind die Korrektur der Schöpfung.

MICHAEL BRANDNER, geboren 1951, hat in mittlerweile mehr als zweihundert Film- und Fernsehproduktionen gearbeitet und die Erfolgsserie *Hubert mit und ohne Staller* in die zwölfte Staffel gespielt. Willenlos und erwartungsfrei wurde er Zeichner, Schreiner, Designer, Grenzschützer, Gourmet, Gewerkschaftsführer, Bundesverdienstkreuzträger und Schauspieler. Kurz: ein Allroundstümper mit Geschmack. Aufgewachsen im Ruhrpott, lebt er heute mit seiner Familie in München.

MICHAEL BRANDNER

KERL AUS KOKS

ROMAN

Ullstein

Besuchen Sie uns im Internet:
www.ullstein.de

Wir verpflichten uns zu Nachhaltigkeit
- Papiere aus nachhaltiger Waldwirtschaft
  und anderen kontrollierten Quellen
- ullstein.de/nachhaltigkeit

Dieses Buch ist ein Roman. Einige seiner Figuren haben
erkennbare Vorbilder in der Realität, von denen das eine oder
andere biografische Detail übernommen wurde. Dennoch
sind es Kunstfiguren. Ihre Beschreibungen und das Hand-
lungsgeflecht, das sie bilden, sind fiktiv.

MIX
Papier | Fördert
gute Waldnutzung
FSC® C021394

Ungekürzte Ausgabe im Ullstein Taschenbuch
1. Auflage Februar 2024
© Ullstein Buchverlage GmbH, Berlin 2022 / List Verlag
Wir behalten uns die Nutzung unserer Inhalte für Text und
Data Mining im Sinne von § 44b UrhG ausdrücklich vor.
Umschlaggestaltung: zero-media.net, München,
nach einer Vorlage von Cornelia Niere, München
Titelabbildung: © Anton Tripp/Fotoarchiv Ruhr Museum
Satz: LVD GmbH, Berlin
Gesetzt aus der Scala
Druck und Bindearbeiten: Scandbook, Litauen
ISBN 978-3-548-06853-4

KOKS *(Leichter, poröser, stark kohlenstoffhaltiger Brennstoff.)*

PAUL UND ICH

PAUL BRENNER ist meine bessere Hälfte. Ich bin, seit ich denken kann, mit Paul unterwegs. Er war immer ein wenig wilder als ich, was dazu führte, dass ich oft mit heftigen Abschürfungen und zerrissenen Hosen nach Hause kam. Er war es auch, der mich dazu verführte, meinen Hang zu Experimenten in den Bereich der Sprengungen auszudehnen. Was ein, zwei Folgen hatte, die leicht hätten ins Auge gehen können. Ich kassierte dafür zwei Wochen Hausarrest und musste das Brennholz für den gesamten Winter hacken. Er wurde nie erwischt, was ich stets sehr bewunderte. Er war auch schlauer als ich, durch ihn wurden meine Ausreden immer glaubwürdiger.

Meine Mutter, die zum Teil inquisitorische Fähigkeiten an den Tag legte, schaffte es nie, Paul zu entlarven. Er wohnte ein Stück von uns entfernt, am Borsigplatz, aus ihrer Sicht eine üble Ecke, und seine Eltern waren nie da. Ich konnte also ungestört mit ihm lernen und spielen.

Paul war weder katholisch noch evangelisch, darum beneidete ich ihn sehr. Ab und an, wenn wir die 50 Pfennig, die mir meine Mutter für die Kollekte mitgab, verschnuckert hatten, gingen wir trotzdem in den Gottesdienst, um uns vom Seitenschiff aus das Spektakel anzusehen. Die Kinder, die wie ich in die Kirche geschickt wurden, um statt der Eltern fromm zu sein, die Mütterchen, die sich unter den Vorwürfen des Jesuitenpfarrers duckten, um von seiner feuchten Aussprache gesegnet zu werden. Wir fragten uns, ob das wirklich einem Gott gefallen würde. Als dann ein paar Jahre später die Messe von Latein auf Deutsch umgestellt wurde, leerten sich die Kirchen zusehends. Der Hokuspokus war entzaubert.

Gegenseitige Beobachtung und Nachahmung waren neben den Süßigkeiten unsere Lieblingsbeschäftigungen. Allein Leckereien in sich reinzustopfen, macht weniger Spaß, als die Schaumküsse, Rollmöpse und Bratwürste gemeinsam zu verschnuckern und den Genuss des anderen mitzuerleben.

Paul wurde dann sehr früh das, was man damals einen Schürzenjäger nannte. Selbst wesentlich ältere Frauen verfielen seinem Charme. Sogar meine Mutter, die dem männlichen Geschlecht zutiefst misstraute, bekam eine andere Stimmlage, wenn sie mit ihm sprach.

So war Paul der Erste, der mit ausgestellten Hosen und langen Haaren herumlief. In seinem Schlagschatten gingen Türen schneller auf, und wenn wir uns umständehalber eine Weile nicht sehen konnten, hatte er danach immer viel zu erzählen. Sein Leben verlief in Sprüngen. Er war stets unterwegs, kam jedoch aus dem Pott nicht raus. Wozu auch, der ganze Laden lag ihm ja zu Füßen.

Aber letztendlich durfte ich Cora heiraten. Schon vor unserer Hochzeit verschwand Paul und tauchte nie wieder auf. Er hat wohl meine Ausbildung an Cora weitergegeben.

Michael Brandner

VON BAYERN
IN DEN POTT

1951 – 1965

1

WURSCHTHIMMEL

TANTE HANNAH stand am Herd und buk Hefesemmeln. Als Paul in die Küche gelaufen kam, drehte sie sich um und lächelte ihn an.

»Na, Burschi? Kommst grad recht.«

Der süße dämpfige Geruch der Teigklumpen, die zwischen Hannahs flinken Händen hin- und herflogen, ehe sie als glänzende Kugeln auf dem Blech landeten, war auch eine Art Lächeln, fand Paul. Und ihr Herd war eine Zauberkiste. Was immer sie hineinschob oder in Töpfen und Pfannen aufs Feuer stellte, verwandelte sich in ein duftendes, schmelzendes, blätterndes Wunderwerk, das Paul das Wasser im Mund zusammenlaufen ließ.

Ihr Blaukraut war so saftig, dass man beim Essen schlürfen und schmatzen musste, ihre Leberknödel zerfielen im Mund zu lauter köstlichen kleinen Perlen, und vor ihren Schnitzeln und Würsteln und Hendln fühlte sich Paul wie in dem Märchen vom Schlaraffenland.

Da war er gelandet. Im Schlaraffenland. Mit einer Zauberkiste, aus der ihm Köstlichkeiten in den Mund flogen, mit einem Küchentisch aus schrundigem Holz, an den man sich nur zu setzen brauchte, um einen gefüllten Teller vorgesetzt zu bekommen, und mit Wiesen rundherum, auf denen man laufen und laufen und laufen konnte, ohne je an einen Zaun, eine Grenze, eine Mauer zu stoßen. Er hatte Glück. Er war ein Junge, der im Schlaraffenland wohnte. Besser ging es nicht.

Die Geschichte vom Schlaraffenland hatte ihm Onkel Hans erzählt, der ihn von dort abgeholt hatte, wo er früher gewesen war. »Das Schlaraffenland hast du bei uns, in Tante Hannahs Küche«, hatte er gesagt. »Den Wurschthimmel.« Über das Wort hatte Paul gelacht.

An mehr erinnerte er sich nicht. Einer von den großen Jungen, mit denen er draußen auf den Wiesen spielte, hatte ihn einmal gestoßen und gerufen: »Was will denn das Krischperl. Der ist doch gar nicht von hier. Einer aus dem Heim ist der.«

Also war er das wohl. Einer aus dem Heim. Die Erwachsenen erklärten ständig, wie viel länger sie schon hier waren, also mussten die Kinder vorher schließlich irgendwo anders gewesen sein. Wenn man sich nicht erinnerte, war ein Ort so gut wie der andere. Da Paul sich nicht über ihn ärgerte, war es dem Jungen langweilig geworden, ihm das mit dem Heim hinterherzurufen. Stattdessen zeigte er Paul, wie man Fußball spielte. Sepp hieß er. Es gab drei, die Sepp hießen, aber dieser war der längste. »Auch wenn du eigentlich noch zu klein bist«, hatte er gesagt und Paul den großen harten Ball genau vor den Fuß gelegt, sodass er ihn nur noch zu treten brauchte.

Vom Treten taten Paul die Zehen weh, und der Ball flog nur bis in Tante Hannahs Blumenbeet, aber der lange Sepp hatte ihn gelobt. »Gar nicht so schlecht«, hatte er gesagt. »Wenn du willst, übe ich morgen wieder mit dir. Dann wird das schon noch was.«

Paul konnte den nächsten Tag, an dem er wieder hinaus auf die Wiesen laufen und mit den drei Sepps und all den anderen spielen würde, kaum erwarten. Aber in der großen Küche am Tisch zu sitzen und Tante Hannahs Hefesemmeln in sich hineinzustopfen, war auch schön. Und nachher würde er in seinem Bett unter der Dachschräge liegen, zugedeckt mit der riesigen Bettdecke, und die Bilderalben anschauen, die Onkel Hans ihm gegeben hatte. Da gab es eines mit Schiffen und eines mit wilden Tieren, und die Bilder hatte Onkel Hans alle selbst gesammelt und eingeklebt.

»Als ich ein Junge wie du war, Paul. Zigarettenbildchen. Mein Vater, der Opa, hat sie alle für mich aufgehoben, und jetzt gehören sie dir, weil du jetzt unser Junge bist.«

Wach zu werden, weil sich der Geruch vom Holzfeuer nach oben schlich und den Duft von Hefeteig mit sich zog, war so wunderbar, dass Paul sofort aus dem Bett sprang. Bei der Ziehfrau, zu der ihn seine Mutter gegeben hatte, wollte er selbst aus dem klammen Gitterbett nie raus in die Kälte. Es wartete ja doch nur immer leicht angebrannter Haferbrei auf ihn und die anderen vier Ziehkinder.

Als Paul um die Ecke linste, lächelte Tante Hannah und schob das Blech in den Ofen. Paul sah genau hin und glaubte zu erkennen, wie sie die Lippen bewegte, um »Abrakadabra« zu murmeln. Wenn sie gleich das Blech wieder herauszog, würden aus den Teigbällen Semmeln geworden sein, die goldbraun glänzten, außen knusprig und innen so weich, dass er sie mit der Zunge zerdrücken konnte.

»Hast du dir die Hände gewaschen?«

Paul nickte. Das war zwar nicht ehrlich, aber es sparte Zeit.

»Schön, schön«, sagte Tante Hannah. »Warum setzt du dich dann nicht schon mal hin und probierst deine Milch?«

Mit einem Nicken wies sie nach dem Tisch, an dem ihre Tochter Lisa bereits vor einer großen Tasse Milch saß. Vor Pauls Platz stand ebenfalls eine. Die Tassen waren so schwer, dass er sich gehörig anstrengen musste, um sie in die Höhe zu stemmen, und die Milch darin dampfte, nicht weil sie gekocht war, sondern weil sie so frisch und warm aus dem Euter der Kuh herausgeschossen kam. Sie war sahnegelb und viel dicker und süßer als die, die er in der Fuggerei bekommen hatte, und wenn er sie noch ein bisschen süßer haben wollte, durfte er sich aus dem braunen Topf in der Tischmitte Honig hineinlöffeln.

»Nimm nur, nimm nur«, sagte Tante Hannah. »Müssen doch zusehen, dass du armes Hascherl was auf die Knochen kriegst.«

Das Leben war süß. Honigsüß. In die Milch würden sie nachher die Hefesemmeln tauchen, und wenn Onkel Hans zur Vesper kam, würde er sich zu ihnen setzen und irgendetwas Lustiges erzählen. Onkel Hans war Straßenbaumeister und brachte von den Bauern oft Hausgemachtes mit. Köstlichkeiten, die ins Schlaraffenland passten. Abends, an besonderen Tagen, holte er seine Gitarre und sang dazu mit einer Stimme, die Paul so schön fand, dass es ihm abwechselnd heiß und kalt über den Rücken lief. Dann setzte sich die Tante und strahlte ihren Hans an. Sie war schön, wenn sie glücklich war, fand Paul. Mit ihren roten Wangen und den blonden Haaren, die sich in der Hitze kräuselten.

Diese Abende, wenn Onkel sang und Tante hübsch

aussah und er und Lisa ein bisschen länger aufbleiben durften, mochte Paul am liebsten. Noch summend vor Energie, frisch vom Stoppelkrieg auf den Feldern, mit dürftig gebürsteten Fingern und ordentlich zerstochen von den Stoppeln setzte Paul sich über Eck neben Lisa, trank von seiner Milch und wünschte sich, dass heute einer von diesen Abenden sein würde.

Die Küchentür schwang auf, Onkel Hans kam herein, fasste seine Hannah um die Mitte und drückte ihr einen Kuss aufs Gesicht. Wohin genau, bekam Paul nicht zu sehen, obwohl ihn solche Dinge brennend interessierten. Er sah etwas müde aus, hatte aber offensichtlich gute Laune. Den Grund zog er aus dem ledernen Tornister. Ein prächtiger Hase, das Fell bereits abgezogen. »Vom Huberbauern, frisch geschossen. Das der noch was trifft in seinem Dauerrausch!«

Er wandte sich wieder Tante Hannah zu, die die goldbraunen duftenden Semmeln vom Blech in einen Korb schüttete und mit der anderen Hand ein Stück gelber Butter in eine Pfanne gleiten ließ, um irgendetwas Schlaraffiges, Wurschthimmeliges, das ihnen in den Mund fliegen würde, darin auszubraten. Tante Hannah war wirklich eine Zauberin: Sie sah aus, als hätte sie nur zwei Hände wie andere Leute, aber so wie sie herumwirbelte und alles gleichzeitig warm auf den Tisch stellte, musste sie mindestens acht haben. Schüsseln und Teller flogen geradezu auf ihre Plätze. Die Oma, der Opa und Onkel Adi, »der andere Onkel«, kamen zur Tür hereingetrottet, alle setzten sich, und gleich darauf begannen die Löffel auf dickem Porzellan zu klappern.

»Lasst es euch schmecken.«

Paul liebte das. Er konnte gar nicht genug Menschen um sich herum haben. Menschen, die durcheinanderredeten, lachten, kauten, sich gegenseitig das Salzfass, die Butterdose, den Semmelnkorb unter den Fingern wegschnappten und in einer Weise, die nicht erklärt werden musste, zu ihm gehörten. Die Kinder stießen mit ihren Milchtassen, die Männer mit Bierkrügen und die Oma mit einem Stamperl voll gelber Flüssigkeit an. Tante Hannah trank nichts. Sie sah erschöpft und immer noch hübsch aus, und sie lächelte Paul an. Das war das Schönste. Dieses kleine Lächeln, das von den anderen keiner bemerkte und das sie und ihn zu Verschwörern machte.

»Können wir heute nach dem Essen singen, Onkel Hans?«, fragte Paul.

»Singen?« Der Onkel wischte sich über den Mund, was eine glänzende Butterspur auf seinem Handrücken zurückließ. »Gehört ihr kleinen Kröten um die Zeit denn nicht ins Bett? Und selbst wenn nicht – habt ihr nichts Besseres zu tun, als mit uns Alten herumzusitzen und vergessene Kamellen zu trällern? Nein? Na, was soll man dazu sagen?«

Paul sagte nichts, sah nur den Onkel unverwandt an, während er sich unter dem Tisch mit aller Kraft selbst die Daumen drückte.

»Na, wenn du's so gern möchtest«, gab der Onkel schließlich nach. »Warum eigentlich nicht?« Er grinste und boxte Paul so sanft, dass dieser es kaum spürte, auf den Arm.

Pauls Herz vollführte einen kleinen Satz. Auf ein Lied, fand er, konnte man sich freuen wie auf einen Menschen. Es machte dasselbe Kribbeln im Bauch.

Die Türklingel schellte. Es war ein hartes, schrillendes Geräusch, das alle Gespräche unwiederbringlich abschnitt wie ein Messer das Ende von der Wurst.

»Jessas«, brummte Onkel Hans. »Der Bazi, der mich bei meinem Leberkäs stört, hat dafür besser einen saugu-ten Grund.«

Er hatte Hände wie Schaufeln, die er auf die Tischplatte stützte und sich schwerfällig in die Höhe stemmen wollte, doch Tante Hannah war schneller. »Lass mal. Ich geh schon.«

»Bist die Beste.« Der Onkel ließ sich wieder auf die Küchenbank plumpsen, aber gleich darauf rief Tante Han-nah nach ihm, und in ihrer Stimme klang etwas an, das Paul nicht kannte.

»Hans! – Hans, du musst mal herkommen.«

Der Onkel sprang auf und eilte aus der Küche.

»Da ist sicher was mit dem Westzaun«, nuschelte der Opa, dem ein Bissen von der Semmel die Wange aus-beulte. »Hab ich immer gesagt, den muss der Hans in Ordnung bringen lassen, aber auf mich hört ja keiner. Die denken hier alle, die Alten, die zwei Kriege erlebt haben, sind blöd wie gedroschenes Stroh.«

Gleich darauf kam Tante Hannah in die Küche zurück. Ihr Gesicht war sehr weiß, und sie kniff den Mund zu-sammen, wie man es macht, wenn man auf keinen Fall weinen will. Ein paar Schritte hinter ihr folgte Onkel Hans mit einer fremden Frau.

Er trat zum anderen Onkel und zu Oma und Opa und begann, mit vor den Mund gehaltener Hand auf sie ein-zuflüstern, wie Erwachsene es machten, wenn etwas für Kinderohren nicht bestimmt war. Ein Kind hätte allerdings taub sein müssen, um Onkel Hans' Flüstern nicht zu hören.

Paul war nicht taub. Und er hatte längst herausgefunden, dass sich das, was für Kinder nicht bestimmt war, meist als interessanter erwies als alles andere.

Die Frau, die mit Onkel Hans hereingekommen war, interessierte ihn sofort. Frauen interessierten Paul grundsätzlich. Wie sie aussahen, was sie taten und sagten, alles war spannender als bei Männern, bei denen sich Paul mehr oder weniger im Voraus denken konnte, was sie von sich geben würden.

Wie sein Onkel zum Beispiel.

»Nehmt Lisa mit rüber in die Stube, nun macht schon«, presste der zwischen den Zähnen hervor. »Ist besser, wenn sie von alldem nichts mitbekommt.«

Tatsächlich hatte Paul diese Aufforderung erwartet, er war nur überrascht, nicht selbst in aller Eile aus der Küche entfernt zu werden.

Die Frau sah nach einem richtigen Geheimnis aus. Sie war ganz anders gekleidet als Tante Hannah, trug Rock und Jacke in dunklem Blau und dazu eine schneeweiße Bluse mit einem Kragen, der wie geleimt in die Höhe stand. Ihr Haar war in Locken um den Kopf gelegt und wirkte so elegant, dass es Paul in den Fingern juckte, es anzufassen. Ihr Mund dagegen war dünn und sah ein bisschen vertrocknet aus. Tante Hannahs Mund, der feucht wie eine Sauerkirsche schimmerte, fand Paul angenehmer.

Die Oma, der Opa und der andere Onkel verließen mit Lisa die Küche.

»Ja, dann setz dich mal«, sagte der Onkel zu der fremden Frau. »Willst was trinken? Bist doch bestimmt erschöpft von der Fahrt, und man muss solche Sache ja nicht übers Knie brechen.«

»Im Wagen wartet ein Anwalt, Hans.« Die Stimme schoss wie ein Pfeil aus dem vertrockneten Mund. »Der rechnet nach Stunden ab. Ich will so schnell wie möglich weiterfahren.«

»Aber der Junge weiß doch gar nicht, wie ihm geschieht, Helga!«, rief Tante Hannah. Sie war mit einem Satz bei Paul und umfasste seine Schultern. Bis eben hatte er gebannt das Schauspiel verfolgt. Natürlich hatte er begriffen, dass es hier irgendwie um ihn ging, und es hatte ihm nicht schlecht gefallen, einmal der zu sein, um den die anderen Wirbel machten. Jetzt aber, wo Tante Hannahs Finger sich in seine Schultern bohrten und er ihre Angst spürte, verflog der Spaß im Nu.

Wer war die Frau? Weshalb war sie hier? Paul wünschte, sie würde den kleinen Hut, den sie in der Hand hielt, auf das elegante Haar setzen und verschwinden, sodass der Abend weitergehen konnte wie geplant.

»Versteh das doch bitte.« Onkel Hans knetete seine Hände. »Das hier ist jetzt sein Zuhause. Für so ein Kind ist es nicht einfach, wenn es immer wieder rausgerissen wird.«

»Was verstehst du denn von Kindern, Hans?«

»Ich hab eins, zum Beispiel. Und ich war mal eins.«

»Und das macht dich zum Fachmann?« Die Frau sog hörbar die Luft ein. »Sei mir nicht böse, aber ich bin nicht der Ansicht, dass euer Leben hier der Entwicklung eines Kindes förderlich ist. Man muss schließlich auch an die Zukunft denken, man kann den Jungen nicht einfach zu lauter Trotteln in die Dorfschule stecken. Um seine Ausbildung muss sich jemand kümmern, damit er es mal besser hat als wir.«

»Jessas Maria.« Tante Hannahs Finger bohrten sich fester in Pauls Schultern. »Er ist doch noch keine vier Jahre alt.«

Die Worte zerflossen in Pauls Kopf zu einem Brei. Was sie bedeuteten, verstand er nicht. Nur dass sie ihm Angst machten und er sich gern die Hände auf die Ohren gepresst hätte. Stattdessen saß er auf seinem Stuhl wie erstarrt und war sicher, sich nicht rühren zu können.

»Du hältst dich raus«, sagte die fremde Frau. »Ich würde jetzt gerne seine Sachen packen und schnell aufbrechen. Ich hätte das Ganze lieber friedlich gelöst, aber wenn das mit euch nicht zu machen ist, kann ich gerne meinen Anwalt hereinholen.«

Tante Hannah rief etwas, dann wieder die Frau, dann wieder die Tante. Ihre Stimmen schraubten sich hoch, und Paul spürte nur noch seine Angst. Sein Blick hing wie gebannt an den Händen des Onkels, die einander unentwegt kneteten.

»Jetzt hört schon auf!«, brach Onkel Hans' Stimme durch das Geschrei. »Das hat doch keinen Sinn, Hannah. Wenn es hart auf hart kommt, ist das Recht auf ihrer Seite, da kannst du Zeter und Mordio schreien, solange du willst.« Dann hielten die Hände im Kneten abrupt inne, und er wandte sich an Paul. »Du musst ja denken, wir sind alle verrückt geworden, armer kleiner Kerl. Wir sollten dir mal erklären, was hier eigentlich los ist, aber das ist gar nicht so leicht.«

Ich will's nicht wissen, durchfuhr es Paul.

Onkel Hans trat zu ihm und schob Tante Hannah beiseite. »Die Dame hier ist deine Mutter«, sagte er. »Sie ist gekommen, um dich mitzunehmen.«

2

PAPA

ALS PAUL in Dortmund ankam, etwas verpennt von der langen Reise, stand da ein großer dunkler Mann mit einer leicht schiefen Nase und einem guten Grinsen. Er hatte die Ärmel aufgekrempelt und die Hände in den Hosentaschen. Auf den Armen waren dunkelblaue Linien und Flecken, die Paul beim Näherkommen sah. Der Mann zog große Arbeiterhände aus den Taschen, umarmte Mama und küsste sie. Das durfte er wohl. Dann hatte er sich zu ihm runtergebeugt, Paul intensiv gemustert und sehr bestimmt gesagt: »Ich bin jetzt dein Papa«, und hatte ihm die Hand geschüttelt. Paul hatte einen Kloß im Hals und brachte keinen Ton heraus. Das war sein Papa. So was hatten viele Kinder, und jetzt hatte er das auch. Die Mama schnalzte unwillig mit der Zunge und meinte dann: »Jetzt nehmt euch doch mal in den Arm!« Der Papa breitete die Arme aus und Paul auch. Papa hielt ihn ganz fest, und Paul gefiel das sehr. Irgendwie hatte er plötzlich Tränen in den Augen, und Papa hatte auch feuchte Augen. Er räusperte sich und sagte mit einem leichten Frosch im Hals: »Jetzt stell ich dir mal einen Freund von mir vor, der heißt Giovanni und macht Eis, was hältst du davon?« Davon hielt Paul einiges. Es war einfach genial, einen Papa zu haben, vor allem wenn der sich lächelnd alle Mühe gab, den Titel des guten Vaters zu behalten.

Pauls erster Freund in Dortmund war Georg Venske, mit dem er nach der Schule durch zerbombte Straßen streifte und einen Ball aus Lumpen hin und her kickte. War kein solcher aufzutreiben, tat es auch eine leere Konservendose.

Georg wohnte über Paul. Pauls neues Zuhause waren Wohnküche und Schlafstube und ein handtuchbreites Bad. Für Paul gab es ein Klappbett in der Küche. Die Bleibe von Georgs Familie war eine beinahe deckungsgleiche Kopie der Brenner-Wohnung darunter. Nur hatte Georg noch zwei ältere Schwestern und schlief im Korridor, während Pippa und Lene sich das Klappbett in der Küche teilten. Sie wurden Freunde, praktisch von dem Moment an, als Paul an der Hand seiner Mutter in den düsteren Hausflur getrottet war, in dem der Putz von den Wänden blätterte, und Georg sich ein Stockwerk drüber in die Türritze geklemmt und übers Geländer gespäht hatte.

Paul hatte in Lederhose und Janker gesteckt und ausgesehen wie ein Fisch, den ein Angler aufs Trockene geworfen hatte. Ein Bayer im Ruhrpott. Eine Stunde später hatte der Junge von oben vor der Tür gestanden und gefragt, ob »der Junge« zum Spielen mitkäme. Von da an spielten sie jeden Tag in den Straßen, bis es dunkel wurde oder Hunger sie heimtrieb. Wenn sie nach Hause kamen, stank der Hausflur nach Kohl oder sauren Kutteln, und wenn Pauls Papa von der Schicht zurück war, saß er am Fenster, stützte die Ellenbogen auf eins von Mutters Sofakissen und hielt einen Schwatz mit jedem, der vorbeischlenderte.

Georg war dabei, als Paul sich in Ute Riesenberg, die

butterblonde Metzgerstochter, verliebte, der seine Mutter wegen ihres Heuschnupfens den unfreundlichen Spitznamen Rotzglocken-Ute verpasste. Stolze sieben Jahre hatte Paul auf dem Buckel, Ute war knapp acht, als er auf einer Treppenstufe im Kohlenkeller Stein und Bein schwor, dass er sie heiraten, ihr ein Schloss bauen und einen Drachen für sie töten würde. Oder wenigstens den Klassenlehrer, der ihr im Zwischenzeugnis eine Sechs verpasst hatte.

Ulli – Ulrich Schulte von gegenüber – war in diesem Bunde der Dritte. Ein genialer Mittelstürmer, der für den BVB hätte spielen können, wenn ihn in den Straßen der Nordstadt jemand beim Stürmen mit Konservendosen entdeckt hätte. Dass er Ute vor der Schule abgefangen und sie *Sugar Baby* genannt hatte, konnte Paul ihm trotzdem nicht durchgehen lassen. *Sugar Baby* war ein Schlager von Peter Kraus, der in jenem Sommer aus so gut wie jedem Lokal dudelte. Paul hatte ihn mit Papa gehört, der dafür eigens die Musiktruhe anstellte, wenn die Schlagersendungen kamen. Paul hatte lauthals mitgesungen und dabei an Ute gedacht.

Sugar Baby.

So etwas durfte sich kein siebenjähriger Drachentöter aus dem Pott gefallen lassen. Nicht einmal von seinem zweitbesten Freund. Die zerdroschene Nase hatte Ulli ihm verziehen, als die Sache mit Ute längst eines sang- und klanglosen Todes gestorben war. Zudem existierten zwischen den beiden ohnehin irgendwelche Bande nicht-amouröser Natur: Ullis Mutter war die Schwester von Onkel Norberts zweiter Gattin, und Onkel Norbert war Utes Vater. Deshalb nannte dieser Ullis Mutter zu Pauls Verwirrung Schwägerin, und sie nannte ihn Schwippschwager.

Erwachsene hießen sowieso fast alle auch noch irgendwie anders. Selbst Paul hieß ja anders als seine Eltern, was lapidar damit erklärt wurde, dass es ihn schon vor der Hochzeit gab. Punkt. Die Mutti von Georg beispielsweise hieß nicht nur Mutti, sondern auch Brunhilde. Das war einfach zu merken, denn wenn Pauls Papa und Onkel Jürgen, der Papa von Georg, vom Italiener kamen, hampelte Onkel Jürgen wie ein Häuptling beim Kriegstanz um sie herum und sang: »Brunhilde, die Wilde, was führt sie wohl im Schilde?«

»Ihr habt ja einen im Tee«, sagte die Brunhilde-Mutti dann, obwohl Papa und seine Kumpels beim Italiener nie Tee, sondern Bier tranken. Und Kurze. Das waren Schnäpse. Giovanni hatte ihm das erklärt, und Paul war stolz, es zu wissen.

Giovanni war Italiener und Papas Freund, er führte das Lokal – das Azzuro – an der Ecke und hatte extra einen Fernseher im Gastraum aufgestellt, damit seine Gäste die Fußballweltmeisterschaft sehen konnten, obwohl Italien in der Vorrunde ausgeschieden war. Wenn Papa ihn traf, rief er: »Tach, Giovanni«, wenn er aber mit seinen Kumpels aus der Zeche Lust auf ein paar Bier und Kurze hatte, sagte er: »Was ist, Jungs? Gehn wir zum Italiener?«

Seit der Fernseher in der Gaststube stand, blieben Georg und Paul auf dem Heimweg von der Schule immer vor dem Schaufenster stehen und versuchten, durch die getönte Scheibe einen Blick auf den Bildschirm zu erhaschen. Wenn er schwarz blieb und kein geheimnisvolles Leben darin aufflackerte, waren sie enttäuscht. Paul besonders. Die Schule war doof, er hatte schon am ersten Tag beschlossen, nicht mehr hinzugehen, aber Mutti ließ nicht mit sich reden. Mit der Aussicht auf den Fernseher – die Glotze – überstand er den Tag, und umso niederschmetternder war es, wenn es damit Essig war.

Oft kam dann aber Giovanni aus der Ladentür geschossen und drückte jedem von ihnen ein dreieckiges Stück Pizza in die Hand. Klasse schmeckte die. In der gesamten Bergarbeitersiedlung gab's die nur hier, in ihrer Straße, und mit den Fingern essen durfte man sie obendrein. Das allein war schon das Gezeter wert, das Mutti daheim anstimmte, weil sie sich »nicht den ganzen Tag an den Herd gestellt und gekocht hatte«, damit »der Junge hinterher das Zeug von dem Itaker frisst«.

Itaker war ein anderer Name für Italiener, Paul hatte Papa gefragt. »So was sagen wir bei uns aber nicht«, hatte Papa erwidert. »Ob hier einer Deutscher ist oder Italiener, Kroate oder Weiß-ich-was, ist egal. Wenn du aus dem Pott bist, dann bist du aus dem Pott. Aus dem Koks. Das genügt.«

Paul war aus dem Pott. Darauf war er stolz. Mutti war irgendwie nicht aus dem Pott, obwohl sie ja mit ihm und Papa zusammen hier, in der Wohnung in der Heroldstraße, wohnte. Das war schwierig zu verstehen, und an den meisten Tagen hatte Paul zu solchen schwierigen Sachen keine Lust.

Wenn er und Georg so mit ihrer Pizza in den Händen loszogen, rief ihm Giovanni hinterher: »Bestellst du schöne Grüße an die Helmut, ja, *piccolino*? Sagst du, die Helmut soll mal heute Abend komm vorbei, hat die Giovanni für sie Parmesan und neue Grappa.«

Darüber, wie Giovanni die Wörter aneinanderreihte, hätten Georg und Paul sich vor Lachen ausschütten können und ahmten es gerne nach. Aber Giovanni nahm es nicht krumm, sondern lachte mit. Bei ihm gab es zur Pizza eben »eine schöne kalte Bier«, und »die Helmut« war der andere Name vom Papa. Der Opa, der nur ein paar Häuser weiter wohnte, bestellte auch immer Grüße an »den Helmut und von mir aus auch an deine Frau Mama«, wenn er Paul auf der Straße begegnete. Opa mitsamt seiner riesigen lauten Familie konnte Paul gut leiden. Der war einer, der das Sagen hatte, der wusste, wo's langging, obwohl er gar keine Frau war. Warum er die Mutti Frau Mama, den Papa hingegen Helmut nannte, gehörte zu den Rätseln, die Paul ungelöst ließ.

Giovanni erwähnte die Mutti gar nicht. »Sagst du schöne Grüße an die Helmut, ja?«, verabschiedete er die beiden Jungen auch heute. »Sag ihm, er soll mal nachher lieber rumkommen. In seine Kiste kann er andermal gucken, zusammen ist besser, und bei Giovanni gibt es eine schöne kalte Bier.«

Paul lag die Frage auf der Zunge, was das mit der Kiste zu bedeuten hatte, aber Giovanni verschwand schon wieder in seinem Lokal.

Also trödelten die beiden Jungen weiter die Straße hinunter. Georg biss in seine Pizza, dass ihm die rote Sauce und der zerschmolzene Käse die Mundwinkel hinunterlief. Ein Stück Wurst rutschte auch mit heraus. Georg hob es auf und stopfte es sich wieder in den Mund. Auf Pauls Pizza war keine Wurst, weil Giovanni wusste, dass er das nicht so gern mochte. Bei Mutti bekam er jeden Tag Fleisch oder Wurst auf den Teller, und wenn er davon etwas liegen ließ, wurde sie vor Wut so rot wie die Sauce. Schließlich sparte sie sich das Geld für das Fleisch vom Munde ab, nur damit ihr Junge ein bisschen Kraft in die Knochen kriegte. Nicht dass die Gericke von gegenüber ihr wieder Vorwürfe machte, weil Paul aussah wie der Tod auf Latschen. »Früher hast du's ja auch gegessen, sag bloß, bei denen hat's dir besser geschmeckt?«

Da Paul ahnte, wann dieses *Früher* und wo dieses *Bei denen* gewesen sein sollte, gab er darauf nie eine Antwort, und Mutti schien auch keine zu erwarten. Jedes Mal, wenn seine Abneigung gegen ihre Erziehung ihre Kochkunst streifte, kam dieses »Bei denen« auf den Tisch, und jedes Mal hatte Paul ein unangenehmes Ziehen im Bauch. Er wusste nur, dass an Weihnachten immer ein Päckchen kam, das gut roch. Das machte Mama aber erst auf, wenn sie allein war. Danach gab es dann Schinken und Wurst, in die Papa und Paul hoffnungslos verliebt waren. Papa hatte ihm verraten, dass dieser göttliche Geschmack aus Bayern kam, »wo du auch herkommst«. Und es war auch Papa, der dann mutig vorschlug, doch mal gemeinsam hinzufahren, nach all den Jahren, was ein Gewitter auslöste, vor dem Paul schnellstens nach draußen floh.

»Meinst du, du darfst heute Abend mit zum Italiener, das Spiel gegen Argentinien sehen?«, fragte Georg, während er auf dem Pizzarand herumkaute. »Mein Vater hat gesagt, er erlaubt's mir vielleicht.«

Das wäre ja was! Paul blieb stehen, um die Bilder zu genießen, die in ihm aufstiegen: Er und Georg mit Papa, Onkel Jürgen und den anderen im Azzuro, eine Limo vor sich und vielleicht sogar ein zweites Stück Pizza? Und dann das Spiel. Deutschland gegen Argentinien. Wenn

Deutschland ein Tor schoss, würden sie alle aufspringen, in Jubel ausbrechen und sich in die Arme fallen. Das war das Beste am Fußball. Paul hätte es jeden Tag haben können.

Einmal waren Onkel Jürgen und Ullis Papa und der Papa vom Fredi zu ihnen in die Wohnung gekommen, um das Endspiel um die Deutsche Meisterschaft im Radio zu hören. Dortmund gegen Hamburg. Sie hatten sich alle auf der Küchenbank, vor der Musiktruhe, zusammengequetscht, vor ihnen auf dem Tisch standen Batterien von Flaschen, und jedes Mal, wenn Dortmund ein Tor schoss, hatten sie so laut gebrüllt, dass die Fensterscheiben wackelten und Mutti in der Schlafstube in Geschimpfe ausbrach.

Am Ende hatte es 4:1 für Dortmund gestanden, sie waren in einer Polonaise durch die Küche gezogen und hatten in voller Lautstärke *So ein Tag, so wunderschön wie heute* gesungen. Paul war selig. Sooft Mutti ihn abends zum Beten anhielt, betete er seither, es möge doch bald wieder Dortmund oder Deutschland im Fußball gewinnen, weil es so schön war, wenn alle zusammen sich freuten. Und wenn er dazugehören durfte. Paul liebte Menschen. Nirgendwo fühlte er sich so sicher und gut aufgehoben wie inmitten einer Menschenansammlung, von der er ein Teil war.

»Was ist denn nun?«, platzte Georgs Stimme in seine Gedanken. »Meinst du, dein Papa erlaubt es dir?«

Pauls Euphorie surrte in sich zusammen wie ein Ballon, den man nicht richtig zugeknotet hatte. »Mein Papa schon. Dem ist das recht, der macht da keinen Wind. Aber Mutti findet, Kinder gehören nicht in Kneipen.«

»Kannst du ihr nicht erzählen, du kommst zum Spielen zu mir?«

Paul zuckte die Schultern. Er wollte Georg nicht sagen, dass er in den Augen seiner Mutter in die Wohnung der Venskes genauso wenig gehörte wie in Kneipen, denn wie hätte er dem Freund das erklären sollen? Das Spiel würde er nicht sehen und morgen, wenn alle davon sprachen, nicht mitreden können.

Stattdessen musste er aufpassen, dass er vor Georg nicht losheulte. Glücklicherweise schoss gerade in diesem Augenblick ein niedriges Gefährt an ihnen vorbei und lenkte vom Thema ab. Bruno Beinlos. Bei anderen Leuten waren die Väter, Brüder oder Bräutigame im Krieg geblieben, bei Bruno nur die Beine. Weil er ohne schlecht laufen konnte, hatte er sich unter ein Bügelbrett Räder geschraubt und kurvte durch die Straßen, indem er sich mit den Armen abstieß. Um sich zusätzlichen Schwung zu verleihen, hielt er in jeder Hand ein Bügeleisen, an das er Stücke von Autoreifen festgenietet hatte. Immer wieder faszinierte es Paul, wie schnell er auf diese Weise vorankam.

Bruno Beinlos bremste ab und vollführte eine scharfe Vierteldrehung, sodass er den Jungen den Weg blockierte. »Tachchen, Tachchen, die jungen Herren.« Er verbeugte sich und zog seinen Hut, obwohl er gar keinen trug.

Jedes Mal sah Paul schier hingerissen zu, wie er das machte. Unwillkürlich ahmte er es nach.

»Oh, wie nett. Ein höflicher junger Herr«, lobte Bruno. »Sag mal, mein kleiner Freund, ist denn der Helmut schon zu Hause? Weißt du das?«

Paul blickte nach oben. Der Himmel war braun wie Opas Spucke, wenn der mit seinen gelben Zähnen einen

Priem zermalmte. Also war heute abgeblasen worden, und Papa kam nach der Frühschicht heim. »Denk schon, dass er da ist«, sagte er zu Bruno.

»Besten Dank, mein Freund!« Bruno Beinlos setzte den unsichtbaren Hut wieder auf, richtete sein Brett neu aus und flitzte davon. Paul wusste, warum: An warmen Tagen wie heute saßen die Leute aus der Nordstadt gern an ihren Fenstern, stützten die Ellenbogen auf Kissen und hielten über die Straße hinweg einen Schwatz. Um den Wettbewerb der Karnickelzüchter ging es da, um die Kirschernte in den Kleingärten, um Ärger in der Zeche, den bunten Abend des Männergesangvereins, die Bierpreise und natürlich um Fußball. Bei den Frauen ging es außerdem noch um das, was ihre Männer alles versprochen, aber nicht erledigt hatten, und um ihre Kinder, die ihnen wie Raupen die Haare vom Kopf fraßen und wie Unkraut aus allem herauswuchsen.

Wenn Bruno Beinlos auf seinem Bügelbrett unter den Fenstern vorbeisegelte, wickelte manch eine mitfühlende Seele ein paar Pfennige oder Groschen in Papier und warf ihm das Päckchen hinunter. Bruno hatte es im Auffangen längst zu wahrer Meisterschaft gebracht. Er schnappte sich das Geldpaket einhändig in der Luft und bedankte sich anschließend mit einem Lüften des unsichtbaren Huts. »Ich mach in Mitleid«, pflegte er zu erklären. »Damit wird man zwar nicht gerade ein Krösus, aber ich kann nicht klagen.«

Unter dem Fenster von Helmut Walter fuhr er besonders gern vorbei, weil er da sicher sein konnte, dass er nicht leer ausgehen würde. Mutti schimpfte, dass andere Frauen einen Eisschrank bekamen oder längst einen Telefonanschluss hatten, während ihr Mann sein bisschen Geld zum Fenster hinauswarf, aber Papa hatte Paul erklärt: »Hier bei uns im Pott haben wir alle nix. Also können wir ruhig ein bisschen abgeben, denn weniger als nix ist ja immer noch nix.«

Sie hatten ihr Haus erreicht. Die Tür stand den Sommer lang immer offen, und im Hausflur stank es nach Hammelfleisch mit Schnippelbohnen.

»Deine Mutter kocht wieder ihren Eintopf«, sagte Georg und verzog das Gesicht, als hätte er Magendrücken.

Paul war das peinlich. Er hasste diesen Geruch. Seine Mutter hätte ihn erschlagen können – er konnte das Zeug nicht essen.

»Versuch das mal mit dem Spiel heute Abend, ja? Wär doch schön, wenn's klappt.«

Damit entschwand Georg die Treppe hinauf, und Paul, der schon klingeln wollte, fiel auf, dass er Papa gar nicht am Fenster gesehen hatte. War der doch nicht nach der Frühschicht nach Hause gekommen? Machte er Doppelschicht? Wenn nur Mutti daheim war, konnte Paul das mit dem Fußballspiel gleich ganz vergessen. Mutti hasste Fußball. Sie hasste es, wenn Paul mit Papas Kumpels oder beim Opa mit Papas riesiger lauter Familie zusammen war, die sie »Prolls« nannte. Dass Papa nichts Besseres gelernt hatte als Bergmann, dass er in der Zeche arbeitete und eine Zeit lang sogar für Eier, Speck und Schnaps gegen die Engländer geboxt hatte, die sich als Besatzer langweilten, hasste sie auch.

An manchen Tagen kam es Paul vor, als hasste sie dieses ganze Leben.

Gerade als er die Hand nach der Klingel ausstreckte, wurde die Tür der gegenüberliegenden Wohnung aufgeschoben und Hete Gericke, mit der Mutti fortwährend im Clinch lag, drängte sich in den Spalt. Sie war die dickste Frau die ganze Heroldstraße rauf und runter, behauptete Georg, und Paul hätte das gesamte Geburtstagsgeld in seiner Spardose darauf verwettet, dass sie auch die hungrigste war. Sie trug ihren Morgenmantel in verwaschenem Rosa und hielt ihm einen Napf aus Porzellan hin. Wie ein Nachttopf sah der aus, fand Georg.

»Na, Bürschlein? Liebe Zeit, an dir schlackert ja schon wieder alles. Anzeigen müsste man so was. Die Frau kleidet sich ein wie Gräfin Koks, und das Kind sieht aus wie der Tod auf Latschen.«

Das sagte sie immer. Früher hatte er sich davor gefürchtet, hatte sich ein Skelett mit grausig aufgerissenem Totenschädel vorgestellt, dessen Knochenfüße in karierten Pantoffeln steckten, doch inzwischen jagte sie ihm damit keine Angst mehr ein.

Doch es gab Nächte, in denen er in Schweiß gebadet mit rasendem Herzen erwachte, weil im Traum eine Angst nach ihm gegriffen hatte, die für alle Worte zu entsetzlich war. Diese Angst kam nicht von einem klappernden Skelett in Filzpantoffeln. Sie kam von dem Gefühl, immer kleiner zu werden und verschwindend ins Nichts zu fallen, oder von der Vorstellung, die Augen zu schließen und dennoch alles zu sehen, sich vor nichts retten zu können, wohin er sich auch wandte.

Wer solche Träume überstehen konnte, den schreckte keine Hete Gericke mit ihrem Latschentod.

Sie streckte die Hand mit dem Napf noch ein Stück

weiter vor. »Sag mal, der Helmut – der hat wohl geschlachtet, was?«

Paul schüttelte den Kopf. Im Schrebergarten, in dem er oft beim Versorgen der »Viecher« helfen durfte, hielt Papa Hühner, Karnickel und ein Schwein. Opa hatte vor zwei Jahren mal einen Hammel »organisiert« und im Garten großgezogen. Der hatte Papa aber beim Schlachten ein paar heftige Prellungen beigebracht. Das Hammelfleisch kaufte Mutti deshalb bei Metzger Riesenberg, dem Papa von der Ute mit den butterblonden Zöpfen, und schimpfte anschließend den ganzen Tag über den Preis.

»Ach nein? Nicht zu glauben.« Hete Gerickes Brauen zuckten. »Wo man als Frau von einem einfachen Bergmann das Geld für so viel Fleisch hernimmt, soll mir mal einer erklären. Unsereins muss zufrieden sein, wenn ein bisschen was Grünes in der Suppe schwimmt. Aber sag doch mal: Wo deine Mutti solche Massen kocht und wo ihr doch keinen Eisschrank habt, müsst ihr bestimmt jede Menge wegschmeißen.« Sie setzte einen Schritt aus der Tür und hielt Paul den Napf genau unter die Nase. »Ist doch schade um das gute Essen. Ihr kleinen Kröten habt ja die schlechten Zeiten nicht erlebt, aber uns tut so was in der Seele weh. Ich tät ein Schüsselchen voll nehmen. Würde mir das Schwitzen überm Herd ersparen, wo ich doch schon wieder meine Migräne hab.«

Paul griff wortlos nach der Schüssel. Mutti kochte wirklich immer zu viel, sie kochte, dass sich der Tisch bog, wie Papa sagte, aber sie hätte sicher lieber den ganzen Topf Hammel eigenhändig in den Gully gekippt, als ausgerechnet der Gericke etwas abzugeben.

Er wusste nicht, was er sagen sollte. Zu seiner Erleichterung öffnete sich hinter ihm die Tür.

»Tach, Frau Gericke.« Papa. Paul atmete auf. »Schöner Tag heute, oder?«

»Wat daran schön sein soll, weiß ich nicht«, brummte die Gericke. »Aber da ich Sie mal zu fassen kriege, Helmut – so unterernährt, wie Sie das arme Bürschlein da rumlaufen lassen, geht das nicht weiter. Ihre Frau, die hat ja dafür kein Ohr, aber Ihnen sag ich wat: Wenn sich da nichts ändert, meld ich das dem Amt. Sich so ein Wurm anhängen lassen und sich dann nicht drum kümmern, so wat ist nicht mal in dem Saftladen erlaubt, der aus unserem Land geworden ist.«

»Schon klar, Frau Gericke, und beim Hitler wären wir alle vergast worden. Ihnen dann noch frohen Feierabend und bis demnächst.«

Papa legte einen Arm um Paul, zog ihn in die Wohnung und schloss hinter ihnen die Tür. Der Flur war schmal wie ein halbes Handtuch, sagte Opa, und in der Luft hing in dicken Schwaden der Hammelgestank, doch für Paul war es jetzt gerade der schönste Ort der Welt. »Danke, dass du mich gerettet hast.«

Papa grinste. »Gern geschehen, Kumpel. Das nächste Mal, wenn ich der Spinne ins Netz gehe, holst du mich raus, abgemacht?«

»Abgemacht.« Papa hielt ihm die Hand hin, und Paul schlug klatschend ein.

»Schönen Tag in der Schule gehabt?«

»Geht so«, murmelte Paul. »Schule ist doof.«

Darüber, dass er das bei Papa sagen durfte, war er unendlich froh. Papa stellte keine drängenden Fragen, schimpfte nicht und erklärte ihm nicht, dass er ja wohl dankbar sein müsse, weil er überhaupt in die Schule gehen durfte.

»Fand ich auch, als ich so alt war wie du«, sagte er stattdessen. »Aber was will man machen?«

Sie wechselten einen Blick, der die Sache mit der Schule nicht mehr so schlimm machte.

»Aber auf dem Heimweg haben wir Giovanni getroffen«, wechselte Paul das Thema. »Der sagt, du sollst heute Abend ins Azzuro kommen, zu Deutschland gegen Argentinien. Darf ich mit? Georg darf auch ...«

Er hielt inne und lauschte. Aus der Küche drang zwar der Hammelgestank, aber kein Geräusch. War Mutti etwa nicht da? Wenn sie zum Kaffee bei einer Freundin war und vor Spielbeginn nicht wiederkam, hatte er eine echte Chance!

Papa kratzte sich am Kopf und setzte sein Geheimnis-Gesicht auf. Er konnte aussehen wie der Weihnachtsmann, fand Paul. »Mitnehmen würd ich dich schon«, sagte Papa. »Warum nicht, als Fußballfan kommt man ja auf die Welt, dazu braucht man nicht erst alt und grau zu werden. Die Sache ist nur – ich geh heut Abend selbst nicht zum Giovanni. Also kannst du leider auch nicht mit.«

»Du gehst nicht zu Giovanni? Aber du willst doch das Spiel sehen!« Paul fühlte sich grenzenlos enttäuscht. Eben noch hatte er gehofft, er werde gleich hoch zu Georg springen und ihm erzählen, dass er mitkommen durfte, und nun war alles geplatzt. »Deutschland gegen Argentinien«, beschwor er Papa, »du hast doch gesagt, das lässt du dir nicht entgehen.«

»Lass ich mir ja auch nicht.« Papa machte noch immer das Geheimnis-Gesicht, und in seinen Augen funkelte etwas. »Bloß zum Giovanni geh ich nicht. Der war nämlich gerade schon hier, hat mir mit was geholfen, und zweimal am Tag zusammenhocken, das muss ja nicht sein.«

»Womit hat der dir denn geholfen?«, fragte Paul, der das gar nicht wissen wollte, sondern nur an das Fußballspiel denken konnte.

»Ja, womit hat der mir denn wohl geholfen? Wollen wir mal nachsehen?« Papa legte wieder einen Arm um Paul und führte ihn in Richtung Küche, mitten hinein in die Hammelschwaden. Aber die Hammelschwaden waren gar nicht mehr wichtig, sobald Paul sah, was dort stand. Auf dem Blumentisch von Tante Adele, eingequetscht zwischen Herd und Musiktruhe.

Ein Fernseher.

Fast so groß wie der bei Giovanni.

»Na, Sportsfreund? Was sagste?«

Papa sah nicht nur aus wie der Weihnachtsmann, sondern er war auch einer.

»Geht der auch richtig?«

»Was glaubst denn du?« Papa ging zum Fenster, wo er an warmen Tagen einen Eimer voll Eis aufhängte, und fischte sich eine Flasche Bier heraus. Im Laufe des Tages schmolz das Eis, aber das Bier wurde trotzdem in dem Eimer aufbewahrt, bis er leer war und jemand zur Trinkhalle musste, um Nachschub zu holen. Mit einem Schnippen öffnete er den Bügelverschluss. Dann trat er vor den Fernseher und drehte geradezu feierlich an dem schwarzen Knopf. Mit einem Zischlaut erwachte das Gerät zum

Leben. Ein Rauschen setzte ein, und das Schwarz des Schirms zerfloss in flimmernde grau-weiße Funken.

»Ist Schaufensterware«, sagte Papa und schob die Antenne, die auf dem Gerät stand, ein bisschen nach links und dann wieder nach rechts. »Bei Elektro Meyer haben sie den verbilligt angeboten, da sind Giovanni und ich heute hin und haben ihn geholt.«

Paul konnte den Blick nicht von dem Schirm abwenden. Das Rauschen wurde leise, das Geflimmer der Funken klärte sich, und Gesicht und Schultern eines Mannes im Anzug, der irgendetwas vorlas, schälten sich heraus.

»Du, die Mutti ist noch mal weggegangen«, sagte Papa. »Zu Tante Ilse. Kaffee trinken. Kennst du ja, Kaffee hilft bei der Mutti gegen alles.«

Paul nickte.

»Die war ein bisschen sauer, weißt du? Weil sie meint, wir hätten lieber eine Anzahlung für einen Eisschrank leisten sollen. Was meinst denn du? Hättest du auch lieber einen Eisschrank gehabt?«

Paul presste die Lippen zusammen und schüttelte den Kopf. Er war viel zu glücklich, um zu versuchen, den ganzen Haufen Glück in ein einziges kleines Wort zu quetschen. Das Rauschen hatte schon fast völlig aufgehört, und der Anzug-Mann war deutlich zu verstehen. Ein Nachrichtensprecher, wie im Radio. So deutlich, als stünde er hier bei ihnen in der Küche, verkündete er, dass das Wetter morgen heiter bis wolkig werden würde und dass die Übertragung des Fußballspiels Deutschland gegen Argentinien um neunzehn Uhr dreißig begann. Paul fühlte sich, als hätte er Geburtstag, und er wusste den ganzen wunderbaren Abend, an dem die Wohnung voll

Besuch war, noch vor sich. Nein, besser: Er fühlte sich, als hätte er von jetzt an jeden Tag Geburtstag.

»Dass wir zwei Männer heute dann wohl allein essen müssen, macht dir nichts aus?«, fragte Papa.

Paul sah zum Herd, zum Hammeleintopf, von dem er völlig vergessen hatte, wie schlimm er stank, und schüttelte noch einmal den Kopf.

»Hab sowieso nicht so'n Hunger.«

»Wirklich nicht? Auch nicht, wenn ich uns 'ne Bratwurst spendiere?«

»Dann doch!« Pauls Gewissen zwickte ein bisschen, weil ihm Bratwurst von der Bude schmeckte, während er Muttis Leberwurst nur mit Mühe schlucken konnte, aber Mutti war ja bei Tante Ilse und bekam nichts davon mit.

»Na siehste«, sagte Papa. »Wir wollen doch nicht, dass die gute Frau Gericke uns beim Amt melden muss, weil wir uns nicht gut genug um dich kümmern.«

Paul und Papa grinsten sich an, und der Geburtstag, der nicht aufhören würde, begann genau in diesem Moment.

Er dauerte fast den ganzen Sommer. An jenem Abend kamen Onkel Jürgen und ein Haufen weiterer Kumpels samt ihren Söhnen zum Fußball, in der Küche war es voller als beim Sieg von Dortmund, und Deutschland gewann mit 3:1. Danach kam das Spiel gegen Nordirland und dann das Viertel- und das Halbfinale. Im Halbfinale schied Deutschland aus, obwohl Paul für einen Sieg gebetet hatte, aber darüber ließ sich hinwegkommen, denn der Fernseher blieb. Sogar ohne, dass Paul dafür hätte beten müssen.

Nach den Fußballspielen kamen die Tierfilme, die Musiksendungen, die Talentshows mit Peter Frankenfeld, die Komödien, das Kinderprogramm, die *Aktuelle Schaubude* und etliches mehr. Es gab nichts, was Papa und Paul sich in diesem Sommer nicht anschauten. Mutti schimpfte zwar, dass Papa »mit seinem ewigen Sitzen vor der Glotze den Jungen noch verblöden« würde, aber weil Papa und Paul umgehend vor die Glotze zurückkehrten, sobald sie ihnen den Rücken zuwandte, gab sie es schließlich als vergebliche Liebesmüh auf.

Paul war überzeugt: In diesem Sommer mit der Glotze lernte er mehr, als er in den endlosen Jahren, die er noch zur Schule gehen musste, überhaupt lernen konnte. Er lernte, dass Delfine keine Fische waren, und dass Caterina Valentes Vater Akkordeon spielte, dass es Länder mit den Namen Malaysia und Libanon gab und eine Heilige namens Klara, die das Fernsehen schützte. Dass unter dem Nordpol U-Boote fahren und vielleicht bald Raumschiffe ins All fliegen konnten. Er lernte, dass Bratwurst auch mit Tomatensoße gut schmeckte, dass ihre Zimmerantenne elektromagnetische Wellen der Sender empfing und dass er froh war, weil Papa für ihn kein Helmut, sondern sein Papa war.

Er mochte kein Geld für einen Eisschrank haben und zu viel für die Biere im Eimer ausgeben oder sogar Geld zu Bruno Beinlos aus dem Fenster werfen. Paul aber hätte ihn gegen keinen Papa in der gesamten Siedlung und vermutlich auch gegen keinen in der ganzen Welt getauscht.

3

TOD AUF LATSCHEN

ALS DER SOMMER zu Ende war, kamen ein Mann und eine Frau in die Schule und sagten, sie müssten Paul zu einer Untersuchung mitnehmen. Sie führten ihn in den Geräteraum, wo er sich ausziehen musste, um gewogen, vermessen und rundherum abgetastet zu werden. Danach durfte er sich wieder anziehen. »Deine Eltern bekommen Nachricht von uns«, erklärte die Frau.

Die Nachricht traf zwei Tage später ein und löste bei Pauls Mutter einen Wutanfall aus, in dessen Verlauf die Butterdose, ein Glas Senfgurken und eine Flasche Kröver Nacktarsch zu Bruch gingen. Paul war mit Ute auf der Kellertreppe gewesen, hatte die erstaunlichen Gipfel und Abgründe junger Liebe erkundet und fühlte sich wie der König der Welt. Von seinem Thron stieß ihn eine Dose Tomatenmark, die ihm entgegenflog, als er die elterliche Wohnküche betrat. Gerade noch rechtzeitig duckte er sich, und die Dose schrammte über seinen Kopf hinweg. *Wie ein Ufo,* dachte Paul. Dann flog ein Laib Hartkäse und trieb ihm den Gedanken aus.

»Was ist denn los?«, fragte er auf allen vieren, um dem Geschützfeuer zu entgehen.

»Deine Mutter packt ihre Einkäufe aus«, erwiderte Papa, der sich in den Winkel neben der Eckbank quetschte und hilflos die Arme hängen ließ.

»Ich bring sie um!«, kreischte Mutti und schleuderte die Senfgurken gegen die Wand über dem Herd. Das Klirren, mit dem das Glas zersprang, war nahezu ohrenbetäubend, aber Muttis Kreischen war lauter: »Ich dreh der verdammten Pissnelke den Hals um, ich hau ihr die Nase platt, damit sie die nicht mehr in den Kram von anderen Leuten stecken kann!«

An der Wand, die vom Alter braun war wie alles in der Siedlung, rann gelblicher Gurkensaft hinunter.

Wenn es bei Papas Verwandten – von denen der Opa und zwei Onkel Kommunisten, zwei andere dagegen Nazis gewesen waren – so zuging, fand Mutti das »primitiv«. Oft packte sie dann Paul am Kragen und verließ mit ihm die Wohnung, »um ihn dem schlechten Einfluss dieser Proleten zu entziehen«.

Paul liebte die Sonntagnachmittage bei den Proleten, bei denen sich erst alle umarmten und küssten, sich dann durch in Riesentaschen herbeigeschleppten und aufgetischten Essensberge fraßen und sich anschließend durch zum Schneiden dicke Rauchschwaden Schimpfwörter an die Köpfe schleuderten, die selbst in Eddys Trinkhalle oder beim Bolzen auf dem alten Sportfeld Seltenheitswert besaßen.

Paul fand es lustig, und in der Schule kam er anderntags mit den neu gelernten Wörtern groß raus. Außerdem wusste er: Egal wer wen zuvor »braune Sau«, »Duckmäuser«, »Schiffsschaukelbremser« oder »du linke Ratte« genannt hatte, wenn einer von ihnen in Not war, Hilfe brauchte, am Ersten die Miete nicht hinblättern konnte, zogen alle anderen ihre platt gesessenen Geldbeutel aus den Taschen, kippten auf den Tisch, was immer darin war, und hätten sich bei Bedarf auch noch ihr letztes Hemd geschenkt.

Am meisten liebte er es, den Verwandten zuzusehen, wenn sie am Ende des langen sonntäglichen Beisammenseins »blau wie die Haubitzen« waren, wie Opa es nannte, aber versuchten, nüchtern und würdevoll zu wirken. Seinen Freunden spielte er oft vor, wie sie dann gingen – ein bisschen wie Säcke, die im Wind schwankten, während sie die Füße wie auf rohen Eiern aufsetzten –, und alle lachten sich schlapp.

Aber was seine Mutter hier aufführte, war überhaupt nicht zum Lachen. Sie wirkte vollkommen aufgelöst, ihr Gesicht war wieder einmal hochrot, nicht wie Tomaten, sondern eher wie Blaukraut, und Paul bekam Angst, es könnte platzen. Sie schleuderte eine Flasche Maggi in Richtung Papa, der sie auffing, ehe sie ihn traf. Geschickt wie Bruno Beinlos. Nur der Deckel war abgesprungen, und die Flasche hatte im Flug eine stinkende braune Spur auf der Küchenwand hinterlassen. Als hätte einer Maggi gepinkelt.

Zu flüchten, wenn Mutti ihre Anfälle hatte – zu Georg oder Ulli, zu Ute oder einfach hinaus auf die Straße –, war nicht erlaubt. Manchmal packte sie Paul und schlug das, was sie als Nächstes in Reichweite hatte, auf ihm kaputt. Das war nicht das Schlimmste, fand Paul. Schlimmer war, dass er nie vorhersagen konnte, was einen solchen Anfall auslöste. Manchmal kam er mit zerrissener Hose nach Hause, erwartete eine Prügelorgie, doch seine Mutter saß mit Tante Ilse beim Kaffee, strich ihm über den Kopf und bekundete lächelnd: »Nun mach dir doch darum keinen Kopf. Das bekommt die Mutti schon geflickt.«

Ein andermal hatte er vom Eiermann braune Eier gebracht, weil er vergessen hatte, dass sie nur weiße mochte. Mutti war kreischend durch die enge Küche hinter ihm hergerannt und hatte »die verschissenen Eier« nach ihm geworfen. Auf dem Eidotter, der sich auf dem Linoleum verteilte, war sie ausgerutscht, hatte sich an der Eckbank die Schläfe aufgeschlagen und musste mit fünf Stichen genäht werden.

»Mit fünf Stichen!« Das betonte sie immer wieder, sooft sie diese Geschichte erzählte, als wären Paul und seine falsch gekauften Eier auch noch daran schuld, dass drei oder vier Stiche nicht ausgereicht hatten.

Meist wusste Paul genau, was der Grund war, denn er schaffte es oft, Mutti zu reizen. Aber manchmal war es unmöglich zu erraten, was sie in Rage versetzen würde, aber so wild wie diesmal hatte sie noch nie gewütet. Sie fuhr fort, Dinge zu zerschlagen und mit hochgeschraubter Stimme Zeter und Mordio zu schreien, bis ihr die Kräfte versagten und sie auf dem Boden zusammensackte.

Was der Anlass gewesen war, erfuhr Paul erst am folgenden Morgen von Papa: Hete Gericke hatte Ernst gemacht und »dem Amt« gemeldet, dass Paul wie der Tod auf Latschen aussah. Zumindest ging Mutti davon aus, dass der Mann und die Frau auf Betreiben der Nachbarin in die Schule geschickt worden waren, um Paul zu untersuchen. Der Mann und die Frau hatten festgestellt, dass Paul an schwerer Unterernährung litt, und hatten daher angeordnet, dass er in ein Kurheim nach Bad Salzuflen verschickt werden sollte, wo man sich seines schlechten Ernährungszustands annehmen würde.

Verschickt.

Das klang, als würde man ihn in eins der gelben Postpakete stopfen, in die Mutti vor Weihnachten die selbst gesiedeten Würste für ihre Verwandten packte. Mit denen trug sie einen obskuren Wurstwettbewerb nach undurchschaubaren Regeln aus, und Paul kam nie umhin, sich vorzustellen, was der Zusteller wohl dachte, wenn er versehentlich an den Paketen roch. Nun aber hatte Mutti durch seine Schuld einen entscheidenden Minuspunkt im Wurstwettbewerb erlitten, und er selbst würde wie zur Strafe in einem der stinkenden Postpakete landen.

»Ne Briefmarke aufn Arsch und ab«, hätte Papa gesagt.

Der Gedanke machte ihm Angst. Die Nordstadt war sein Zuhause. Er konnte sich ein Leben ohne Georg, Ute, Ulli, ohne Papa, die Glotze und die Sonntage bei Opas Proleten, ohne Bruno Beinlos und den Italiener, die Dortmund-Spiele und Caterina Valente nicht vorstellen. Sehr tief in seinem Innern regten sich die Träume von den reißenden Wellen wie Würmer, die ihre Köpfe aus der Erde bohrten.

Und dennoch: Ein bisschen war die Vorstellung, für eine Weile von hier wegzukommen, auch erlösend. Er fühlte sich müde und wusste nicht warum, er war sonst immer hellwach gewesen. Muttis Geschrei tat ihm noch immer in den Ohren weh, obwohl es längst aufgehört hatte und Mutti erschöpft in der Stube schlief. Er würde sich in diesem Bad Salzuflen einfach ein bisschen ausruhen, beschloss er. Er würde dort alles genauso machen, wie der Mann und die Frau es ihm sagten, damit er schon bald nicht länger aussah wie der Tod auf Latschen, und dann würde er hierher, in die Siedlung, zurückkommen und sein Leben würde weitergehen wie bisher.

»Ist doch gar nicht so schlecht«, sagte Georg. Sie saßen nebeneinander auf der Teppichstange im Hinterhof, und Paul hatte ihm von der ganzen Misere erzählt. »Kriegst du wenigstens anständig zu essen.«

In der Siedlung hatte jeder Hunger. Immer und überall. Paul hatte auch Hunger. Er wusste nur nicht, auf was.

Mutti und Papa bekamen eine Fahrkarte für ihn zugeschickt und setzten ihn am Dortmunder Hauptbahnhof in den Zug. Paul war noch nie mit der Bahn gefahren und fand es herrlich. Viel besser als die befürchtete Paketzustellung, auch wenn er ein Schild um den Hals trug, das einer Paketkarte nicht unähnlich sah. Vor seinem Fensterplatz zischte die Landschaft vorbei, und mit ihm im Abteil saßen vier Frauen, die den allein reisenden Jungen »goldig« fanden und fortwährend Kekse, geviertelte Äpfel, Sahnebonbons und Mandarinen aus ihren Handtaschen zauberten, um ihn zu füttern. Wie sie sich alle zu übertreffen versuchten und dabei wie schnatternde, flatternde Hühner wirkten, fand Paul lustig. Ein bisschen wie die Schar seiner Tanten, die an den Sonntagen mit Riesentaschen voller liebevoll fabrizierter Gerichte anrückten und die ganze Zeit über mit Platten und Schüsseln hin und her flitzten.

Paul quälte lediglich sein Gewissen, weil er das dicke Proviantpäckchen, das Mutti ihm gepackt hatte, die ganze Fahrt über nicht angerührt hatte. Er hasste Stullen, die, wenn man sie auspackte, Leberwurst oder andere Grausamkeiten beherbergten, und schmiss sie weg oder schenkte sie her. Selbst schuld, wenn er aussah wie der Tod auf Latschen. Selbst schuld, wenn seine liebe Mutti, die sich in aller Herrgottsfrühe hinstellte und Mettwurststullen schmierte, Anfälle hatte, im Gesicht wie Blaukraut anlief und hinterher tagelang krank war. Beim Gedanken an den Proviant wurde ihm trotzdem übel. Vielleicht stimmte ja etwas nicht mit ihm. Vielleicht wurde das jetzt, in dem Kurheim, in Ordnung gebracht, und Mutti brauchte sich in Zukunft nicht mehr so furchtbar aufzuregen.

In Bad Salzuflen wurde er von einer Frau mit Schwestern-häubchen abgeholt, die ein Schild in die Höhe hielt und durch die Wartenden auf ihn zustob, als wäre er magne-tisch. Was auf dem Schild stand, konnte Paul nicht lesen, weil sie es allzu wild hin und her schwenkte. Sie sah toll aus, fand er. Vor allem das weiße Häubchen auf den glän-zenden langen Haaren. Wie Sahne auf einem Eis.

»Du bist der kleine Paul Brenningmeyer?«, fragte sie und beugte sich so weit vor, dass seine Nase und ihre sich um ein Haar berührten.

Von mir aus bin ich auch der, dachte Paul und fand, dass seine Zeit hier gar nicht mal so übel anfing.

Wie er sich ein Kurheim vorzustellen hatte, wo man dem Tod auf Latschen beikam, hatte er sich nicht überlegt. Der graue Kasten mit den vielen Fenstern, der außerhalb des Ortes allein auf einer Anhöhe stand, wirkte wenig einladend. Zu allem Unglück übergab die nette Frau mit dem Schild, die Schwester Inge hieß, ihn an der Tür einer anderen Frau, die ein bisschen wie ein Preisboxer aussah, mindestens so grimmig dreinblickte und nichts weiter sagte als: »Na, dann komm mal mit.«

Sie stampfte eine Treppe hinauf, und Paul trottete hin-terher. Er hatte sich vorgenommen, allem hier mit gutem Willen zu begegnen, doch während sie die kahlen Flure entlanggingen, rutschte ihm das Herz gehörig in die Hose. Abrupt blieb die Boxer-Frau stehen und öffnete eine der Türen. »Na, dann mal rein mit dir.«

Sie drehte sich halb nach ihm um. Da sie ihm ihren Namen auch jetzt nicht verriet, beschoss er, sie Frau Na-dann zu nennen. Ein wenig verzagt machte er einen Schritt auf den Eingang zu und war kaum in der Lage, den langen Schlafsaal, in dem gut und gern zwanzig eiserne, weiß bezogene Betten in zwei Reihen standen, zu überblicken. Die Wolke von Gestank, die ihm entgegenwallte, ließ ihn zurücktaumeln.

»Na, dann mal nicht so zimperlich. Daran wirst du ja wohl gewöhnt sein.«

Paul war nicht daran gewöhnt. Klar, im Viertel gab es überall Ecken, in die Leute pinkelten, wenn sie abends von der Trinkhalle kamen und die biergefüllte Blase nicht bis nach Hause durchhielt. Mit seinen Freunden marschierte er morgens auf dem Schulweg daran vorbei, sie hielten sich die Nasen zu und grinsten, doch bei dieser Woge verging das Grinsen selbst einem hartgesottenen Kerl aus dem Pott. Nicht einmal Opas Plumpsklo roch annähernd so übel. Jemand musste einen ganzen Pisspott in dem Schlafsaal ausgeschüttet haben. Mehrere Pisspötte. Oder eher ein Fass.

Die Nase war Pauls Radar. Er schnupperte sich durch die Welt. In allen Wohlgerüchen, wie die der Frauen und Mädchen, die zu dieser Zeit allein schon aus Kostengründen selten überparfümiert waren, wurde für Paul selbst mit geschlossenen Augen die Seele sichtbar. Und mit Genüssen ging es ihm nicht anders. Er hatte noch nie erlebt, dass jemand, der gut kochte, ein schlechter Mensch war.

Das es in diesen Jahren immer noch die Frauen waren, die in den Küchen regierten, machte sie für Paul noch anziehender.

Seine Nase half ihm sogar, den Menschen anzusehen, was mit ihnen los war und wer mit wem welche Beziehung hatte. Er hatte diesen Sinn aufs Höchste verfeinert und den Spruch »Was kuckst du so?!« hin und wieder als Bestätigung bekommen.

Auch ein Schutzmechanismus für jemand wie ihn, der so früh wusste, wie abhängig und schutzlos er den Erwachsenen ausgeliefert war.

»Na, dann mal los jetzt.« Frau Na-dann legte ihm ihre schwere Hand auf den Rücken und schob ihn in den Raum, wie man eine Tür zudrückt. Erst jetzt sah Paul, dass auf sämtlichen Betten Jungen saßen, die ihm entgegenstarrten, als hätte er mindestens drei Augen. Sich die Nase zuzuhalten, wagte er nicht.

Am Ende des Saals war noch ein Bett frei. Darauf ließ Frau Na-dann seinen Rucksack fallen. »Na, dann leb dich mal gut ein. Um sieben gibt's Abendessen. Wer nicht pünktlich ist, kriegt nichts. Und dass du mir ja nicht versuchst, das Fenster zu öffnen. Das bleibt zu, das gehört zur Behandlung.«

Wurde man bei geschlossenem Fenster also dicker? Oder ergriff der Tod auf Latschen vor dem Pinkelgestank die Flucht? Paul fügte seinem Entschluss, allen Anweisungen mit gutem Willen zu folgen, einen weiteren hinzu. Er wollte sich zu dem, was hier vor sich ging, keine Fragen stellen. Die Leute würden schon wissen, was sie taten, ansonsten hätten der Mann und die Frau aus der Schule ihn ja wohl nicht hergeschickt.

Appetit konnte er allerdings nicht aufbringen, denn über dem Speisesaal, in dem an langen Tischen schweigende Kinder ihr Graubrot kauten, hing der Gestank in kaum abgeschwächter Form. Wie er von den zwei dünnen Scheiben Brot, dem winzigen Margarinepäckchen und der traurig vertrockneten Jagdwurst zunehmen sollte, wusste er nicht, aber Fragen wollte er sich ja nicht mehr stellen. Niemand sprach mit ihm. Niemand sprach überhaupt. Daheim gab es so etwas nicht. Wer nicht mit vollem Mund redete, den fragten die anderen, was ihm die Sprache verschlagen habe. Paul fühlte sich einsam und fremd, und das aufflammende Heimweh rührte an eine Erinnerung, die die Träume vom Verschwinden im Nichts aufstöberte.

Seine Müdigkeit rettete ihn. Trotz des Gestanks, der vielen Atemzüge in der unheimlichen Stille und der Angst schlief er sofort ein, träumte von nichts und erwachte erst, als im ersten Tageslicht mit einem Knall die Tür aufflog. In den Saal stürmte Frau Na-dann mit einem Geschwader von vier weiteren Schwestern. »Na, dann wollen wir mal sehen. Marsch, Marsch, aus den Betten, die Herrschaften.«

Paul schlug die Augen auf und blickte sich in aller Eile um. Die anderen sprangen aus den Betten und standen wie kleine Zinnsoldaten neben den Kopfenden stramm. Einen der jüngeren, der ganz vorn bei der Tür stand, sah er vor Angst oder Kälte schlottern und mit den Armen seinen dünnen Körper umschlingen. Der war ein schlimmerer Tod auf Latschen als er selbst, und wie es aussah, hatte bei ihm die Behandlung noch nicht angeschlagen.

Paul machte es genauso wie die anderen und grinste dabei dem schlotternden Jungen zu. Der bedankte sich mit einem Lächeln, das Paul den Gestank und die Einsamkeit kurz vergessen ließ.

Die Frauen begannen derweil mit einem merkwürdigen Zeremoniell. Die vier Schwestern teilten sich in zwei Paare und schritten die Reihen der Betten ab, während Frau Na-dann im Gang stehen blieb und abwechselnd das eine und dann wieder das andere Paar mit scharfem Blick verfolgte. Vor jedem Bett blieben die Frauen stehen, klopften erst mit allen vier Händen das weiße Betttuch ab und beugten sich dann nieder, um daran zu riechen. Danach brachen sie in eine Art Klagegesang aus, wobei die eine, die einen eisgrauen Dutt trug, die Hände über dem Kopf zusammenschlug:

»Aber Rainer, schon wieder? Und so viel! Müssen wir etwa noch mal die Gummihose holen? Wenn du dich nicht bald ein bisschen anstrengst, bleibt uns nichts anderes übrig.«

»Ach, Karl-Carsten, warum denn nur? Wir hatten doch gedacht, dass du endlich Fortschritte machst.«

»Dreimal in einer Nacht und jedes Mal an anderer Stelle. So geht das wirklich nicht, Lutz, wir alle kriegen deinetwegen noch graue Haare.«

Lutz war der Kleine, der so fürchterlich zitterte. Paul hätte ihm gern zugeflüstert, dass die Frau mit dem Dutt, die an seinem Laken gerochen hatte, schon längst graue Haare hatte, aber er war zu viele Betten entfernt.

Schließlich waren zwei der Schwestern vor seinem Bett angekommen. Wie von einem unsichtbaren Stab dirigiert, machten sie sich daran, mit energischer Sorgfalt das Bett abzuklopfen. Paul vergaß alle Angst und sah fasziniert zu, wie sie sich in einen regelrechten Trommelwirbel steigerten, sich vornüberbeugten und wie zwei Spürhunde im Fernsehkrimi an dem Laken zu schnüffeln begannen. Immer wilder und erregter wurden das Geklopfe und Geschnüffel, bis sie schließlich beide gleichzeitig aufhörten und sich mit feierlichen Mienen Frau Na-dann zuwandten.

Als hätte der unsichtbare Dirigent den Stab gesenkt.

»Wir können nichts finden.«

»Nichts?«

»Ganz und gar nichts.«

»Na, dann lassen Sie mich mal sehen.«

Frau Na-dann stampfte heran und veranstaltete ebenfalls einen Trommelwirbel auf dem Bett, ehe sie in die Hocke ging, um den Geruch des Lakens regelrecht in sich aufzusaugen.

Endlich richtete sie sich wieder auf und drehte sich nach Paul um. Auf ihrem Gesicht stand ein Lächeln, das Opa daheim in der Siedlung mit der Frage »Im Lotto gewonnen oder Bank ausgeraubt?« kommentiert hätte.

»Das hast du aber schön gemacht, Paul. Na, dann wollen wir mal dafür sorgen, dass du einen richtig großen Applaus dafür bekommst.« Sie legte Paul, der keine Ahnung hatte, womit er sich solche Ehren verdient hatte, den Arm um die Schultern und wandte sich an die anderen Kinder. »Unser Paul ist erst einen Tag hier und hat nicht ins Bett gepinkelt«, verkündete sie.

Zuerst war Paul überzeugt, das müsse Frau Na-danns Art sein, Witze zu reißen. Von daheim war er so manches gewohnt und wunderte sich über nichts. Als aber Frau Na-dann bekannt gab, die gesamte Gruppe dürfe heute Vormittag zur Belohnung für Pauls Heldentat auf den

Spielplatz, und als sämtliche Kinder ihn umringten, kaum dass die Schwestern abgezogen waren, und wissen wollten, wie er die Meisterleistung vollbracht hatte, begann er, an dieser Theorie zu zweifeln.

Das Rätsel löste sich im Laufe der zweiten Woche: Durch irgendeinen Fehler, den irgendwer an einem fernen Schreibtisch begangen hatte, war Paul Brenner nicht auf einer Station für den Tod auf Latschen, sondern auf einer für Bettnässer gelandet.

Im ersten Impuls wollte er protestieren. Ein Bettnässer war er ja nun wirklich nicht, nur weil er nicht so viel schlucken konnte, wie Mutti gern in ihn hineingestopft hätte. Beim längeren Nachdenken war er jedoch nicht mehr so sicher. Ihm war schon am zweiten Tag klar gewesen, dass da was nicht stimmte, aber die anderen Jungs waren alle so nett zu ihm, es machte Spaß, mit ihnen zu spielen, und in den Nächten schwiegen sie jetzt nicht länger wie eingesargt, sondern erzählten sich um die Wette Witze. Und die Betreuerinnen waren im Grunde auch nett, wenn man sich an ihre Art erst einmal gewöhnt hatte. Sogar Na-dann, die offenbar einen Narren an ihm gefressen hatte und ihm am dritten Tag verriet, dass sie Schwester Anne-Rose hieß.

Also beschloss Paul, für die Dauer seiner Kur ein Bettnässer zu bleiben. Er verhielt sich wie die anderen Jungen, freute sich, weil niemand schimpfte, wenn er die Jagdwurst auf dem Teller liegen ließ, und machte weiter nicht ins Bett. Wunderheilung.

Die Zeit in der grauen Kurklinik von Bad Salzuflen kam ihm im Rückblick vor wie ein Urlaub in einem neuen Paradies, aus dem er in sein altes Paradies zurückkehrte.

Und sie lehrte ihn etwas höchst Wertvolles: Es war nicht schwer, eine Zeit lang ein anderer zu sein, und es konnte sich als erstaunlich nützlich erweisen. Man musste sich nur genau ansehen, wie es gemacht wurde, und dann daran glauben, dass man es war.

4

SCHWEIN GEHABT

DAS PARADIES war ein Tummelplatz aus Bombenkratern und den gähnenden Fensterlöchern von Ruinen, Trümmerlandschaften zerschossener Menschenexistenzen, zwischen denen das Gras kniehoch wuchs und Hummeln summten. Paul und seine Freunde brauchten keine Geisterbahn auf dem Jahrmarkt, sie hatten ihre eigene, unermessliche fast vor der Haustür. Die zerbombten Vorstädte kündeten von einer Vergangenheit, die alle übertünchen wollten, die niemand beim Namen nannte und die womöglich eben deshalb so präsent war, dass man sie riechen und spüren konnte.

In Luftschutzkellern und auf Mauerresten spielten die Horden von Kindern, die sofort nach Schule und Mittagessen aus den Wohnungen gescheucht wurden und daheim erst wieder auf der Matte stehen mussten, wenn die Dunkelheit einbrach. Die Freundschaften, die hier wie Gräser und Moose aus Mauerritzen wucherten, wurden innerhalb von Sekunden geschlossen und galten für die Ewigkeit, ganz egal, ob man sich jemals wiedersah. Es war die Zeit der Blutsbrüderschaften und Verschwörungen, der Bandengründungen und Mutproben, die Zeit, in der man jeden Tag ein anderer sein konnte und eben deshalb so sehr man selbst wie später nie mehr.

Erwachsene lebten in einer Welt und Kinder in einer

anderen. Paul nahm sich vor, in die der Erwachsenen, in der man nicht länger zwischen Bombenruinen Abenteuer bestehen durfte, sondern am Ersten die Miete »auf den Tisch des Hauses« legen musste, nie hinüberzuwechseln. Auch wenn einen dann keine Mutti mehr ermahnen würde: »Mach deine Hausaufgaben, setz dich auf deine vier Buchstaben, wer aufs Gymnasium gehen will, muss fleißig lernen, sonst wird das nichts.«

Paul wollte nicht aufs Gymnasium gehen. Warum hätte er irgendwohin gehen wollen, wenn er stattdessen hier sein konnte? Im Pott. Im Paradies der braunen Himmel. Zu seinem Glück war Mutti meist zu sehr mit Kochen, Kaffeetrinken und Schimpfen auf Papa beschäftigt, um die Einhaltung ihrer Anweisungen zu kontrollieren. Viel lernen wollte Paul ja gern. Aber das konnte er auch draußen, bei seinen Freunden in den Ruinen. Dazu brauchte er keinen schönen, verheißungsvollen Tag zu verschwenden, indem er am Küchentisch über Schulheften schwitzte.

Papa hatte mit alledem sowieso nichts am Hut. Solange genug Bier im Eiseimer war, solange seine Freunde vorbeikamen, solange es denen, die er gern mochte, gut ging, war er zufrieden. Einmal schrie Mutti, die sich wieder einmal seinetwegen die Haare raufte, ihn an: »Wieso bleibt die ganze Erziehung eigentlich immer an mir hängen, wieso sagst du dem Jungen nicht mal, was du von ihm willst?«

Papa schrie nie zurück. Er war ein ganz ruhiger Mann, der niemandem Böses und nur seinen Frieden wollte. »Wat soll ich von dem Jungen denn wollen?«, fragte er. »Glücklich soll er sein. Das würd ich schon wollen. Aber sonst?«

Paul war glücklich. Besonders wenn Mutti unterwegs war und er und Papa »unter uns Männern« sein konnten. Abendessen vor der Glotze. Füße auf dem Sofa. Keine Frage nach Hausaufgaben. Papa gab freimütig zu, dass ihm die Schule nicht weiter wichtig war. Seine Freunde waren ihm wichtig. Seine vier Schwestern, fünf Brüder und der Haufen weiterer Verwandten. Aber Schule?

»Und warum ist sie für Mutti so wichtig?«, fragte Paul.

»Ach, Junge, weißt du.« Ein wenig ratlos hob Papa die Schultern und ließ sie wieder fallen. »Deine Mutti, die ist eben was Besseres. Drüben im Bayerischen war sie die Tochter vom Bürgermeister, damit ist man schon wer und muss was auf sich halten. Und was ist sie hier? Frau vom Grubenarbeiter. Das hat sie sich bestimmt nicht träumen lassen, deine Mutti, also will sie natürlich, dass du was aus dir machst und hier rauskommst. Dir was leisten kannst, ein schöneres Leben hast und so weiter.«

»Aber ich will hier nicht raus«, rief Paul, der die Geschichte von Muttis Vater, dem Herrn Bürgermeister, zu hören bekommen hatte, solange er denken konnte. »Hier ist es doch schön.«

»Ach, Junge«, sagte Papa noch einmal, »ich weiß doch auch nicht. So leicht ist das sowieso nicht immer zu verstehen, was die Frauen wollen. Der Kopf von so einer Frau – der ist eben komplizierter als bei uns Männern. Das ist, als wenn du eine von diesen Riesenkameras, wie diese Tierfotografen sie haben, mit der Instamatic vergleichst, wo du nur zu knipsen brauchst und fertig ist der Lack.«

Damit gab Paul sich zufrieden, und sie redeten nicht

länger darüber, sondern sahen sich eine Sendung über die Tierwelt des Amazonas in der Glotze an und aßen Bratrollmöpse vom Kiosk.

Es wurde wieder Sommer, die Tage, die dem Herumstreunen auf dem Ruinengelände gehörten, länger und länger, und der Einbruch der Dunkelheit, der Paul und seine Freunde nach Hause zwang, erfolgte mit jedem Tag später, sodass für Hausaufgaben beim besten Willen keine Zeit mehr blieb. Es war Pauls liebste Jahreszeit. Während er mit Georg von der Schule nach Hause schlenderte, konnte er seine Freude auf den Nachmittag kaum bezähmen.

Giovanni ließ sich heute nicht blicken, aber Rosemarie, die nette Bedienung aus der Eisdiele, stellte zwei kleine Tische auf die Straße und winkte den Jungen zu. »Na, ihr zwei? Habt ihr Lust auf einen Eisbecher Napoli?«

»Lust schon«, murmelte Georg so leise, dass Rosemarie ihn wahrscheinlich gar nicht hörte. »Bloß keine Kohle, leider.«

Paul bemerkte die Sehnsucht in seiner Stimme und empfand augenblicklich dasselbe. Zum Anfang vom Sommer gehörte einfach eine riesenhoch aufgetürmte Eiswaffel, die schneller schmolz, als man lecken konnte, und die einem kakaobraun und blassgelb auf die Finger tropfte. Das dicke Schwein fiel ihm ein – ein rundes rosa Porzellangebilde, das Mutti ihm gekauft hatte, damit er darin so fleißig sparte, wie er für die Schule lernen sollte.

Fleißig war eines von Muttis Lieblingswörtern.

An den Sonntagen bei Papas Familie, wenn die meisten schon ordentlich Bier und Kurze getankt hatten, wurde die Verwandtschaft spendabel, man winkte die Kinder zu sich und steckte ihnen mit Verschwörermiene Münzen zu. »Hier, kauf dir was Schönes.«

Mutti kassierte dieses Geld immer gleich ein und schnauzte die Onkel oder den Opa, die es geschenkt hatten, an: »Fragst du mich gefälligst, bevor du meinem Sohn einfach so zwei Mark in die Hand drückst? Was soll der Junge sich denn kaufen, der bekommt doch alles, was er braucht.«

So hatte das dicke Schwein Einzug gehalten, begleitet von Muttis Gebrauchsanweisung: »Da in den Schlitz steckst du jetzt alles Geld, das irgendwer dir schenkt, hast du verstanden? Für deine Zukunft. Irgendwann wirst du mal froh sein, dass du fleißig gespart hast, nicht alles irgendwo verläpperst wie dieses Volk.«

Wenn sie »dieses Volk« sagte, meinte sie grundsätzlich Papas Familie, in der nie jemand Bürgermeister gewesen war. Es war, soweit Paul wusste, noch das harmloseste Wort, mit dem sie sie belegte.

Seit das dicke Schwein auf der Anrichte in der Küche stand, war Mutti auch zu Geburtstagsgeschenken übergegangen, die Pauls Hände nicht einmal mehr streiften, sondern sofort in dem Schlitz im Schweinerücken verschwanden. Das Schwein musste ziemlich voll sein. Als Mutti es das letzte Mal hochgehoben hatte, um ein Markstück von Opa hineinzustecken, hatte es mächtig geklimpert.

»Ich hab Geld«, platzte Paul heraus. »Ich kauf uns allen ein Eis. Treffen wir uns in einer halben Stunde wieder hier?«

Auf einmal konnte er nicht schnell genug nach Hause kommen. Mutti war in die Stadt gefahren, um irgendetwas günstig einzukaufen, und Papa war noch auf Schicht. Paul schloss die Wohnungstür auf und ignorierte das kalte Mittagessen, das Mutti ihm hingestellt hatte. Kaum eine Minute später war er schon auf einen Stuhl vor der Anrichte geklettert und hangelte nach dem dicken Schwein.

Es musste wirklich ordentlich was drin sein – in seinen Händen wog es viel schwerer als erhofft, und bei der kleinsten Bewegung klimperten Münzen. Er würde eine Handvoll herausfischen, genug, um für seine Freunde ein Eis zu kaufen, und Mutti würde gar nichts davon merken. Schließlich besaß sie ja keine Röntgenaugen und konnte nicht durch die Porzellanwand ins Innere des Schweinebauchs sehen.

Außer dem Schlitz schien das Schwein jedoch keine Öffnung zu besitzen, aus der er etwas hätte herausholen können. Paul drehte und wendete es, und leichte Panik erfasste ihn: War etwa sein Geld für immer verloren, verschlungen von einem gefräßigen Borstentier aus Porzellan? Er drehte es um und versuchte, die Münzen herauszuschütteln, doch außer Geklimper geschah nichts. Er schüttelte heftiger, sah das Silber einer Fünfzigpfennigmünze aufblitzen und versuchte, sie herauszuschütteln, aber immer wieder verkantete sie sich, es war zum Verzweifeln.

Dann kam ihm die Idee, ein Messer in den Schlitz zu stecken, unter die Münze zu schieben und auf der Klinge nach draußen gleiten zu lassen. Das klappte vorzüglich.

Dann sah er die einen Zehnmarkschein herausspitzen. Er legte das Schwein auf die Seite und mithilfe eines zweiten Messers schaffte er es, den Schein herauszuziehen. Ein paar Fünfer folgten. Er war reich.

Auf jeden Fall reichte es für jede Menge Eis, mit dem sieben hungrige Jungen sich die Bäuche vollschlagen konnten.

Hastig stopfte Paul sich das Geld in die Hosentaschen. Sie waren so schwer, dass er seine Hose festhalten musste, damit das Gewicht des Geldes sie ihm nicht herunterzog.

Seine Freunde waren bereits versammelt und warteten auf ihn.

»He, Leute, ich hab Geld!«

Damit hatte keiner gerechnet. Schon gar nicht mit solchen Mengen. Heute würden sie sich nicht mit tropfenden Waffeln begnügen, sondern sich wie Erwachsene an einen Tisch setzen, bei der hübschen Rosemarie die größten Becher bestellen und so richtig spachteln. Die Sonne schien, die vorübergehenden Leute lachten und winkten, und das Eis hatte noch nie so gut geschmeckt. Wer seines aufgegessen hatte, bekam ein zweites, und die Beulen in Pauls Leisten wurden flacher. Als er zum Abschluss noch für alle eine Cola ausgeben wollte, die sie sonst nicht trinken durften, reichte es nur noch für drei.

Das war auch gut, denn ihre Bäuche waren so voll, dass sie ein bisschen wehtaten, und mit sieben Strohhalmen aus drei Gläsern zu trinken, machte einen Heidenspaß. Das Geld war gut angelegt, fand Paul. »Kauf dir was Schönes«, hatten Opa und die Onkel gesagt, und er hatte sich das Schönste gekauft. Geld als Geschenk war ihm immer ein bisschen traurig und langweilig vorgekommen, aber den fröhlichen Nachmittag mit seinen Freunden würde er lange im Gedächtnis behalten.

Zumindest glaubte er das.

Bis Mutti kam.

Sie rannte die gesamte Straße hinunter, die an diesem frühen Sommerabend voller Menschen war, und schimpfte dabei ohne Pause in einem fort so laut, dass Paul einen Augenblick lang Angst hatte, ihr müsse der Kehlkopf zerspringen. Gleich darauf hatte sie ihren Tisch vor der Eisdiele erreicht, und er vergaß ihren Kehlkopf.

Was sie auf ihn niederschrie, hörte er nicht. Die pure Lautstärke rauschte in seinen Ohren, sodass er kein Wort verstand. Sie packte ihn irgendwo, bei den Haaren, am Ohr, es kam ihm vor, als würde er es nicht spüren. Nur an die Freunde dachte er, an den schönen Tag, der ihnen verdorben war. Georg, Ulli und die anderen waren erschrocken aufgesprungen und zurückgewichen. Sie hatten alle Mütter, die sie ausschimpften, ihnen Backpfeifen verpassten, sie zu Hausarrest verdonnerten oder ihnen den Hintern versohlten. Das war gang und gäbe, man nahm es in Kauf, und meistens war das, was man dafür erlebt hatte, die Sache wert. Eine Mutter, die so ausrastete wie Mutti, hatte jedoch keiner. Nur Paul.

»Woher hast du das Geld!? Woher?« Paul, der im Schwindeln nicht faul war, kriegte keinen Ton raus. »Wo du das Geld herhast, will ich wissen! Klaust du jetzt etwa? Die Müller von oben fragt mich, ob bei uns der Wohlstand ausgebrochen ist? *Ihr Sohn gibt beim Itaker den Krösus!* Also noch mal: Woher?« Paul schluckte und traute sich zu sagen: »Es ist meins.« »Deins?« Mutti war erst mal verblüfft. Es dauerte, bis der Groschen fiel. Dann zerrte sie Paul am Arm nach Hause.

Sie schleifte ihn die Straße entlang zurück und schimpfte weiter, bis sie ihn in den Flur ihres Hauses stieß. Die Gericke machte ihre Tür auf. Wie bei einer dieser Kettenreaktionen machten alle anderen Nachbarn ebenfalls ihre Türen auf und steckten ihre Köpfe durch den Spalt.

»Da siehst du's«, schrie Mutti noch immer gellend, aber doch immerhin so weit gedämpft, dass Paul Wörter ausmachen konnte. »So was tust du mir an, vor der gesamten Nachbarschaft stellst du mich bloß. Das ist der Dank für alles, was ich für dich getan habe – dass du mich hier zum Gespött des ganzen Hauses machst.«

Paul war einen halben Atemzug lang in Versuchung, ihr zu sagen, sie hätte nur leiser sprechen müssen und von den Nachbarn hätte niemand etwas mitbekommen. Aber das wäre verlorene Liebesmüh gewesen, wie Mutti immer sagte, wenn sie von den Opfern sprach, die sie seinetwegen auf sich nahm. *Verlorene Liebesmüh.* Außerdem hätte die Gericke natürlich trotzdem etwas mitbekommen. Die Gericke bekam alles mit.

Zu Hause stand Mutti dann verblüfft vor dem heilen Sparschwein. Schüttelte es, betrachtete es von allen Seiten, fixierte ihn und sagte gefährlich leise: »Du lügst, schon wieder!« Um das Ganze abzukürzen, holte Paul das Messer aus der Schublade und zeigte ihr, wie er es gemacht hatte. Ihr Gesichtsausdruck war schlimmer als das Geschrei vorher. »Kriminell, du bist richtig kriminell.« Einen Moment sah es so aus, als ob sie weinen würde, aber dann sagte sie, ohne ihn anzusehen: »Du wirst dich wundern, Freundchen, warte nur, bis dein Vater nach Hause kommt. Geh und mach deine Schularbeiten.«

Das sagten die Mütter seiner Freunde, wenn diese sich auf eine gehörige Tracht Prügel gefasst machen durften. Papa aber hatte Paul noch nie geschlagen. Er wollte, dass

Paul glücklich war, sonst nichts, und Paul war den ganzen Nachmittag über glücklich gewesen.

Paul saß im Schlafzimmer, als Papa nach Hause kam. Eine Zeit lang war es ruhig, dann schimpfte Mutti: »Wenn wir ihm das durchgehen lassen, kommt er auf die schiefe Bahn!« Sie kam ins Zimmer, packte ihn am Arm und stieß ihn durch den Korridor in die Küche. Es roch nach Wirsingrouladen. Paul wurde schlecht.

In der Küche brannte die trübe Lampe über dem Esstisch, obwohl es draußen noch lange nicht dunkel war. Auf der Eckbank saß Papa, stand aber auf, als Mutti und Paul eintraten.

»Ach, Junge«, murmelte er nur. »Ach, Junge.«

»Da hast du den kleinen Verbrecher«, zischte Mutti und stieß Paul auf Papa zu. »Ja, ganz richtig. Einen Verbrecher haben wir uns da herangezogen, einen Lügner, Nichtsnutz und obendrein einen Dieb!«

»Helga, jetzt lass doch«, murmelte Papa.

»Gar nichts lass ich«, schrie Mutti. »Du siehst doch, wohin du uns mit deinen laxen Methoden gebracht hast. Aber diesmal nicht. Diesmal nimmst du ihn dir vor, wie du es mir versprochen hast.«

Papa seufzte. »Also gut. Also ja. Komm her, Junge.«

Pauls Herz hämmerte. Als er sich nicht rührte, versetzte Mutti ihm noch einen Stoß in Papas Richtung. Papa umfasste von hinten den Kragen von Pauls Sporthemd. Der Griff war lasch, ohne Nachdruck. Sekundenlang streifte ihn Papas Blick, und Paul war sicher: Er hatte nie zuvor ein so trauriges Gesicht gesehen.

»Beug dich da mal drüber.«

Paul war so erschrocken, dass er sich nicht wehrte. Er

beugte sich über den Küchentisch und legte den Oberkörper auf die Tischplatte. Er hatte keine Angst vor den Schlägen. Schläge gingen vorbei, er hatte sich Angst davor schon lange abgewöhnt. Angst hatte er davor, dass es Papa war, der ihn schlug, dass dabei ihre Welt in Stücke gehen würde – ihre so einfache, so behagliche Papa-und-Paul-Welt auf dem Küchensofa, an dem Caterina Valente und die deutsche Nationalelf, die Tiere des Amazonas, Peter Frankenfeld und Giovanni, der Pizzateller balancierte, vorbeitanzten.

Papa zog sich den Gürtel aus den Schlaufen und schlug zu.

»Eins«, zählte Mutti.

Es tat nicht weh. Nicht am Hintern. Nur das Herz in seinem auf die Tischplatte gepressten Brustkorb tat Paul so sehr weh, dass er am liebsten seinem Vater zugerufen hätte: »Ist nicht schlimm, Papa. Ich bin dir nicht böse. Bring's hinter dich, und am Wochenende hören wir uns das Dortmund-Spiel im Radio an.«

»Zwei.«

Paul glaubte zu hören, wie Papa die Zähne zusammenbiss. Es tat noch immer nicht weh. Trotzdem füllten sich seine Augen mit Tränen. Ein Dutzend Mal schlug Papa begleitet von Muttis Zählen zu. Dann warf er seinen Gürtel neben Paul auf den Tisch und verließ ohne ein Wort die Küche.

Paul hörte die Wohnungstür schlagen. Er wünschte, er hätte ihm hinterherlaufen können, ihm die Treppe hinunter nachrufen: »Warte, ich komm mit.« An seine Seite springen und seine Hand in Papas Hand schieben. Mit ihm gehen, wie sie gegangen waren, als er noch klein gewesen war, sein Kopf nur ein kleines Stück höher als Papas Hüfte.

Auf einmal wünschte er sich jene Zeit zurück, seine Hand in der von Papa, sie beide so fest verbunden, dass keinem von ihnen etwas geschehen konnte. Er wäre in diesem Augenblick mit ihm gegangen, wohin auch immer der wollte, ohne zu fragen, einfach die Straße hinunter und fort.

Papas trauriges Gesicht hatte sich ihm eingebrannt.

»Da siehst du mal, wohin du die Menschen treibst«, sagte Mutti. »Diesen Mann, den sonst niemand dazu kriegt, sich durchzusetzen, hast du mit deinem Benehmen dazu gebracht, dich zu verprügeln. Und dabei ist er nicht einmal dein Vater und bräuchte von Rechts wegen für dich überhaupt nichts zu tun.«

5

VERTREIBUNG

SEIT PAPA nicht mehr Papa, sondern Helmut war, kamen die Träume zurück, die keine Träume waren. Paul schloss die Augen und spürte, wie er kleiner und kleiner wurde, bis seine Augen zu klein waren, um an seiner zu kleinen Gestalt noch herunterzublicken und etwas zu erkennen, bis ihn im Gewirr der Betttücher niemand mehr ausmachen und daraus aufheben könnte. Für die anderen hatte er sich aufgelöst, war spurlos verschwunden, und nur er selbst wusste, dass er noch da war, so klein, dass Mutti ihn aus dem Laken schütteln würde, wenn sie das Bett frisch bezog.

In der folgenden Nacht war er todmüde und schloss die Augen, um zu schlafen, aber seine Lider schienen durchsichtig, wie aus dem klarsten Glas. Wohin er sich auch wälzte und wendete – er fand keinen Schlaf. Der Raum vor seinen Augen verschwand nicht, er sah weiterhin jede Einzelheit gestochen scharf, vielleicht sogar schärfer denn je.

Er konnte dem nicht entrinnen. Weder den Bildern, die ihn trotz der geschlossenen Augen umringten, noch dem Gefühl, in rasender Geschwindigkeit zu schrumpfen und nicht mehr wahrnehmbar zu sein.

Wenn seine Freunde klingelten, um ihn zum Spielen in ihr Paradies abzuholen – was würde Mutti ihnen sagen?

Dass es einen Paul, der ihr Sohn gewesen war, nicht mehr gab, dass man das gesamte Haus nach ihm abgesucht hatte, jedoch ohne Erfolg?

Das Spielen im Paradies hatte sich aber ohnehin bald erledigt, denn nach den Sommerferien wechselte er auf das Gymnasium, das Mutti bereits vor Jahren für ihn ausgesucht hatte. Sie platzte vor Stolz. Zu den sonntäglichen Treffen bei Opa ging sie wieder aufrecht mit, weil sie den versammelten Tanten, deren Kinder sich mit Ach und Krach durch die Volksschule kämpften oder sogar auf der Hilfsschule gelandet waren, erzählen musste, was für Wunder ihr Sohn im Gegensatz dazu zustande brachte.

»Paul geht jetzt morgens mit den Zwillingen vom Apotheker zur Schule«, berichtete sie mit stolzgeschwellter Brust. »Um sich nachmittags mit den Bengeln aus der Straße herumzutreiben, hat er keine Zeit mehr. Er kommt oft erst nach vier nach Hause und hat dann noch Hausaufgaben zu machen.«

Nach vier kam Paul nach Hause, weil er an den meisten Tagen nachsitzen musste. Irgendetwas war immer. Einmal hatte er in der Turnhalle, während sie auf den Lehrer warteten, ein paar Kästen aufeinandergestellt und darauf Tarzan gespielt. Den Film *Tarzan, der Herr des Dschungels* hatte er im Kino gesehen. Papa – als er noch Papa gewesen war – war oft mit ihm ins Kino gegangen, und wenn er keine Zeit gehabt hatte oder mit Mutti mal allein sein wollte, hatte er Paul zwei Mark in die Hand gedrückt und ihn allein losgeschickt.

In der Volksschule hatte es nur einen kleinen Turnsaal und meist keinen Lehrer gegeben, der Turnen unterrichtete. Wenn er sich mit Georg und Ulli über die alten Mat-

ten gekugelt hatte und an der Sprossenwand hinaufge-
klettert war, um Tarzan zu spielen, hatte das niemanden
gekratzt. Warum auch? Was konnte beim Toben zwischen
ein paar wurmstichigen Turngeräten schon passieren?
Beim Herumkraxeln in den Mauern der Ruinen hatten
sie oft weit gefährlichere Kunststücke vollführt und sich
nicht mehr als ein paar Schrammen und blaue Flecke
geholt.

Hier, auf dem Gymnasium, wussten viele Jungen nicht
einmal, wer Tarzan war. Ängstlich blickten sie zu Paul auf,
der über ihren Köpfen an unsichtbaren Lianen schwang
und Kampfschreie von sich gab.

»Au weia, fall da bloß nicht runter, Paul!«, rief Rüdiger,
der eine Apothekerzwilling, der der kleinste, schmäch-
tigste Junge in der Klasse war und gehänselt wurde, weil
er vor jedem Schatten an der Wand in Angstschweiß ausbrach. Dann kam der Turnlehrer – oder Lehrer für Leibes-
übungen, wie es hier hieß – dermaßen wütend zur Tür
hereingefegt, dass Paul fürchtete, ihm würde die Luft
wegbleiben.

Paul blieb nichts weg, er bekam einen Tadel. Seinen
zweiten. Den ersten hatten sie ihm verpasst, weil er aufgesprungen war und Herrn Mehring, den Geschichtslehrer, einen gemeinen Fiesling geschimpft hatte. Das war
natürlich alles andere als schlau gewesen, aber Paul hatte
nicht anders gekonnt. Der Geschichtslehrer hatte den kleinen Rüdiger vor der gesamten Klasse fertiggemacht, weil
dieser irgendeine abstruse Frage zum Römischen Reich
nicht beantworten konnte. Dabei war Rüdiger der flei-
ßigste Junge der ganzen Klasse, nur hatten er und sein
Zwilling mit Windpocken im Bett gelegen, während das

Römische Reich durchgenommen worden war. Als dem Kleinen die Tränen kamen, war es mit Pauls Beherrschung vorbei. Solange er denken konnte, hatte er nichts so wenig ertragen wie Ungerechtigkeit.

Er bekam Sodbrennen davon. Und wenn er nicht wollte, dass das Sodbrennen ihm die Kehle versengte, musste er den Mund aufmachen.

Die Briefe, die die Schule wegen der Tadel nach Hause schickte, fing er beide Male vorsorglich ab.

Im Unterricht langweilte er sich entsetzlich, aber das Ganze hatte auch etwas Gutes: War auf der Volksschule Papier immer knapp gewesen, so gab es hier Unmengen davon. Bleistifte auch. Wer einen abgenutzt hatte, bekam einen neuen. Paul verlegte sich aufs Zeichnen. Er beobachtete die Lehrer, wie sie sich in die Brust warfen und die gestreckten Zeigefinger hoben, ehe sie wie der Pfarrer auf der Kanzel mit ihren Predigten loslegten. Er hätte sie liebend gern nachgeahmt wie die Besoffenen auf Opas Familiennachmittagen, aber weil ihm klar war, dass er das besser nicht machte, begann er, sie zu skizzieren.

Anfangs war es schwierig. Von dem Bild, das er vor sich sah, und den Gedanken, die er im Kopf hatte, landete nichts auf dem Papier. Mit der Zeit aber schälten sich aus dem Gewirr der Striche die Nase des Lateinlehrers, die hohe Stirn von Professor Gansel, der Mathematik unterrichtete, die gespitzten Lippen des Rektors heraus. Seine Freunde waren begeistert, sie lachten sich über die Zeichnungen kaputt. Paul hätte sie meistbietend versteigern können.

In der Lateinarbeit schrieb er eine Sechs. In Mathematik und Erdkunde reichte es immerhin zur Fünf, was für eine Versetzung aber nicht genug war. Den Brief, der sein Totalversagen in den heiligen Hallen des Gymnasiums ankündigte, fing Paul zwar ebenfalls erfolgreich ab, aber eine der Frauen, die Mutti abwechselnd ihre Freundinnen und »diese gehässigen Ziegen« nannte, hatte wohl in der Apotheke erfahren, dass Paul zu den Sitzenbleibern des Jahres gehörte, und war auf dem schnellsten Wege in die Heroldstraße gelaufen, um zu petzen.

Mutti kippte ihre Einkaufstasche im Korridor aus, griff nach zwei Packungen mit den langen Nudeln – Spaghetti –, die Paul gern aß, und begann, damit auf ihn einzuschlagen. Paul bekam nicht viel ab, aber am Ende lagen die Nudeln zerbrochen und zertreten auf der kratzigen Auslegware, wurden fluchend aufgeklaubt und in den Abfall geworfen.

»Ich begreife nicht, wie du mir das antun kannst«, schrie sie. »Ich habe mich krummgelegt für dich, ich habe mich aufgeopfert, damit du es einmal besser hast, und du trittst das alles mit Füßen! Ich bin nur froh, dass mein Vater das nicht mehr erleben muss, den hätte die Schande ins Grab gebracht!«

Zum Glück liegt er da schon drin, durchfuhr es Paul, und ein bisschen schämte er sich dafür, dass er sich nicht schämte.

»Schämst du dich nicht?«, schrie Mutti. »Dein Großvater war Bürgermeister, und was machst du? Du gehst jetzt wieder mit den Malocherblagen auf die Juchtenschule. Ein Versager bist du, ein Nichtsnutz, ein Nagel zu meinem Sarg!«

Der Schlüssel knirschte im Schloss, und gleich darauf tauchte Papa, nein, Helmut in der Tür auf. Er sah müde aus, erschöpft von der Schicht. »Jetzt lass es doch mal gut sein, Helga«, sagte er. »Dann geht der Junge eben wieder auf die Volksschule, das ist doch kein Beinbruch. Der Dieter von meinem Bruder ...«

»Der Dieter von deinem Bruder ist ein Hilfsschüler!«, schrie Mutti. »Der wird sein Leben lang für andere den Trottel machen und sich für ein paar lumpige Pfennige ausnutzen lassen. Mein Sohn soll so nicht enden, mein Sohn nicht!«

»Der Dieter ist ein feiner Kerl«, sagte Helmut, der Mutti sonst nie widersprach. »Er baut Autos zusammen. Richtig gute Autos. Einer, der so was fertigbringt, kann ja wohl kein Trottel sein.«

Mutti schnaufte und gab etwas wie »Pah« von sich. »Darf ich mal wissen, was dich das überhaupt angeht?«, schoss sie dann zurück.

Helmut trat hinter Paul, legte ihm den Arm um die Schulter. »Dass du den Jungen quälst, geht mich was an«, sagte er. »Ich kann da nicht einfach so zusehen, schließlich bin ich immer noch sein Papa.«

Paul brauchte nur ein paar Tage, um es zu begreifen: Er war gar nicht aus dem Paradies vertrieben worden wie die zwei, die beim Apfelessen nicht aufgepasst hatten. Papa war immer noch sein Papa. Warum auch nicht? Der andere Mann, den Mutti als seinen Erzeuger bezeichnete, war schließlich nie aufgetaucht und stellte somit keine Gefahr dar. Er war so etwas wie der Herr Bürgermeister: Er mochte sich im Grabe oder wo immer er sonst war umdrehen, aber davon geriet die Welt nicht ins Wanken.

Nicht die Welt, die Paul und Papa gehörte. Was ging

irgendein Fremder irgendwo auf der Erde sie an? Muttis Freundinnen, die auf einmal alle Bescheid zu wissen schienen, bestürmten ihn, er müsse doch wissen wollen, was für ein Mensch sein Vater sei, müsse doch den Wunsch verspüren, ihn kennenzulernen.

»Du armes Hascherl«, flötete Tante Ilse, die abwechselnd als Muttis Busenfreundin und als ihre Erzfeindin fungierte. »Als wär's nicht schlimm genug, als kleiner Bastard auf die Welt zu kommen – aber obendrein den eigenen Vater nicht zu kennen, das ist noch mal eine Schippe obendrauf.«

Paul horchte in sich hinein, aber von dem Wunsch, diesen »eigenen Vater« kennenzulernen, vernahm er keine Spur. Er kannte seinen Papa, er wusste, was sein Papa für ein Mensch war. Das war genug, und er kannte viele Väter, die besser keine Kinder gemacht hätten.

Während der Sommerferien nahm Papa ihn wieder häufig nach der Schicht mit in den Schrebergarten. Paul durfte Grünzeug für die Fütterung »der Viecher« sammeln, und auf dem Heimweg machten sie bei Giovanni halt, kauften sich ein Stück Pizza auf die Hand und fachsimpelten über die kommende Saison von Dortmund. Oder er machte mit Papa die Marktrunde, wenn der Spätschicht hatte. Die Sensation für Paul war neben der Schillerlocke und dem Stück Bratfisch von Papa der Gärtner Strehlau. Ein Mann wie eine Vogelscheuche. Hager, groß, mit Gummistiefeln und Kittel, gekrönt von einem Totenschädel mit Cordhut. Der hatte sich zahnlos, wie er war, zu Pauls Vergnügen das Gebiss seines Bruders bei dessen Beerdigung geschnappt: »Das is' noch gut, das hat er erst kurz vorher noch gekriecht!« Und siehe da, es passte.

Fast. Während er schwadronierte, was er ohne Unterlass tat, fiel mitten im Wort schon mal das obere Gebissteil runter. Ein Anblick wie in der Geisterbahn. Und der absolute Höhepunkt kam, wenn ihm das Gebiss herausfiel, weil er gebückt weitergequasselt hatte. Paul konnte vollkommen vergessen stehen bleiben und mit Papa darauf warten. Sie lachten sich den ganzen Weg nach Hause scheckig.

Als die Ferien vorüber waren, kehrte Paul in seine alte Klasse in der Volksschule zurück. Es gab nicht einmal ein großes Hallo zur Begrüßung, keine Fragen oder Bemerkungen. Paul war einfach wieder da und saß in seiner Bank neben Georg, als wäre er überhaupt nie weggewesen.

Mit der Zeit verblasste die Erinnerung an das Gymnasium, wich in die Nebel der Vergangenheit zurück wie andere lange zurückliegende Katastrophen, die Paul nur deshalb im Gedächtnis hafteten, weil sie ihm allzu oft erzählt worden waren. So wie der Tag, an dem er im Alter von fünf Jahren Terpentin getrunken hatte, vermutlich in der Annahme, in der Flasche sei Sprudel. Papa hatte ihn dabei erwischt, hatte ihn sich unter den Arm geklemmt und war mit ihm in die Notaufnahme des Krankenhauses geflitzt, wo sie ihm so lange Milch einflößten, bis er das ganze Zeug wieder auskotzte.

Auf Papa war Verlass. Papa war es auch, der dann im Sommer durchsetzte, dass sie »die Bayern« besuchten. »Wir sind jetzt lang genug verheiratet, und die kennen mich nicht mal.« Er insistierte selten, aber wenn ... Also, beschlossene Sache. Paul war völlig aufgewühlt. Im Zug konnte er sich neun Stunden lang nicht sattsehen an der grünen Welt, die an ihm vorbeirauschte. Dann noch der Postbus und dann Pöttmes! Andere Luft, anderes Licht. Alles klein und gemütlich und irgendwie ...

Wohnen bei den Großtanten. Alles ganz einfach und einfach schön. Plumpsklo neben dem Schweinestall, waschen aus der Schüssel. Die Werkstatt vom Urgroßvater. Der macht Räder und Wagen. Alles mit der Wasserkraft vom riesigen Schaufelrad. Paul konnte ständig ins Staunen versinken. Und alle waren nett zu ihm, fütterten ihn und freuten sich, ihn zu sehen. Paul versuchte ständig, sich zu erinnern, aber es blieb alles im Nebel.

Dann der Besuch beim Metzger! Er schob die schwere Tür auf, und seine Nase schrie: »Ja! Hier war ich schon!« Selig grinsend stand er mitten im Laden und war wieder zu Hause. Diese Düfte! Der ganze Junge ein Genuss! Der Metzger hielt ihm lächelnd ein Stück Gelbwurst über den Tresen. »Du gehörst doch zum Brenner Hans.« Paul nickte selig kauend.

Am Nachmittag Besuch bei Onkel Peter und Tante Marie. Der Onkel hörte schlecht und saß direkt vor dem voll aufgedrehten Fernseher, damit er alles mitbekam. Er hatte im Steinbruch gearbeitet. Der Onkel, eigentlich Großonkel, brachte ihm mit dem Zimmerstutzen das Schießen bei. Paul hatte den Bogen sehr schnell raus und durfte dann auch gleich Tauben fürs Mittagessen schießen.

Am Nachmittag, die Sonne stand heiß zwischen den Ähren, ging's rauf zum Baron. Der Hofhund, Foxlschrubberschnauzlbär, ein schwarzes Riesenviech, laut, aber lieb, tollte vorneweg. Schon von Weitem leuchteten die Kirschen, die am Straßenrand Spalier standen. Paul war wie der Blitz auf dem Baum und stopfte Kirschen in sich hinein. Onkel Peter drehte lächelnd noch eine Runde: »Pass auf, dass du nicht zu schwer wirst, sonst haut's dich runter!«, doch eine Stunde später saß Paul immer noch oben. Es waren köstliche, sinnliche Tage. Zum Abschluss fand in Immendorf noch eine Kirchweih statt, auf der der Onkel Hans mit seinen Spezln aufspielte. Paul war stolz wie Oskar und vertilgt Unmengen von Würsten und Brezn und Schweinsbraten. Es musste ja reichen bis zum nächsten Jahr. Den Helmut haben alle genauso verwöhnt, das machte Paul ganz glücklich. Jetzt hat sein Papa auch eine Heimat!

Papa war zur Stelle, wann immer Not am Mann war, und mit Papa an seiner Seite hatte Paul sowohl das Terpentindrama als auch das Gymnasium überlebt.

Opa aber überlebte nicht. Alte Leute gaben den Löffel nun mal irgendwann ab, wie die Gericke bekundete, und »der alte Suffkopf« war Mutti zufolge »längst überfällig«. Mit Opa aber starb auch eine Ära. Die Sonntage, an denen »dieses Volk« in Opas Wohnstube zusammenströmte, die Frauen Reisetaschen voller vorgekochter Gerichte mitbrachten, die Kinder Sammelbilder tauschten und die Männer zu verbergen versuchten, dass sie mit jeder Stunde besoffener wurden, fanden nur noch selten statt und versickerten schließlich ganz. Die Familie fiel auseinander wie eine Handvoll Nägel, aus deren Mitte man den Magneten entfernt hatte. Man sah sich noch gelegentlich zu besonderen Anlässen, doch das tiefe Gefühl der Zugehörigkeit, mit dem Paul aufgewachsen war, erlosch.

Er war Opa dankbar. Nach den Vorstellungen von Mutti und ihren Freundinnen war der nicht einmal sein richtiger Opa gewesen, aber er hatte Paul nie anders als »mein

Junge« genannt oder von ihm als »dem Helmut sein Junge« gesprochen. Wo die meisten Männer ihm ein bisschen wie Kinder vorkamen, die ohne Frauen hilflos, wie Nichtschwimmer im Wasser ihres Lebens herumzappelten, hatte Opa die Dinge in der Hand gehabt und gewusst, wo es langging.

»Der Opa, bei dem kann das Korn meterhoch stehen, seine Flinte wirft der nicht rein«, hatte Papa gesagt. »Der wüsste gar nicht, wie er das anstellen sollte, ist auf seinen zwei Beinen im Leben festgeleimt.«

Nun aber war diese festgeleimte Figur aus dem Leben herausgebrochen worden, und es kam Paul vor, als sei er selbst damit unfreiwillig eine Stufe aufgerückt – der Welt der Erwachsenen entgegen, in der es keine Abenteuer gab und vor deren Leere ihm graute. Als rücke der Tag, an dem er aus seinem Paradies vertrieben werden würde, näher, auch wenn er einen Bogen um Äpfel machte.

Wenn es ihm zu viel wurde, wenn das Grauen der Träume wiederkehrte, flüchtete er sich in Geschichten. In die, die er sich mit seinen Freunden ausdachte, wenn sie zusammen zwischen den Ruinen spielten, in die aus dem Fernsehen und in die, die sich vor ihm ausbreiteten, sooft er ein Buch aufschlug. Dem Büchereibus, der jeden Dienstag vor der Schule stand, fieberte er entgegen. Ausleihen und für die Woche mit nach Hause nehmen durfte man nur ein einziges Buch, aber anschauen durfte man so viele, wie man wollte. Paul ging dienstags nach der Schule zum Bus, setzte sich auf einen Schemel in der Ecke, in der es nach Staub und dem Leim der Buchrücken roch, und las sich kreuz und quer durch Stapel von Geschichten. Die ihn am meisten faszinierte, nahm er mit nach Hause, und in der Woche darauf freute er sich schon auf eine neue.

Das Lesen gehörte zu den wenigen Beschäftigungen, gegen die nicht einmal Mutti etwas einzuwenden hatte. »Zumindest liest er«, sagte sie zu Papa. »Nicht so wie du, der seine gesamte Freizeit vor der Glotze verbringt. Wenigstens darin scheint er mir nachzuschlagen.«

Mutti las auch viel, aber in den Büchereibus ging sie nie. Stattdessen kaufte sie sich am Bahnhofskiosk Hefte, die sie in ihrer Nachttischschublade versteckte. Sobald jemand die Schlafstube betrat, riss sie die Schublade auf, warf das Heft, das sie gerade gelesen hatte, hinein und schlug sie wieder zu. Nächtelang malte Paul sich aus, was für grandiose, spannende, verbotene Geschichten sich in diesen Heften verbergen mochten. Als es ihm jedoch einmal gelang, eins zu stehlen, während Mutti einkaufen war, war er tief enttäuscht. Die Geschichte handelte von einem verlassenen Mädchen, das allein ihr Kind aufziehen muss und nicht weiß, dass der reichste Mann der Stadt in sie verliebt ist. Viel mehr passierte nicht, doch zum Ausgleich wurde fortwährend geschluchzt, geseufzt und geschmachtet.

Paul las das Heft nicht zu Ende und wunderte sich wieder einmal über die seltsamen Dinge, die Erwachsene für unterhaltsam hielten.

Wenn er selbst gerade keine Geschichte fand, die ihn fesselte, dann zeichnete er sich eine. Das Zeichnen war das einzige Überbleibsel aus seiner Zeit im Gymnasium, über das er sich freute. Wenn man ein einziges Bild aufs Papier warf, hatte man bereits Figuren für eine Geschichte, und wenn man damit fortfuhr, ein Bild ans andere zu reihen, erwachten die Figuren zum Leben. Paul zeichnete Comics. Schon bald umringten ihn seine Freunde, sobald er einen neuen Strip fertig hatte, und so schnell, wie sie nach Nachschub verlangten, kam er mit dem Zeichnen gar nicht hinterher.

Opa versuchte er auch zu zeichnen, aber es gelang ihm nicht, und auf den wenigen Fotos, die es von Opa gab, waren seine Gesichtszüge kaum zu erkennen. Opa, das war irgendwie keiner, der sich auf ein Stück Papier bannen ließ. Wenn Paul ihn vor sich sah, dann war er immer in Bewegung, meist schimpfend und gestikulierend oder auch lachend und erfolglos verbergend, dass er mehr als nur einen im Tee hatte.

»Der eine kommt, der andere geht«, sagte Mutti, als sie Paul mit einem Foto von Opa ertappte, und eine ihrer Feindinnen, die gerade wieder als Freundin durchging, ergänzte: »Da wird sich der Helmut ja nicht länger mit dir rumplagen, wo er jetzt bald sein eigenes Kind hat.«

»Und deiner Mutter darfst du auch nicht mehr so viel Ärger machen«, ereiferte sich eine weitere. »So einfach ist das alles nämlich nicht mit einem Balg im Bauch. Würdet ihr Männer die Kinder kriegen, dann würd's bald keine mehr geben.«

Bis dahin hatte Paul nicht einmal bemerkt, dass Muttis Bauch angeschwollen war. Natürlich wusste er, dass die Kinder nicht der Storch brachte. So etwas wusste man im Pott, darum machte niemand viel Gewese, und für die Einzelheiten gab es die Glotze.

Er wusste auch, warum er allein ins Kino durfte. Das hatten sie ihm auf der Straße schon beigebracht. Aber dass Papa und Mutti miteinander ein Kind gemacht hatten, vermochte er sich trotzdem nicht vorzustellen. Wenn er Mutti über Papa sprechen hörte, schimpfte und klagte sie, der Mann habe sie ins Unglück gestürzt und bringe sie noch unter die Erde. Beim Kindermachen hatte das aber offenbar nicht gestört. Muttis Bauch war bereits rund wie ein Ballon.

Auf eine seltsame Weise kam Paul sich betrogen vor und fragte sich, was Mutti von alledem, was sie so von sich gab, überhaupt ernst meinte.

Allzu viel dachte er über Mutti allerdings nicht nach, denn er hatte alle Hände voll zu tun. Um für sich ein wenig Geld zu verdienen, hatte er angefangen, vor der Schule Zeitungen auszutragen. Nach der Schule stellte er im Vereinshaus die Kegel auf und bekam dafür gutes Trinkgeld von den Kegelbrüdern und außerdem Orangenlimonade, so viel er wollte.

Obendrein verhalf ihm einer der Kegelbrüder zu einer weiteren, für ihn ungewöhnlichen, aber einträglichen Stelle: »Du, die Damen da drüben im Puff können einen pfiffigen Kerl brauchen, der ihnen ab und zu ein bisschen was einholt. Wat meinste, trauste dir das zu? Ich würd mich ja selbst anbieten, aber ich weiß, meine Olle hat da wat gegen.« Über Letzteres brachen seine Kumpane in schallendes Gelächter aus.

Wenn Mutti gewusst hätte, dass Paul in den Puff ging, um für die Nutten einzukaufen, hätte sie ihn vermutlich wie eine Katze im Waschzuber ertränkt, wie sie es des Öfteren androhte. Sie selbst wechselte die Straßenseite, sooft sie an der Gasse, in der der Puff untergebracht war, vorbeikam. »Die sind Abschaum«, hatte sie Paul erklärt. »Mit so was haben wir nichts zu tun.«

Paul aber fand die Nutten nett. Sie schäkerten und alberten mit ihm und bezahlten grundsätzlich mehr, als vereinbart war.

»Hab ja selbst einen Jungen wie dich«, sagte eine, die Elvira hieß und eine Riesenwolke festgesprühter Locken um den Kopf trug. »Nur darf ich den nicht bei mir haben, verstößt gegen das Kindeswohl, sagen die von der Behörde. Nu isser im Heim, mein Steppke. Und? Wat meinst du? Hat's so ein Stöpsel in so einem Heim besser als hier bei mir?«

Paul schüttelte den Kopf. In den Räumen der Prostituierten roch es, als wäre eine ganze Batterie von Parfümflaschen ausgelaufen, und das trübe, rosa eingefärbte Licht tat ihm in den Augen weh, doch Elvira und ihre Kolleginnen mochten Kinder und ganz besonders ihn gern. Sie waren meistens gut gelaunt, schimpften nie, wenn Paul einen Fehler machte, und wetteiferten miteinander darin, ihm Kuchen und Konfekt zuzustecken.

»Die anderen haben auch alle Kinder«, erklärte ihm Elvira. »Die sind im Heim. Von wegen des Kindeswohls. Pass bloß auf, dass die uns dich nicht auch wegholen, ehe wir dich am Ende noch in unseren Hexenkessel schmeißen und Krötenschleimsuppe aus dir kochen.«

Sie lachten, und Paul musste ihnen schwören, dass er wiederkommen würde. Das Geld, das er mit all seiner Arbeit verdiente, legte er zu einem Teil in Süßigkeiten an, die er sich am Bahnhofskiosk besorgte, und zum anderen in saure Gurken und Rollmöpse, die der Gurken-Max auf dem Markt aus Fässern verkaufte.

Das alles schmeckte köstlich, und am liebsten alles durcheinander: Schokolade, Butterkeks, Rollmops, Lakritzschnecke, Brausepulver, und wenn noch ein prickelnder Rest davon im Mund klebte, die saure Gurke hinterher. Er stopfte sich damit voll, bis er beim besten Willen nichts mehr herunterbekam, und verspürte das befriedigende Gefühl, sein selbst verdientes Geld an einen Ort verfrachtet zu haben, an dem es ihm niemand mehr wegnehmen konnte.

Daheim, bei seiner Mutter, gab es Lungenhaschee mit Stampfkartoffeln. Als Paul nichts anrührte, riss sie sich an den Haaren und jammerte: »Was meinst du wohl, für wen ich mich hier am Herd abrackere? Glaubst du etwa, diese ganze Mühe mit dem Kochen ist ein Vergnügen?«

Paul wünschte ihr, dass das neue Kind all die Gerichte, die sie mit ihrer Abrackerei am Herd fabrizierte, lieben und von morgens bis abends nichts als essen würde.

»Ich spar's mir vom Mund ab, damit du tagein, tagaus ein gutes Essen auf dem Tisch hast«, jammerte die Mutter weiter. »Oder glaubst du etwa, dein Vater zahlt dafür? Keinen Pfennig zahlt der für dich, hat er nie getan. Sitzen gelassen hat er mich, und was aus dir wird, war ihm schon gleich ganz egal. Und du bist genauso. Durch und durch sein Sohn. Der Einzige, an den du denkst, bist du selbst, und was aus den anderen wird, ist dir egal.«

Paul hatte Kopfschmerzen. Müde war er auch, fühlte sich schummerig im Kopf und so, als würden seine Wangen glühen. Entweder hatte er heute einfach zu viel gearbeitet, oder er hatte sich eine Erkältung eingefangen. Dabei war er doch nie krank. Zwar hätte er sich manchmal ganz gern drei Tage lang unter der Bettdecke verkrochen und das Buch aus dem Bücherei-Bus zu Ende gelesen, aber wenn sein Bett herausgeklappt war, gab es in der Küche kaum noch Platz. Mutti würde unentwegt an ihm vorbeipoltern und dabei auf ihn einreden, ihm predigen, dass er sich seine Krankheit selbst zuzuschreiben hätte und dass er damit alle Mühen und Opfer, die sie auf sich nahm, zunichtemachte.

Bei ihrem Gezeter konnte man unmöglich in eine Geschichte eintauchen. Und außerdem wurde er ja auch bei der Arbeit erwartet, bei der Zeitungsausgabe, im Vereinsheim und im Puff. Besser haute er sich also heute nach dem Essen gleich hin, dann wäre er morgen früh sicher wieder auf dem Damm.

Am nächsten Morgen aber war er noch nicht wieder auf dem Damm. Der alte Taschenwecker von Opa schrillte, und Paul kam es vor, als erwache er aus einer Ohnmacht und sinke gleich wieder hinein. Alles um ihn herum war weit weg, nicht zu greifen und wie mit Watteschichten von ihm getrennt. Er hörte, wie Mutti durch den Korridor herbeirannte und auf ihn einschrie, sah über ihrer Schulter das Gesicht von Papa auftauchen, aber von dem, was sie sagten, verstand er nichts. Ihr Gerede war wie das Kauderwelsch, das aus dem Fernseher kam, wenn die Antenne nicht richtig ausgerichtet war.

Bauch und Kopf taten ihm weh, und seine Glieder fühlten sich an wie schwere Kohlesäcke, sodass es ihm unmöglich schien aufzustehen. Vielleicht würde er sich besser fühlen, sobald er sich aufgesetzt hatte. Er versuchte zu grinsen, um Mutti und Papa zu beruhigen, versuchte ihnen zu sagen, dass er nur einen Moment brauchen würde, um zu sich zu kommen, doch er konnte seinen

Mund nicht richtig bewegen. Nach rechts ja, aber nicht nach links. Die Worte, die er ausstieß, klangen nicht nach menschlicher Sprache, sondern wie die Laute von Tieren.

Das war der Augenblick, in dem ihn die Angst packte wie eine kalte Hand, und sie schloss sich fest um seinen steifen, schmerzenden Nacken.

»Verdammte Scheiße«, schrie seine Mutter. Das zumindest verstand er.

»Wir müssen Paul ins Krankenhaus bringen«, sagte Papa. »Ich sag der Gericke oder der Rimbach, die sollen den Notdienst rufen.«

Paul versuchte verzweifelt, sein Gesicht zu bewegen, nahm die Hände zu Hilfe, um die Muskeln aus ihrer Erstarrung zu lösen, aber nichts half. Ihm wurde übel, das Licht aus dem Korridor stach ihm in den Augen. Als die Wohnungstür mit einem Knall ins Schloss schlug und drei weiß gekleidete Männer in die enge Küche stürmten, war er so schwach, dass er nicht einmal versuchte, etwas zu sagen. Einer der Männer beugte sich zu ihm nieder, fühlte seinen Puls, tastete ihm Hals, Gesicht und Brust ab. Der andere stellte ihm Fragen, forderte ihn auf, erst ein, dann das andere Auge zu schließen. »Das schaffst du doch für mich, was, Pauli?«, fragte er ihn.

Kein Mensch nannte Paul je Pauli. Er gab sich Mühe, doch statt auf- und zuzuklappen, begann sein linkes Augenlid wie wild zu zucken. Der Mann sah ihm eine Weile lang dabei zu, dann drehte er sich nach Mutti um.

»Ist Ihr Sohn vor einiger Zeit von einer Zecke gestochen worden?«, fragte er.

»Von einer Zecke? Herrgott, woher soll ich denn das wissen? Haben Sie Kinder? Die kann man doch nicht den ganzen Tag unter Beobachtung halten, damit man mitbekommt, ob die vielleicht was sticht.«

Ich muss meine Zeitungen austragen, dachte Paul und wusste, dass er es nicht konnte. Heute nicht, und vielleicht die nächsten Wochen nicht. Auch seinen linken Arm konnte er nicht mehr bewegen. Ihm wurde schwarz vor Augen, so schwarz, wie er es sich in den Nächten gewünscht hatte, in denen seine Lider aus Glas gewesen waren. Nur da, wo sein Auge zuckte, blitzte noch hin und wieder ein Streifen Licht auf.

Die drei Männer tuschelten miteinander.

»Ich vermute bei Ihrem Sohn eine schwere Borreliose, die bereits eine Hirnhautentzündung ausgelöst hat«, sagte dann der, der Paul abgetastet hatte, zu Mutti. »Diese Gesichtslähmung und die Verkrampfung des Arms sind typisch dafür. Wir müssen ihn auf dem schnellsten Weg ins Krankenhaus schaffen, sonst übersteht er die nächsten Stunden nicht.«

6

ERNST DES LEBENS

IN DEM ZIMMER, in das man Paul verfrachtete und das er eine kleine Ewigkeit lang nicht mehr verlassen sollte, standen in zwei Reihen zehn Betten. Ein bisschen wie bei den Bettnässern, nur dass hier in jedem Bett ein Kind nicht gegen nächtlichen Harndrang, sondern um sein Leben kämpfte.

In der Nacht war Schlafen unmöglich, weil vor Schmerz und Todesangst ununterbrochen jemand brüllte. Wenn morgens ein Bett mit einem zur Kugel gekrümmten kleinen Toten darin hinausgefahren wurde, kam wenig später eines mit einem neuen Patienten, der noch so eben lebte, zurück. Die Todesschreie aber schienen in dem Zimmer hängen zu bleiben und die Luft mit jedem Tag, der in eine Nacht überging, dicker und undurchdringlicher zu machen.

Die Überlebenden schienen wie Paul in seinen Albträumen immer kleiner zu werden. Sie rollten sich wie Embryos zusammen, wirkten dadurch ganz winzig. Aber nicht nur die Körper litten. Auch wer den Kampf gegen die Krankheit gewann, verlor sämtliche wichtigen Fähigkeiten, die er sich in seinem bisherigen Leben angeeignet hatte, erst das Sprechen, dann das Laufen, schließlich das Aufrechtsitzen und irgendwann zwischendurch das Denken.

Jens, der neben Paul im Bett lag, war vierzehn Jahre alt. An dem Abend, als er eingeliefert worden war, hatte er sich noch beklagt, ihm sei langweilig, er wolle hinunter in den Aufenthaltsraum, in dem es einen Fernseher gab. Während der Nacht verschlechterte sich sein Zustand jedoch so dramatisch, dass er am Morgen nur noch abwechselnd lallte und schrie und ein paar Stunden später wie ein Baby gewickelt werden musste. Sabbernd und hilflos mit den verkrampften Gliedern rudernd, schlitterte er dem Tod entgegen, der Paul wie das Loch am Ende einer Rutschbahn erschien, in das man fiel, egal, wie wild man sich wehrte.

Paul zeichnete für Jens einen Comic. Er zeichnete ihnen allen Comics. Was sie mit ihren von Krankheit zerfressenen Hirnen noch wahrnahmen, konnte er nicht wissen, aber die Laute, die sie von sich gaben, wenn sie seine Bildergeschichten anschauten, klangen, als würden sie sich freuen. Das genügte, und Paul selbst tat es gut. Das Zeichnen hielt ihn bei Verstand, hielt den rechten Arm in Bewegung, während der linke mehr und mehr versteifte.

Warum er immer noch lebte, warum er noch immer klar denken und auch die Bettpfanne mehr oder weniger selbstständig benutzen konnte, war eines dieser Rätsel, über die man endlos nachgrübeln konnte, ohne jemals weiterzukommen. Wie die anderen war er wie eine Gliederpuppe, die mit sich machen lassen musste, was immer die Ärzte für richtig hielten. Und er war ein menschliches Nadelkissen, zerstochen von endlosen Rückenmarkspunktionen und Infusionsnadeln, durch die aus zahllosen um das Bett aufgestellten Glasampullen Medikamente und Nährstoffe in seinen hilflosen Körper gepumpt wurden.

Aus welchen Gründen auch immer schlugen die Medikamente bei ihm an. Er war der eine, dem es nicht mit jeder Minute elender, sondern ganz langsam, in kaum spürbaren Schritten, besser ging.

Mutti kam selten zu Besuch, sie hatte keine Zeit, sie war schwanger, und es bekam ihr nicht gut, ihren Sohn in diesem Zustand zu sehen. Wenn Papa kam, tauchte grundsätzlich zeitgleich ein Geschwader von Ärzten auf. Sie untersuchten die Flüssigkeit, die sie unentwegt Pauls Rücken entnahmen, und unterbreiteten mit Grabesstimmen seinem Vater – niemals ihm selbst –, zu was er alles nie wieder in der Lage sein würde:

»Die Beweglichkeit des Arms wird Ihr Sohn leider nicht wiedererlangen. Gott sei Dank ist es aber nur der linke, das lässt sich verkraften.«

»Zumindest einseitig wird wohl eine Sehbehinderung zurückbleiben. Wir gehen davon aus, dass Ihr Sohn über kein räumliches Sehvermögen mehr verfügt.«

»Welche Ausfälle im Gehirn sich nicht mehr regenerieren, können wir erst beurteilen, wenn der Zustand Ihres Sohns sich stabilisiert hat. An eine Rückkehr an die Regelschule ist leider nicht zu denken, aber es gibt heutzutage ja so viele Möglichkeiten, trotz Beeinträchtigung ein nützliches Leben zu führen.«

Es klang, als wäre er versehentlich in einen Katastrophenfilm geraten und läge hier als Teil einer zerstörten Welt. Und all das sollte von einer winzigen Zecke ausgelöst worden sein, wie sie im Sommer zu Dutzenden in den Büschen steckten und aus den Bäumen fielen?

Bei den anderen traf es zu.

Bei Paul nicht.

Während die Ärzte ihre düsteren Prophezeiungen gebetsmühlenartig wiederholten, hörte sein Augenlid auf zu zucken, und das verschwommene Bild klärte sich. Sein Arm ließ sich eines Morgens wieder heben, am Tag darauf wieder biegen und am nächsten nach dem Glas Wasser auf dem Nachttisch ausstrecken. Die Finger der Hand waren noch zu schwach, um zuzugreifen, doch auch das begann sich nun mit jedem Tag zu bessern.

Was sein Gehirn betraf, so hatte Paul überhaupt nicht bemerkt, was ausgefallen war und was er wiedererlangt hatte. In seiner Erinnerung gingen Tage und Nächte ineinander über und waren angefüllt von Nadelstichen und den Schreien Sterbender. Er hätte nicht zu sagen vermocht, wie viel Zeit vergangen war, und als Papa ihm erzählte, dass es drei Monate waren, wollte er es kaum glauben. Er konnte sich keine Einzelheiten aus diesen Monaten ins Gedächtnis rufen, und er war im Grunde darüber froh. Jetzt jedenfalls kam ihm sein Denken so klar vor wie eh und je.

Er wollte nach Hause. Er sehnte sich nach seinen Freunden. Wieder zur Schule zu gehen, war ihm zwar immer noch nicht wichtig, doch er würde jetzt genauso wie vorher in der Lage sein, die paar Stunden Unterricht als notwendiges Übel hinzunehmen. Dennoch spürte er, dass etwas sich verändert hatte, unwiderruflich. Er würde nicht einfach da weitermachen können, wo er aufgehört hatte. Nach drei Monaten, die er am Abgrund des Todes verbracht hatte, umgeben von etlichen, die vor seinen Augen in diesen Abgrund gestürzt waren, konnte er nicht zurück in sein Leben spazieren, als wäre nichts geschehen.

Es war etwas geschehen.

Etwas, das er nicht beim Namen nennen und nach dem er nicht einmal hätte fragen können.

Wenn er jetzt, wo er die Sprache zurückgewonnen hatte, mit jemandem sprechen wollte, rutschte ihm manchmal die Stimme weg, sie rutschte in die Tiefe, und er musste sich räuspern, um sie wiederzuerlangen. Berührte er sein Kinn, so fühlte es sich an, als striche er über ein Reibeisen. Wünschte er sich, zu Hause zu sein, so wünschte er sich vor allem in den Jungen zurück, der in den Weltkriegsruinen herumgeklettert war und auf altersschwachen Turngeräten Tarzan gespielt hatte, in den Jungen, der Pizza aus der Hand gegessen, Caterina Valentes Hits mitgesungen und die Kaninchen im Schrebergarten mit Löwenzahn gefüttert hatte. Zugleich aber wusste er, dass eine Rückkehr in diesen Jungen nicht möglich war.

Es gab den Jungen nicht mehr.

Es gab dieses Zuhause nicht mehr.

Die Zeit im Paradies unter dem Kokshimmel, so braun wie Opas Kautabak, war vorbei.

Als Papa ihn schließlich abholen durfte, fuhren sie mit Bussen und Bahnen durch die halbe Stadt, und Papa stützte dabei seinen Arm so vorsichtig, als wäre Paul aus Glas. Sobald es ihm selbst auffiel, grinste Papa und entschuldigte sich: »Alles ein bisschen komisch, Junge. Bist ja dem Totengräber ganz schön spät von der Schippe gehüpft und hast uns einen hübschen Schrecken eingejagt. Deshalb kommst du mir jetzt vor wie eins von diesen

Paketen, eins mit so einem Aufkleber ›Zerbrechlich‹ drauf.«

Als sie ausstiegen, um das letzte Stück zu Fuß zu gehen, entschuldigte er sich für noch etwas anderes: »Tut mir leid, dass die Mutti nicht mitkommen konnte, um dich abzuholen. Aber das verstehst du, oder? Ist jetzt alles anders. Mit dem schweren Kinderwagen kommt man in die Bahn gar nicht rein, und der Erich, der braucht ja auch seine festen Zeiten für Essen und Schlafen und das alles. Der hält die Mutti ganz schön auf Trab, dein kleiner Bruder Erich.«

Dein kleiner Bruder Erich.

Vielleicht hatten die Ärzte im Krankenhaus doch recht gehabt und mit Pauls Gehirn war etwas passiert. Er hatte vergessen, dass Mutti ein Kind im Bauch gehabt hatte, und dieses Kind war jetzt auf der Welt und hieß Erich. Erst in diesem Moment fiel ihm auf, dass er die Straße, die sie entlangliefen, nicht kannte, dass die Häuser neu und hoch und fremd waren, als gingen sie nicht länger durch ihre Stadt.

»Mit dem Erich und dir und uns allen wär das nicht mehr gegangen in der Heroldstraße«, murmelte Papa. »Mutti war außer sich. Kennst sie ja. Für alles haben die Geld, hat sie gesagt, aber eine anständige deutsche Familie, die ihre Steuern zahlt, muss in einem elenden Loch verrotten, bis ihr die Kinder wegsterben. Dabei haben wir ja noch mal Glück gehabt, und du bist uns nicht weggestorben. Gott sei Dank.«

Papa blieb stehen und klopfte ihm auf die Schulter. Paul blieb ebenfalls stehen, und auf einmal lagen sie sich in den Armen und hielten sich fest. Papa stank nach

Rauch und nach Schnaps. Nicht nur aus dem Mund wie sonst, sondern am ganzen Körper, als hätte Mutti seine Kleidung mit Schnaps gewaschen.

Paul war es egal. Helmut roch nach Papa. Und er war in einer fremden Welt der Einzige, an dem er sich festhalten konnte.

Wie er später erfuhr, war Mutti »von Pontius zu Pilatus« gerannt und hatte durch sämtliche Amtsstuben geschimpft, sie sei gezwungen, mit ihrem schwerstbehinderten und ihrem neugeborenen Sohn in einem feuchten, finsteren Kabuff vor sich hin zu dämmern. Vermutlich, um seine Ruhe vor ihrem Geschrei zu haben, hatte einer der Beamten ihr schließlich einen der begehrten Sozialscheine ausgestellt, der sie zum Bezug einer Sozialwohnung für eine Familie von vier Personen berechtigte. Schlafzimmer, Wohnstube, Kinderzimmer, Küche und Bad.

»Balkon auch«, sagte Papa. »Stell dir das mal vor.«

Paul versuchte, es sich vorzustellen, aber ohne Erfolg.

»Das, was Mutti mal gewohnt war, ist es natürlich nicht«, erklärte Papa und zuckte die Schultern. »Aber sie hat gesagt, gegen das, was wir vorher hatten, kommt es ihr vor wie das Paradies, und da wollen wir beide uns doch für sie freuen, was?«

Paul schwieg. Das Gefühl, ohne jede Vorwarnung verschleppt worden zu sein, weckte Erinnerungen an etwas, das nicht bis in sein Bewusstsein kam und das er in der Dunkelheit nicht fassen konnte.

»Ich brauch da deine Hilfe«, sagte Papa bittend. »Du bist doch jetzt mein Großer, kennst schon den Ernst des

Lebens, und deine Mutti hat mit mir ja eine Menge durchgemacht. Ich hätte gern, dass wir noch mal einen neuen Anfang machen, uns Mühe geben – und warum nicht hier, wenn's ihr Freude macht?«

Die paradiesische Balkonwohnung lag in Kirchlinde, in einer der Trabantenstädte, die rund um Dortmund aus dem Boden schossen. Wie Pilze an Baumstämmen klebten sie an den Außenseiten der Stadt. Die Siedlung bekam später den Spitznamen »Rabaukensiedlung«, weil der gut gemeinte Ansatz, »sozial schwache« mit gutbürgerlichen Familien zu mischen, um eine positive Normalität zu erzeugen, nach hinten losging. Viele der sogenannten normalen Familien, die nicht wegzogen, verlotterten nach und nach. Es ist schwer, jeden Tag zur Schicht zu gehen, wenn »die anderen« in der Sonne lagen und Sozialhilfe bezogen. Da geht die Moral den Bach runter.

Die Wände der Zimmer erschienen Paul dünn wie Papier, sie wackelten, wenn der Nachbar hustete, und die Nacht hindurch rauschte über seinem Kopf die Klospülung. Drei Tage lang glaubte Paul, er könne es nicht aushalten: Den riesigen Wohnkasten, in dem jeder jeden hörte, aber niemand jemanden kannte. Die abgezirkelten Straßen, durch die von früh bis spät Autos rauschten, in denen kein Platz war, um Fußball oder Tarzan zu spielen. Die neue Schule, in der er wegen seiner Krankheit ein Jahr wiederholen musste und er alle anderen um einen halben Kopf überragte. Die Nachmittage ohne Georg, Ulli und all seine Freunde. Die schmalen Fenstersimse, auf die kein Kissen passte.

Und selbst wenn eins hingepasst hätte – wozu hätte man es auslegen sollen? Dort unten segelte kein Bruno

Beinlos auf seinem Bügelbrett vorbei, kein Bekannter auf dem Heimweg blieb zu einem Schwätzchen stehen, und wenn er es getan hätte, hätte man sich nur schreiend mit ihm verständigen können. Vor dem Fenster hing auch kein Eimer mit Bier mehr. Er wurde nicht länger gebraucht, denn Mutti bekam nun endlich ihren Eisschrank. Außerdem versammelten sich in der neuen Wohnung nicht länger bierselige Kumpel, um Fußball zu schauen, und dem Bier, das Papa allein trank, ließ er gar nicht erst Zeit, warm zu werden.

Ich halte das nicht aus, dachte Paul, der nicht in den Schlaf fand, weil in der Wiege auf der anderen Seite des Zimmers das Baby schrie und er selbst in seinem Bett auf einmal wieder kleiner und kleiner wurde. Dieses Gefühl dauerte jedoch nur ein paar Tage an. Dann weichte es auf. Georg und Ulli würde er nicht mehr so einfach sehen, doch Paul war inzwischen geübt darin, im Fremden heimisch zu werden. Er fand schnell neue Freunde. Jeder um ihn herum war frisch zugezogen, und alle mussten sich neu orientieren. Gegenüber auf dem Stockwerk zog eine Familie mit zwei Töchtern, Rita und Betty, ein. Beide sehr hübsch und sehr nett. Unter ihnen wohnte ein Kanalbauer, dessen Sohn Peter sich als neuer bester Freund anbot.

Sie waren 14, also in einem Alter, das nach Entdeckung der Libido schrie. Peters Vater ließ sich breitschlagen, den einzigen Keller mit Stahltür als Beatkeller zur Verfügung zu stellen. Sie bauten bunte Lampen ein, organisierten ausrangierte Couchen – jeder in der Siedlung, der es sich leisten konnte, schaffte sich neue Möbel an –, einen Sessel sowie eine Musiktruhe, Erbstück von Peters

Großvater. Ab da traf man sich im Keller. Alkohol wurde eingeschmuggelt, was weiter kein Problem war, denn in jedem Haushalt gab es davon genug. Und das Schmusen wurde vertieft.

Der Junge, der in der Schule neben ihm saß, hatte denselben Heimweg, er wohnte sogar im selben Block, nur zwei Aufgänge weiter.

»Ich bin Bernd.«

»Und ich bin Paul.«

Am Nachmittag zeigte Bernd ihm keine zehn Minuten entfernt einen Garagenhof, der sich als Bolzplatz eignete, und für den nächsten Tag verabredeten sie sich.

Mit Freunden war es ein bisschen wie mit Mückenstichen: Hatte man erst einmal einen, so konnte man sie bald nicht mehr zählen. Und wo man Freunde hatte, wenn man wusste, mit wem man nach der Schule einen Ball umherkicken konnte, da fand man sich ein, da war man ein kleines Stück weit zu Hause. Die Jungen in der Schule waren so übel nicht, und von denen in der Nachbarschaft waren manche sogar schwer in Ordnung. Borussia-Dortmund-Fans waren sie alle, und in der Kneipe um die Ecke gab es Brause und Eis.

Schon bald fand Paul auch wieder Arbeit als Zeitungsausträger. Und dann kam das von der Schule vorgeschriebene Berufspraktikum, das er in dem altehrwürdigen Kaufhaus Cramer und Meermann absolvierte. Dort gefiel es ihm nicht schlecht. Die Kollegen waren nett, es gab jede Menge Menschen, deren skurrilen Gewohnheiten er beobachten konnte, doch das Beste am Ganzen waren die Lehrmädchen. In ihren knapp sitzenden Kitteln und auf

Stöckelschuhen liefen sie hin und her, und sie erschienen Paul schlichtweg hinreißend. Ihnen zuzusehen, wie sie die Kunden bedienten, sich ins Zeug legten, hinterher in Trippelschritten zur Toilette flitzten und mit frisch rot gemalten Lippen wieder auftauchten, war ein solches Vergnügen, dass er auch nach drei Monaten noch nicht genug davon hatte.

Das Leben war wieder schön. Auch wenn er das Geld, das er verdiente, nicht länger in Süßigkeiten anlegen konnte, sondern den größten Teil davon zu Hause abgeben musste. »Kostgeld« sagte man dazu, und Mutti ließ nicht mit sich darüber verhandeln. »Du weißt ja, es reicht hinten und vorne nicht«, erklärte sie Paul. »Dein Stiefvater hat ja auch so schon seine liebe Not, uns satt zu kriegen.«

Ein andermal sagte sie: »Muss ich mir eigentlich Sorgen machen, wenn du auf Erich aufpasst? Die Dora« – eine ihrer Freundinnen – »hat erzählt, dass der Sohn von ihrem Bruder seine kleine Halbschwester einfach auf dem Spielplatz allein gelassen hat.«

Paul war daran gewöhnt, dass Mutti solche Sachen von sich gab. Für gewöhnlich berührten sie ihn kaum noch, ja, er hörte gar nicht mehr hin. Dies aber schockierte ihn. Wie konnten die feindlichen Freundinnen, wie konnte Mutti, wie konnte irgendwer annehmen, er wäre in der Lage, Erich etwas anzutun?

Ja, vielleicht gab es in einigen Familien so etwas. Unter seinen neuen Freunden war so mancher, der keinen Hehl daraus machte, dass er seine kleinen Geschwister gern zum Mond geschossen hätte. Und vielleicht hatte ja auch Paul selbst anfangs, vor seiner Krankheit, mit solchen düsteren Gedanken gespielt. Schließlich würde dieser kleine Eindringling Papas richtiges Kind sein, also war klar, dass Papa ihn lieber haben würde als ihn, und womöglich gab es für ihn, für den Bastard, dann gar keinen Platz mehr in der Familie.

Er hatte sich Sorgen gemacht.

Er hatte manchmal Angst gehabt und manchmal auch so etwas wie Zorn auf dieses Baby verspürt, dass da einfach in seinem Leben auftauchte und alles durcheinanderbrachte.

Sobald er aber in die neue Wohnung gekommen und an die Wiege getreten war, in der der kleine Erich lag, war all das wie weggewischt gewesen, als hätte es nie existiert. Es hatte nie existiert. Kein Mensch konnte imstande sein, diesem kleinen Burschen, der ihm glückstrahlend entgegenkrähte, ein Leid zuzufügen.

Am allerwenigsten Paul. Erichs großer Bruder.

Stolz hatte Paul erfasst und eine Liebe, die ihn regelrecht überrollte. Dieser winzige Mensch gehörte zu ihm. Sie gehörten zusammen – Papa, Mutti, Paul und Erich. Nie waren sie Paul so sehr wie eine Familie vorgekommen wie jetzt. Erich, den sie alle liebten und mit dem sie alle verwandt waren, war die Klammer, die sie verband.

Paul nahm sich vor, der große Bruder zu sein, den er selbst sich gewünscht hätte: Auf Erich aufzupassen, ihn in Schutz zu nehmen, ihm das Fahrrad zu reparieren und ihm alles zu zeigen und zu erklären, was Spaß machte. Er dachte sich Geschichten für ihn aus und spielte sie ihm mit den Figuren, die er aus Kochlöffeln gebastelt hatte, vor. Erich war das dankbarste Publikum, das sich denken ließ. Er lachte, dass die Wiege wackelte.

Später, wenn er ein bisschen größer wäre, würde Paul ihm seine eigene Comicserie zeichnen: *Geschichten von Erich Eichhorn und seinen Freunden*. Oder was immer ihm bis dahin sonst noch einfiel.

Doch er musste sich erst einmal mit einem ganz anderen Problem herumschlagen. Die Zeit bei Cramer und Meermann ging zu Ende, Klassenarbeiten wurden geschrieben und auf einmal redete alles von Abschluss, Zeugnis und Bewerbungen. Wie die übrigen hatte Paul schon etliche Zeugnisvergaben überstanden und sich nie sonderlich davor gefürchtet. Mutti regte sich grundsätzlich auf, aber die beruhigte sich auch wieder, und wenn sie sich nicht über das Zeugnis aufgeregt hätte, dann eben über etwas anderes. Papa hatte in der Regel gar nichts dazu gesagt, und Paul hatte dagestanden und gehofft, dass Mutti mit ihrer Predigt bald fertig war und er zu seinen Freunden hinauslaufen und mit Peter und Bernd in die Ferien starten konnte.

In diesem Jahr aber war alles anders. Es würde keine Ferien geben, weil es am Ende des Sommers für ihn keine Schule mehr gab. Überhaupt keine mehr. Einfach so. Jahrelang hatte Paul sich gewünscht, die Schule endlich loszuwerden, und jetzt, wo er seine Bücher, den Schülerausweis und den Schlüssel zum Garderobenschrank im Büro des Direktors abgeben musste, wurde ihm auf einmal mulmig im Bauch.

Mutti fing ihn praktisch schon an der Wohnungstür ab. Sie hatte Erich auf dem Arm und schaukelte ihn heftig auf und ab, damit er nicht schrie. Paul fürchtete, Erich könne von dem wilden Geschaukel übel werden, und hätte ihn ihr am liebsten abgenommen.

»Und?«, fragte ihn Mutti. »Hast du dir vielleicht mal überlegt, wie es jetzt mit dir weitergeht? Das Abitur hast du ja verpatzt, also wirst du dir jetzt eben eine Arbeit suchen müssen. Und bilde dir nur nicht ein, dass ich dich mit deinem Stiefvater in die Zeche gehen und als Grubenarbeiter verkommen lasse. So etwas unterschreibe ich nicht. Wenigstens was Anständiges lernen wirst du mir zuliebe ja wohl können, damit ich mich vor meinen eigenen Verwandten nicht noch weiter schämen muss.«

Warum man sich für einen Grubenarbeiter vor ihnen schämen musste, verstand Paul nach wie vor nicht. Aber das meiste von dem, was Mutti so von sich gab, war einfach auch nicht zu verstehen. Er rang sich ein Nicken ab.

»Und?« Mutti stemmte die Hände in die Hüften. »Was willst du werden?«

Paul überlegte fieberhaft. Zu seinem Schrecken bemerkte er, dass er nicht die geringste Ahnung hatte. Um ein Haar hätte er gesagt: »Ist mir egal.«

»Weiß nicht«, sagte er schließlich, als hätte sie ihn gefragt, was er sich zum Geburtstag wünschte.

»Weiß nicht, weiß nicht.« Mit einem Satz schoss Mutti nach vorn und tippte ihm hart auf die Stirn. »Manchmal frage ich mich, was da drinnen in deinem Hirnkasten eigentlich vor sich geht. Wirst du überhaupt mal erwachsen, begreifst du irgendwann vielleicht mal, dass auch für dich jetzt der Ernst des Lebens beginnt?«

Papa hatte gesagt, er würde den Ernst des Lebens schon kennen, hätte ihn in den Nächten kennengelernt, als er zwischen den Schreien der Sterbenden gelegen hatte. Er hätte versuchen können, das Mutti zu erklären, aber was dabei herauskam, konnte er sich denken.

Vergebliche Liebesmüh.

»Vielleicht überlegst du dir endlich mal, was du Sinnvolles mit deinem Leben anfangen könntest«, schimpfte Mutti weiter. »Irgendetwas muss es doch geben, was du halbwegs kannst. Du stammst ja nicht aus schlechten Verhältnissen, und ich lasse mir von keinem Menschen vorwerfen, dass ich mich nicht ausreichend um dich gekümmert habe.«

Wieder überlegte Paul. Was gab es, das er halbwegs konnte? Leidlich Fußball spielen – aber nicht so gut wie Ulli oder Bernd, und im Verein hatte es ihm nie sonderlich viel Spaß gemacht. Zu viel lauter Ehrgeiz und Männergetue. Und sonst? Er konnte Besoffene spielen, die versuchten, nicht besoffen zu wirken, das konnte er sogar richtig gut, aber was sollte man damit anfangen? Blieb das Zeichnen. Um seine Comics rissen sich noch immer sämtliche Freunde, und sogar die Sterbenskranken in der Klinik hatten sich darüber gefreut. Das war sinnvoll, oder nicht? Wenn man einem, der schon fast tot war, noch schnell eine Freude machte?

»Ich dachte, ich könnte vielleicht Zeichner werden«, sagte er zu Mutti.

Die wurde blass. Paul fiel auf, wie oft man so etwas in Büchern las und wie selten man es in der Wirklichkeit zu sehen bekam.

»Irgendwann bringst du mich noch ins Grab«, stieß sie hervor und fuhr herum, um aus der Küche zu stampfen. »Und was der Ernst des Lebens ist, soll dir verdammt noch mal dein Stiefvater erklären.«

In dem Moment fing Erich an zu schreien. Er schrie und schrie und holte keine Luft mehr. Der kleine Kerl lief blau an, und die blanke Panik brach aus. Paul fing an zu heulen und bettelte alle Engel an, während Mutti ihn schüttelte und immer »Erich, Erich!« schrie.

Die Tür ging auf, und Papa kam herein. Er nahm ihr nach einer Schrecksekunde den Jungen aus dem Arm und hielt ihn kurz entschlossen unter den aufgedrehten Wasserstrahl. Durch den Schock des kalten Wassers auf dem heißen kleinen Körper zog Erich Luft. In die völlige Erleichterung, seinen Tod schon vor Augen gehabt zu haben, sagte Papa zu Paul: »Das hat mein Bruder Erich, du weißt schon, der im Krieg gefallen ist, auch gehabt.«

Für Paul, der sich die Schuld an der Sache gab, war das ein erlösender Moment.

GESCHLOSSENE ABTEILUNGEN

1966–1972

7

LEHRJAHRE

»**ZEICHNER**«, hatte Paul seiner Mutter geantwortet. Zeichner, so lernte er, gab es jede Menge. Und nicht alle waren so unnütz, wie Mutti meinte.

»Das ist richtig klasse, was du da machst«, hatte Papa gesagt, als Paul ihm ein paar seiner neuesten Skizzen gezeigt hatte. »Aber weißt du, ob das was fürs Leben ist? Es heißt ja nicht umsonst brotlose Kunst.«

Auf die Idee, dass seine Zeichnungen Kunst sein könnten, war Paul noch gar nicht gekommen, aber das mit dem Brotlosen leuchtete ihm ein. Aus dem Besitz von Geld, gehortet in Sparschweinen, die keine Öffnung besaßen, hatte er sich nie etwas gemacht. Aber der Gedanke, es auszugeben, gefiel ihm. Sein eigener Herr sein. Sich nicht mehr von Mutti vorhalten lassen, was das Essen kostete, von dem er zu Hause nie genug runterbekam. Ein paar Abenteuer erleben, Autofahren lernen, reisen, sich die Welt ansehen. Mädchen kennenlernen. Solche wie die Lehrmädchen bei Cramer und Meermann. Wenn er es sich recht überlegte, war der Ernst des Lebens womöglich gar nicht so übel. Man musste wie bei allem nur versuchen, das Beste daraus zu machen.

Also sah er sich an, was außer Kunst noch gezeichnet wurde, und stieß auf den Beruf des Bauzeichners. So einer zeichnete Pläne für Architekten, die dann ihre Häuser danach bauten. Die Idee fand Papa gut: »Häuser werden schließlich immer gebraucht, und so gut wie die halbe Stadt liegt ja noch in Trümmern. Ich hör mich mal um.«

Da war es noch einmal – das Gefühl, zu einer großen, bunt zusammengewürfelten Familie zu gehören, weil man aus dem Pott stammte. Zu einer Familie, in der niemand viel hatte, aber jeder jedem half, wo er nur konnte. Papa kannte jemanden, der jemanden kannte, der jemanden kannte, und so landete Paul schließlich beim Architekturbüro Dahlmeier. Im November 66 unterschrieb Mutti dort seinen Lehrvertrag. Drei Jahre lang sollte er unter der Anleitung des jovialen Herrn Dahlmeier nun lernen, wie man mit Bleistift und Tusche die Grundlagen für ein Haus aufs Papier brachte.

Mutti war Feuer und Flamme. »Wenn du dich da bewährst, ist doch noch nicht alles verloren. Du kannst auf dem zweiten Bildungsweg dein Abitur nachmachen und Architekt werden. Wenn du deinem Arbeitgeber zeigst, dass du besser bist als die anderen und bereit, dich für die Firma einzusetzen, wird er dir sicher gern behilflich sein.«

Bauzeichner, das war nichts in Muttis Augen. Um ihr zu imponieren, brauchte es ein Architekturstudium. Unaufhörlich wiederholte sie die Geschichten vom Sohn des Friseurs, dem Neffen des Klempners oder der Tochter der Hauswartsfrau, die »es zu was gebracht« hatten: Sie hatten sich aus der Klasse, in die sie hineingeboren worden waren, herausgearbeitet und die soziale Leiter erklommen. Zu jener Zeit, Ende der Sechzigerjahre, schien alles möglich, jeder Weg offen, die Sterne zum Greifen nah.

Und ihr Sohn, so betonte Mutti, gehörte schließlich genauso wenig in die Arbeiterklasse, in der sie durch Pech gelandet waren, wie sie selbst.

Tatsächlich gefiel Paul die Arbeit im Architekturbüro ziemlich gut. Er hätte nichts dagegen gehabt, Architekt zu werden und Häuser zu planen, in denen Menschen gerne wohnten. Aber studieren? Wieder jahrelang in einer Schulbank hocken und vor Bewegungsdrang mit den Füßen scharren? Es machte ihm Spaß, bei der Arbeit zu lernen, praktisch anzuwenden, was er erklärt bekam, und sich das meiste selbst anzueignen, indem er es ausprobierte. War das so viel schlechter als Theorie zu pauken? Warum konnte er nicht Architekt werden, indem er sich hier vor Ort die nötigen Kenntnisse erwarb?

»Wenn du's so gerne werden willst, schaffst du's ja vielleicht auch mit dem Abitur«, sagte Bernd. Sie gingen jetzt, wo sie beide Lehrlinge waren, nicht mehr so oft zum Fußballspielen, sondern öfter zum Tanzen ins Jugendheim oder anderswohin, wo man Mädchen traf. Manchmal aber saßen sie noch miteinander auf der Mauer vor dem Garagenhof, redeten oder schwiegen und baumelten mit den Beinen.

»Ja, vielleicht schaff ich's«, sagte Paul. »Meine Mutter sagt auch immer, ich müsste mich nur ein bisschen anstrengen. Und ich würde wirklich gern Architekt werden. Das Problem ist nur: Ich strenge mich nicht gern an.«

Das war nicht das einzige Problem. Ein anderes bestand darin, dass er viel zu viele Dinge gern tat, und wenn er sie alle getan hatte, blieb ihm zum Anstrengen keine Zeit mehr. Er machte gern Musik, brachte sich mithilfe von Kassetten das Singen bei, er zeichnete und malte, hing mit seinen Freunden herum, feuerte Dortmund an, fläzte sich mit Papa vor der Glotze und liebte das Kino.

»Du musst dich konzentrieren«, hatten schon die Lehrer auf dem Gymnasium ihn fortwährend ermahnt. Aber dazu hätte das Leben nicht so bunt und vielfältig sein dürfen, nicht so verlockend und voller Reize.

Nach dem ersten Lehrjahr absolvierte er neun Monate lang ein Praktikum als Maurer bei einer Firma namens Freundlich. Der Name gefiel Paul. Die Arbeit weniger. Unter seinem ersten Einsatz auf einer Baustelle hatte er sich etwas anderes vorgestellt als das Beheizen und Ausfegen von Bauwagen.

Aber die Kollegen mochte er. Kerle wie Bäume, die in den Pausen locker drei Bier hintereinander wegkippten und hinterher wieder zur Kelle griffen, als wenn nichts wäre. Die Schimpfwörter, mit denen sie sich gegenseitig betitelten, erinnerten ihn an die Sonntage bei Papas Familie:

»Was denkst du dir eigentlich dabei, du Flachmeißel?«

»Welche Flitzpiepe hat denn den Mist verzapft?«

»Legste vielleicht mal einen Zahn zu, du Pflaumenaugust? Das Ding sollte vor der Rente noch fertig werden.«

Paul fühlte sich unter ihnen wohl. Die Männer nannten ihn Bohnenstange, hatten ihn nach ein paar Tagen gewissermaßen adoptiert und verhielten sich ihm gegenüber beschützend wie eine ganze Schar Väter.

»Du kommst auch mit jedem Pack aus«, bemerkte Mutti.

Über den Satz dachte Paul eine ganze Weile lang nach. Etwas Wahres war daran: Er kam mit den meisten Leuten klar, fand die meisten Leute nett, hatte sie gern um sich und richtete sich mit ihnen ein. Die eine oder andere Macke hatte jeder, aber mit fast allen konnte man sich arrangieren, und die Macken machten es nur amüsanter. Und faszinierender.

Selbst der Weg zur Arbeit, um vier Uhr aufstehen mit Papa, wenn der Frühschicht hatte, dann einen Kilometer zu Fuß zum Bus, in der Stadt umsteigen in die Straßenbahn und dann noch mal ein Stück mit dem Bus. Jeden Morgen und Abend eineinhalb Stunden, die oft von Theo versüßt wurden.

Theo war etwas verwirrt aus dem Krieg zurückgekommen und spielte in den Bussen und Bahnen, mit Mundharmonika und Tamburin bewaffnet, Volkslieder und Schlager. Der Fahrer kündigte ihn an, und Theo brachte jedes Mal die meisten der halb wachen Pendler dazu mitzusingen. Selbst morgens um fünf. Die Macht der Musik. Und das Talent von Menschen wie Theo. Schönheit, fand Paul, brauchte auf jeden Fall eine Macke. Susanne, das Mädchen, auf das er ein paar Wochen lang mit allen Gedanken und Gefühlen fixiert war, hatte Beine wie Brigitte Bardot, Haare wie Sophia Loren, doch vor allem hatte sie einen Silberblick, den nur sie allein besaß. »Der laufen ja die Tränen den Rücken runter«, lautete Muttis Kommentar, und fortan nannte sie Susanne die Schiel-Suse.

Paul aber fand, dass dieser Silberblick Susanne schön machte, während sie ohne ihn nur eines von etlichen hübschen Mädchen gewesen wäre, mit denen er und seine Freunde die Wochenenden durchtanzten. Das leichte Schielen verlieh ihr etwas Geheimnisvolles, etwas Einzigartiges, das er nicht vergessen würde, auch wenn die Welt voller Mädchen schien und er Susanne Wittkowski aus Dortmund-Hörde vermutlich nie wiedersehen würde.

Ja, Paul mochte erst mal alle Menschen, aber sobald ein weibliches Wesen auftauchte, waren seine Antennen bei ihm.

Rita und Betty aus der Nachbarwohnung hatten ihn vom ersten Augenblick an fasziniert. Beide waren umgänglich und aufgeschlossen und aus den zufälligen Begegnungen wurde mit Rita schnell mehr. Sie war in seinem Alter, aber erfahrener und zielstrebiger. Rita küsste ihn zuerst und zog ihn auf die Couch im Beatkeller. Fummeln war jedoch alles, was lief, und ihr Höschen blieb an.

Als Rita während ihrer Ausbildung zur Krankenschwester zu einer dreiwöchigen Schulung musste, klopfte plötzlich Betty an die Stahltür. Ihre Anwesenheit machte ihn nervös, was sie sichtlich freute. Er war dabei, eine neue Box anzuschließen, rutschte ab und der Schraubenzieher landete im Finger. Er fluchte, drehte sich um, und als wäre es das normalste von der Welt, sprang Betty auf und steckte sich den Finger in den Mund. Das war ein so intimer Akt, dass die Luft knisterte.

Nach einer gefühlten Ewigkeit schaute sie auf, sagte: »Es blutet nicht mehr« und küsste ihn. Es wurde ein sehr langer Kuss. Zusammen mit ihr verlor er seine Unschuld.

Ein schlechtes Gewissen namens Rita schlich vorüber, aber Betty küsste es weg. Sie nutzten die vollen drei Wochen weidlich aus. Als das Ende von Ritas Schulung nahte, sah ihn Betty lange an und sagte dann schlicht: »Von mir erfährt sie nichts.« Und lächelte. Paul, geübt im Lügen wie kein Zweiter, freute sich über Ritas Rückkehr.

Man feierte das Wiedersehen und zu seinem freudigen Erstaunen nun auch ohne Höschen.

Dass Paul von da an hin- wie hergerissen war, machte ihm gerechterweise zu schaffen. Bis Rita ihm den Laufpass gab.

Ehe er sich's besann, waren die drei Jahre Lehrzeit um, und er erhielt wieder einmal ein Zeugnis. Ein gutes diesmal. Mutti fuhr damit zurück in die Heroldstraße und zeigte es den Erzfreundinnen, sogar der alten Gericke, die ihre Nase eh schon im Treppenhaus hatte und jedem, der ihr sonst über den Weg lief.

»Mein Sohn studiert jetzt Architektur!« Alles ihre Erziehung ...

»Gleich Montag meldest du dich zur Fachoberschule an, ja?«, bedrängte sie Paul. »Da holst du dann nach, was du auf der Schule verschlampt hast, und schon steht einem Studium nichts mehr im Weg.«

Paul hätte gern Häuser gebaut, die hell waren, geradezu von Licht durchflutet, sodass sich kein Kind, das die Treppen hinauflief, fürchten musste, weil die funzelige Beleuchtung erlosch. Er hätte gern Wohnungen entworfen, in denen so viel Platz war, dass jeder, der von den anderen eine Pause brauchte, seine Tür hinter sich zumachen konnte, und er dachte überhaupt gern über die Häuser und Gebäude nach, die er hätte bauen können. Letzten Endes konnte er sich aber nicht durchringen, noch einmal die Schulbank zu drücken. Er hatte sich daran gewöhnt, sein eigenes Geld in der Tasche zu haben, auch wenn es nur ein paar Pfennige waren, und noch mehr hatte er sich daran gewöhnt, sich an seinem Zeichentisch ein wenig wie sein eigener Herr zu fühlen. Sein Chef ließ ihn sein Ding machen, nahm ihn ernst und vertraute ihm. Paul hatte nicht die geringste Lust, sich nach diesen drei Jahren wieder als Schuljunge zu fühlen und sich von jedem herumkommandieren zu lassen.

»Ich will lieber erst ein bisschen arbeiten«, sagte er. Offenbar hatte er deutlich gemacht, dass sein Entschluss feststand, denn seine Mutter veranstaltete zwar ihr übliches Gezeter, doch sie versuchte nicht, ihn umzustimmen.

Paul sandte Bewerbungen aus und hatte gleich mit der ersten Erfolg. Ein kleines Architekturbüro – Förster & Förster – stellte ihn als Bauzeichner ein. Die beiden Brüder führten das Büro gemeinsam. Sie ergatterten zwar keine großen Aufträge, sondern entwarfen vorwiegend Einfamilienhäuser und Anbauten, aber sie waren schwer in Ordnung, und es machte Spaß, für sie zu arbeiten. Wenn er aufsteigen, »es zu etwas bringen« wollte, konnte er dort nicht bleiben, lag ihm Mutti in den Ohren, aber Paul merkte, dass ihre Tiraden ihn immer weniger berührten.

So wie er ihr längst über den Kopf gewachsen war, schien er aus ihrer Reichweite hinauszuwachsen. Zwar würde er erst in drei Jahren, mit einundzwanzig, vor dem Gesetz volljährig werden, aber er tat schon jetzt nur noch das, was er wollte. Ob er »es zu etwas bringen« wollte, wusste er nicht. Er hätte nicht einmal zu sagen vermocht, was dieses »etwas« überhaupt war.

Sein Leben genießen, das wollte er. Und dafür bildete die Stellung bei den beiden Architekten-Brüdern genau die richtige Basis.

»Was später ist, werde ich dann ja sehen«, erklärte er Bernd, als sie mal wieder auf der Garagenmauer saßen. »Wenn mir die Arbeit nicht mehr genügt, mache ich eben etwas anderes.«

»Und wenn du nichts anderes findest?«, fragte Bernd, der eine Lehre als Drucker absolvierte und sich über alles Mögliche Sorgen machte.

»Irgendetwas werde ich schon finden«, sagte Paul.

»Du weißt aber nicht, ob es etwas ist, das dir gefällt«, gab Bernd zu bedenken.

»Nein, aber ich weiß, dass ich damit zurechtkommen werde«, erwiderte Paul, ohne nachzudenken.

Erst als er die Worte ausgesprochen hatte, erkannte er, wie zutreffend sie waren. Er lebte in der Gegenwart, genoss den Augenblick und hatte vor der Zukunft keine Angst, weil er sich sicher war, mit dem, was das Leben ihm schenkte oder was es ihm in schlechten Momenten vor die Füße warf, zurechtkommen zu können.

Ein wenig dachte er dabei auch an all die Kinder im Krankenhaus, die sich aus Angst vor dem Tod ihren Rest Leben aus dem Leib geschrien hatten. Dafür, dass er mit dem Leben davongekommen war, war er immer dankbar, auch wenn er nicht wusste, wem.

»Vielleicht ist das so, weil du wie dieses kleine Menschlein aus dem Alten Testament bist, das in seinem Körbchen ausgesetzt und irgendwo angeschwemmt wird«, sagte seine bayrische Tante Hannah, von der er inzwischen wusste, wie gerne sie ihn behalten hätte, und bei der er nach so vielen Kindheitssommern noch einmal zwei Wochen Urlaub verbrachte. »Um zu überleben, hast du eben nehmen müssen, was du kriegen konntest, und musstest das Beste daraus machen. Und das machst du gut.«

Paul war auch an jenem Morgen, an dem der Brief kam, entschlossen, aus allem, was ihm an diesem Tag geschehen würde, das Beste zu machen. Was sich das Leben diesmal allerdings überlegt hatte, verschlug selbst ihm ein paar Augenblicke lang die Sprache. Und das, obwohl er damit hatte rechnen müssen. Obwohl es allen passierte. Aber aus unerfindlichem Grund nimmt man wohl immer ein wenig an, der Kelch, den alle trinken müssen, werde an einem selbst vorübergehen.

Mutti hatte den Brief an seinen Frühstücksteller gestellt, was sie sonst nie tat. Als er den offiziell wirkenden Umschlag aufhob, glaubte er, aus dem Augenwinkel wahrzunehmen, wie sich ein geradezu triumphaler Ausdruck auf ihrem Gesicht ausbreitete. Vermutlich irrte er sich. Weshalb hätte sie über, was immer der Brief auch enthielt, Triumph empfinden sollen?

Er riss den Brief mit dem Buttermesser auf und zerrte den dünnen Bogen Papier heraus. Es war sein Musterungsbefehl.

In diesem Augenblick brachte ein bitterer Tropfen das Fass zum Überlaufen. Es gab nicht mehr den geringsten Zweifel, dass ihr die eigenen Vorstellungen vom Leben heiliger waren als das Glück ihres eigenen Sohns.

Von dem Tag an hörte Paul auf, sie in Gedanken Mutti zu nennen, sondern dachte nur noch als »Mutter« an sie.

8

PFEILER DER WAHRHEIT
ERSTER TEIL

TANTE FANNY, Pauls bayrische Patentante, war eine zutiefst gläubige Frau. Ehe sie ihr Allheilmittel Klosterfrau Melissengeist herunterkippte, bekreuzigte sie sich und dankte Gott für die gute Gabe. Während der Sommerferien, die Paul als kleiner Junge in Bayern verbrachte, war sie mit ihm durch die Dörfer gezogen und hatte ihm die weithin sichtbaren Kirchtürme gezeigt.

»Weißt du, warum ein Kirchturm immer so gebaut werden muss, dass man ihn von überallher sehen kann?«, hatte sie ihn gefragt und ihm die Antwort gleich darauf selbst gegeben: »Damit man ganz gleich, wie dick es kommt und durch welches Dunkel man watet, immer weiß, wo die Wahrheit zu finden ist.«

Später hatte er über diese Theorie von den Kirchtürmen als Verkünder der Wahrheit gelegentlich nachgedacht. In seinen eigenen Kreisen, daheim im Pott, kannte er niemanden, der außer zu den üblichen Anlässen in die Kirche ging, und erst recht so gut wie niemanden, der das, was der Pfarrer auf der Kanzel von sich gab, für die Wahrheit hielt.

Dann aber, er muss so acht Jahre alt gewesen sein, war in Dortmund der Floriansturm erbaut worden, ein Turm von mehr als zweihundert Meter Höhe, von dem künftig das Fernsehen ausgestrahlt werden sollte.

Wie die Kirchtürme in den bayrischen Dörfern war auch der neue Fernsehturm von überall weithin sichtbar, und es war Paul wie Schuppen von den Augen gefallen: Als Tante Fanny ein junges Mädchen gewesen war, hatte es noch kein Fernsehen gegeben, und die Leute waren wahrscheinlich wirklich in die Kirche gegangen, weil sie glaubten, dass dort die Wahrheit verkündet wurde.

Heutzutage aber glaubte daran kein Mensch mehr oder nur noch die ganz alten. Gott war im Krieg zu oft erfolglos angerufen worden. Die Wahrheit in der zweiten Hälfte des zwanzigsten Jahrhunderts kam aus den Fernsehapparaten!

Was Paul um sich herum reden hörte, bestätigte seine Theorie: »Im Fernsehen haben sie das auch gebracht«, sagten die Leute, wenn sie ihre Aussagen mit etwas Unumstößlichem untermauern wollten, oder sie sagten: »Muss ja wohl stimmen, es kam ja schließlich im Fernsehen.«

Seine gesamte Kindheit hindurch hatte Paul es so erlebt: Wenn man die Wahrheit erfahren wollte, setzte man sich vor den Fernseher und hörte sie sich an. Das Fernsehen wusste, wie morgen das Wetter werden würde und warum seit gestern Brot und Butter teurer waren, es wusste, wer wen regierte, wer wen bekriegte, wer Freund und wer Feind war, wer Dortmunds neuer Trainer wurde und wie der Kreislauf des Wassers funktionierte. Es war ein gutes Wissen, eine innere Sicherheit: Egal, wie dick es kam und ob es draußen zappenduster war, auf die Glotze konnte man sich verlassen.

Um diese Sicherheit, auf die er sich von klein auf verlassen hatte, zu erschüttern, brauchte es die zwei Jahre, die vermutlich die absurdesten in Pauls ganzem bisherigen Leben darstellten:

Seine zwei Jahre beim Bundesgrenzschutz.

Im April wurde er zur Musterung bestellt. In einem engen Warteraum mit blassgelb, irgendwie schleimig getünchten Wänden saß er zwischen einem Haufen weiterer armer Einbefohlener auf einem orangefarbenen Plastikstuhl und wartete darauf, dass das Urteil über ihn verhängt wurde. Für gewöhnlich kam er überall, wo er auf Gleichaltrige stieß, rasch mit ihnen ins Gespräch, aber hier herrschte beklommenes Schweigen. Stattdessen gaben die orangefarbenen Plastiksitzflächen furzende Geräusche von sich, wann immer darauf ein Hintern rutschte. Die bedauernswerten Delinquenten ihrerseits verständigten sich lediglich durch gequälte Blicke darüber, dass sie im selben Boot saßen und dieses sinkende Schiff nur allzu gern verlassen hätten.

Solange man hier saß, mit dem Hintern auf dem Hocker herumrutschte und darauf wartete, dass der eigene Name aufgerufen wurde, hatte man noch Hoffnung. Man konnte sich einreden, dass man zu den Glücklichen gehören würde, die der Ruf zu den Fahnen nicht ereilte, weil sie den physischen Anforderungen an einen strammen deutschen Heimatverteidiger nicht genügten. »Untauglich« lautete das Zauberwort, das so gut wie jeder von ihnen aus den Mündern der Musterungsbeauftragten zu hören wünschte.

Pauls Cousin Günther war einer jener Glücklichen gewesen. Paul hatte sich gewundert: »Was hatten die denn an dir auszusetzen? Deine Nase?«, hatte er den fast einen Meter neunzig großen Amateurboxer gefragt, bei dem tatsächlich einzig der Riechkolben infolge der kassierten rechten Haken ein wenig lädiert wirkte.

»Der Rücken!«, hatte Günther stolz bekundet und sich auf sein mächtiges Kreuz geklopft.

»Du hast was am Rücken?«, fragte Paul ungläubig.

»Quatsch mit Soße, zu haben braucht man da nix«, klärte Günther ihn auf. »Man muss bloß ein bisschen schauspielern können.«

Zur Erheiterung aller Anwesenden hatte er vorgeführt, wie er mit schmerzhaft gekrümmtem Rücken ins Musterungsbüro geschlichen war und den Zuständigen ächzend von seinen Beschwerden vorgejammert hatte.

Wie es aussah, war Günther tatsächlich ein Schauspieltalent, auch wenn Paul seine Vorführung ein wenig übertrieben fand. Würde er selbst es aber genauso hinbekommen? Dass er Schauspieltalent besaß, bezweifelte er. Zwar hatten seine Freunde sich über seine Darstellung von Besoffenen halb tot gelacht, aber weil man den Betrunkenen mimte, wurde man wohl kaum ausgemustert.

Zwei seiner anderen Cousins – Udo und Steffen – hatten Günthers Methode ausprobiert und waren beide gescheitert. Ihr Gejammer und Gestöhne hatten die Musterungsbeauftragten sich gar nicht erst angehört, sondern sie kurz und bündig tauglich gestempelt. Seither jammerten und stöhnten Udo und Steffen über ihre Zeit beim Wehrdienst. Ihnen zufolge mussten vor allem die drei Monate der Grundausbildung einer Art Gruselkabinett samt Folterkammer gleichgekommen sein.

»Die tierischsten Schleifer, sag ich dir, ein Kotzbrocken schlimmer als der andere! Ab fünf Uhr morgens durch den Schlamm robben darfst du bei denen, und wenn du

nicht spurst oder abends einfach nicht mehr strammstehen kannst, brummen die dir noch Liegestütze oder
Klimmzüge auf, bis dir die Arme brennen.«

»Menschenschinder sind das. Mich wundert bloß, dass
denen noch keiner krepiert ist.«

Auf die Menschenschinderei im Schlamm hatte Paul
nicht die geringste Lust. Von seinen Lehrern hatte er mehr
als einmal zu hören bekommen, er habe ein Problem, sich
zu fügen, sich Autoritäten zu beugen. Bei den Schleifern
der Grundausbildung hatte er damit wohl kaum gute
Karten. Während er fieberhaft auf einen Ausweg sann,
glitt sein Blick über die Werbeplakate, die schief an den
schleimgelben Wänden klebten. Zwei, die nebeneinan-
derhingen, zeigten junge Männer in Uniformen, die offenbar über Pässe in den Alpen stiegen und in Höhlen
und Spalten Ausschau nach Schmugglern oder anderen
finsteren Elementen hielten.

»Der Bundesgrenzschutz braucht dich«, verkündeten
die Plakate, in einem schrägen, zackigen Schriftzug, der
an Edgar-Wallace-Filme erinnerte. »Melde dich jetzt für
zwei Jahre freiwillig. Geboten werden: Interessantes Be-
tätigungsfeld, günstige Aufstiegsmöglichkeiten, gutes
Gehalt und interessante Schulungen.«

Günstige Aufstiegsmöglichkeiten würde Paul wenn
überhaupt ganz bestimmt woanders suchen als hier, aber
»interessante Schulungen« klang gar nicht so übel.
Jedenfalls hörte es sich nicht nach den Schleifern mit den
Schlamm-Rutschpartien an. Der Bundesgrenzschutz galt
als eine Elitetruppe. Im Fernsehen – das schließlich die
Wahrheit kannte – hatte Paul gesehen, wie die Grenz-

schützer am Sarg von Konrad Adenauer, »dem alten Verbrecher« – O-Ton Papa –, feierlich die Ehrenwache gehalten hatte. Bestimmt wurde bei einer derart renommierten Spezialeinheit auf die Grundausbildung samt Schlammrutschen und Strammstehen verzichtet.

Hatte das Fernsehen nicht auch darüber berichtet, dass der Bundesgrenzschutz als erste Truppe nach dem Krieg wiederbewaffnet worden war?

Paul hatte schon früh mit Waffen Bekanntschaft gemacht, weil sein Großonkel Martin, ein Freund von allem, was knallt, ihm bei jedem Besuch seine Sammlung zeigte. Die präzisen Mechaniken und ihre explosive Wirkung hatten Paul fasziniert, und er hatte seitdem auch schon mit Großonkel Peter, dem Förster, Hasen und Rebhühner gejagt.

Trotzdem war er alles andere als scharf darauf, in Horden durch die Gegend zu schießen. Aber wenn man einem Haufen junger Männer das Ballern mit scharfer Munition beizubringen hatte, konnte man sich wohl kaum mit Liegestützen, Klimmzügen und ähnlichem Firlefanz aufhalten.

Paul stand von dem furzenden Plastikstuhl auf und trat vor das Plakat. Was die Jungs da machten, sah nach mehr Spaß und Abenteuer als nach Plackerei aus. Gut, er würde sich für zwei volle Jahre verpflichten müssen, statt wie sonst nach achtzehn Monaten fertig zu sein, aber er ersparte sich die Schinderei der Grundausbildung und hatte vielleicht sogar eine halbwegs spannende Zeit.

Er betrachtete noch immer das Plakat, als die Tür des Untersuchungsraums aufgeschoben wurde.

»Paul Brenner. Zur Musterung«, war alles, was der Unteroffizier, der hier offenbar als so etwas wie die Sprechstundenhilfe aushalf, von sich gab.

Paul trottete gottergeben hinter ihm her, entschlossen, die Prozedur nach dem Motto »Augen zu und durch« hinter sich zu bringen. Ein uniformierter Musterungsbeamter nahm ihm Personalausweis, Impfbuch und Musterungsbefehl ab und verglich sie ausgiebig mit seiner Akte, als verdächtige er Paul der Urkundenfälschung. Ein älterer Mann im weißen Kittel, der sich namenlos nur als »Ich bin der Musterungsarzt« vorstellte, forderte ihn auf, sich bis auf die Unterhose »freizumachen«. Griff ihm ungefragt in den Schritt, wofür Paul ihm fast reflexartig eine Ohrfeige verpasst hätte, nur um ihn husten zu lassen. Anschließend wog und vermaß er ihn wie eine Ware, über deren Kauf er nachdachte. Es fehlte nur noch, dass er ihm wie einer Melone an den Kopf klopfte, um seine Reife festzustellen.

Paul fragte sich, an welcher Stelle Cousin Günther die Show mit seinem Rücken abgezogen hatte. Bei ihm selbst schien die körperliche Untersuchung nach einer kurzen Kontrolle von Blutdruck und Temperatur schon zu Ende zu sein, ohne dass sich irgendwer für seinen Rücken interessiert hatte. Zwei weitere Weißkittel führten einen Seh- und Hörtest durch, wie Paul ihn von seinem Kinderarzt kannte, und dann musste er sich – noch immer in Unterhosen – vor einem gewaltigen Schreibtisch auf einen Schemel setzen und die Fragen des Musterungsbeamten beantworten, der hinter diesem Schreibtisch thronte.

Ob er rauche?

Klar.

Ob er Alkohol trinke.

»Sie etwa nicht?«

»Wenn hier einer Witze macht, sind wir das, ist das klar?«, bellte der Musterungsbeamte, der aus dem Mund stank wie eine Kneipe nach der Sperrstunde. »Ich muss Sie jetzt fragen, ob Sie Drogen konsumieren.«

Haschisch. Manchmal, wenn er oder einer seiner Freunde sich ein bisschen was leisten konnten. Das war ja wohl keine Droge, oder? Kaffee war schließlich auch keine, und die Batterie von Tabletten, die seine Mutter sich morgens in der Badewanne einpfiff, auch nicht.

Der Musterungsbeamte schien nicht zu bemerken, dass Paul die Frage nicht beantwortet hatte.

»Gibt es in Ihrer Familie erbliche Krankheiten?«, schnarrte er.

Paul wollte verneinen, besann sich dann aber. Seinen leiblichen Vater kannte er nicht. Gut möglich, dass sein Stammbaum eine Unzahl Verwandter mit allen erdenklichen schrecklichen Krankheiten aufwies. »Soweit ich weiß, keine«, sagte er schließlich.

»Operationen?«

»Ich oder meine Familie?«

»Sie ham wohln Clown gefrühstückt«, raunzte der Musterungsbeamte. »Gibt es sonst noch etwas in Ihrer medizinischen Historie, von dem Sie verpflichtet sind, uns in Kenntnis zu setzen?«

Paul hatte bisher nicht gewusst, dass er eine medizinische Historie überhaupt besaß, geschweige denn, dass er verpflichtet war, darüber jemanden in Kenntnis zu setzen. Sollte er seine Borreliose erwähnen, die Hirnhautentzündung, drei Monate unter Sterbenden, an deren Ende er dem Totengräber von der Schippe gehüpft war? Vielleicht würde man ihn daraufhin für untauglich erklären. Bei dem Musterungsbeamten, der keinen Spaß verstand, war jedoch zu befürchten, dass ihm auch dafür jegliches Verständnis fehlte. Paul wollte nur so schnell wie möglich raus aus dem Laden, also zuckte er lediglich mit den Schultern und schüttelte den Kopf.

Der Musterungsbeamte zog eine Art Pappkarte aus der Akte und ließ mit Wucht einen Stempel darauf niedersausen. »Tauglich«, verkündete er und schob Paul den Bescheid zu. »Sie werden benachrichtigt, wann und wo Sie sich zum Dienstantritt einzufinden haben.«

»Ich möchte mich für zwei Jahre freiwillig verpflichten«, hörte Paul sich sagen. »Zum Bundesgrenzschutz.«

Es war das erste Mal, dass der Musterungsbeamte und der Musterungsarzt aufblickten und so etwas wie Erstaunen erkennen ließen. Paul konnte es ihnen nicht verdenken – er war selbst ein bisschen verblüfft.

»Ich gratuliere Ihnen zu Ihrem Entschluss«, sagte der Musterungsbeamte nach mehrmaligem Räuspern und blies Paul seine Kneipenfahne ins Gesicht, dass der sich ein Bier zum Feierabend sparen konnte. »Ich nehme an, Sie sind durch den Bericht darauf gekommen, den das Fernsehen über unsere Grenzjäger gebracht hat? Sie werden es nicht bereuen, das garantiere ich Ihnen. Ganz bestimmt nicht.«

Paul hatte im Fernsehen keinen Bericht über Grenzjäger gesehen. In letzter Zeit kam er eher selten zum Fernsehen, und wenn, dann sah er Sport- und Musiksendungen oder mit Erich und Papa, dem es seit ein paar Tagen nicht gut ging, noch immer ab und zu einen Tierfilm oder einen alten Krimi.

Aber was im Fernsehen gezeigt worden war, hatte etwas Solides, Verlässliches, etwas vom Amen in der Kirche. Und wenn selbst der Musterungsbeamte ihm garantierte, dass er seinen Entschluss nicht bereuen würde, weshalb sollte er dann fürchten, er würde es tun?

9
STÜTZEN DER GESELLSCHAFT

UM SEINEN ENTSCHLUSS zu bereuen, brauchte Paul genau fünf Monate – nämlich die Zeit, die zwischen seiner Musterung im April und seinem Dienstantritt im September verging. Sein letzter Sommer in Freiheit, in dem er sich die Haare wachsen ließ und sich nacheinander in Sybille, Martina und Gudrun verliebte. Als das mit Gudrun begann abzuflauen, traf der Brief ein. Der Einzug zum Dienstantritt. Zugeteilt wurde er der Sicherungsgruppe Bonn in Siegburg-Hangelar, die zum Schutz der Bundespolitiker eingesetzt wurde.

Er hatte sein Gepäck noch nicht in den lächerlich schmalen Spind in seiner Schlafstube in der Kaserne gestopft, als ihn der Stubenälteste ansprach: »Du, ich mein's nicht böse. Aber das mit den Haaren geht hier nicht.«

»Wie, das mit den Haaren geht hier nicht?« Dunkel erinnerte sich Paul, dass der Musterungsbeamte eine Glatze gehabt hatte. Eine Armee, die nur Kahlköpfige zum Wehrdienst zuließ, erschien dennoch eher absurd.

»Die sind zu lang«, sagte der Stubenälteste.

Paul fuhr sich in das Haar in seinem Nacken. Sich die wie zufällig zerzauste Mähne wachsen zu lassen, hatte ihn einiges an Zeit und Mühe gekostet, und dass sie ihm stand, hatten ihm Sybille, Martina und Gudrun bei jeder ihrer Zusammenkünfte bestätigt. Sowieso konnte man sich mit Haaren, die sich nicht mit einem lässigen Griff aus dem Gesicht werfen ließen, um mindestens auf den Schultern zu landen, in keinem der angesagten Beatschuppen sehen lassen.

Darüber, dass es beim Wehrdienst einen Friseur gab, der sie gleich am ersten Tag nahezu kahl geschoren hatte, hatten auch Udo und Steffen gejammert, aber Paul hatte das für eine ihrer üblichen Übertreibungen gehalten. Jetzt wurde ihm klar, dass es Ernst war. Blutiger Ernst.

»Heißt das, die schneiden mir meine Haare heute noch ab?«, fragte er entgeistert.

Der Stubenälteste musterte Pauls Haarpracht mit geradezu wehmütigem Blick und nickte. »Wer nicht mit der vorgeschriebenen Haarlänge kommt, dem rasieren sie den Nacken kahl. Deshalb sag ich's ja. Zwei Stunden hast du noch Zeit, dir einen Friseur zu suchen und es dir selbst schneiden zu lassen. Das sieht dann wenigstens besser aus, als wenn die's machen. Die reinsten Schlachter sind das. Ich bin übrigens Franz.«

Franz war ein netter Kerl, und schon einmal einen netten Kerl zu kennen, machte die meisten Situationen erträglich. Einen Friseur, der ihn schnell dazwischengeschoben hätte, empfahl Franz ihm auch, aber nach kurzer Überlegung entschied Paul sich dagegen. Ob nun der Grenzschutz-Schlachter ihn kahl schor oder der Friseur vom Franz ihm einen Konfirmandenhaarschnitt verpasste, machte kaum einen Unterschied. Inakzeptabel war beides. Eine andere Lösung musste her.

Zwei Stunden blieben ihm. Kurz entschlossen ließ er sich von Franz den Weg zum größten Kaufhaus der Gegend beschreiben. Er hatte keine Zeit zu verlieren.

Paul war nicht schüchtern, schon gar nicht, wenn es um Frauen ging. Um der hübschen schlupflidrigen Verkäuferin sein Anliegen mitzuteilen, musste er sich jedoch einen ziemlich kräftigen Ruck geben.

»Wie kann ich Ihnen denn behilflich sein?«, fragte die Schöne, die sein Dilemma offenbar spürte.

»Ich suche eine Perücke«, stieß Paul heraus. »Können Sie mir sagen, wo ich die finde?«

»Aber gerne doch.« Wenn die Verkäuferin an seinem Wunsch etwas merkwürdig fand, ließ sie es sich nicht anmerken. Ihm voraus stöckelte sie zur Rolltreppe, um ein Stockwerk höher zu fahren. »Für Ihre Mutter?«, fragte sie ihn. »Oder eher für eine jüngere Dame?«

»Ehrlich gesagt, eher für mich«, sagte Paul.

»Verstehe«, murmelte die Verkäuferin, klang aber nicht, als täte sie es. »Für Herren ist unsere Auswahl leider ziemlich überschaubar.«

Die ziemlich überschaubare Auswahl bestand aus einem Haarersatz in Tintenschwarz, der nie und nimmer echt an ihm gewirkt hätte, und der Lockenpracht eines Clowns für eine Karnevalsparty. Bei den Damen hingegen wurden sämtliche Farben und Frisuren angeboten. Er entdeckte eine, die im Ton genau passte und auch von der Struktur her seinem glatten, dichten Haar recht nahekam. Außerdem war die Perücke weit genug, um seine Mähne darunterzustopfen, ohne sie allzu sehr platt zu quetschen.

Blitzschnell überlegte er. Für den Friseur, den Franz ihm empfohlen hatte, machte es sicher keinen Unterschied, ob er einem Kunden am eigenen Kopf herumschnippelte oder an einer Perücke. Die Zeit drängte, in kaum einer Stunde war Dienstantritt.

»Ich nehme die«, sagte er kurz entschlossen. »Einzupacken brauchen Sie mir die aber nicht, ich setze sie gleich auf.«

Die Verkäuferin schien sich immer noch nicht zu wundern, und Riccardo, der sizilianische Friseur, beteuerte, er schneide seit fünfzehn Jahren Rekruten die Haare, kahl von Kragen bis Mützenrand, und ihm sei schon lange nichts Menschliches mehr fremd. Perücke und Haarschnitt machten Paul um ein beträchtliches Vermögen ärmer, und ob die Ausgabe sich gelohnt hatte, erschien ihm mehr als fraglich: Als er sich auf der Kasernentoilette im Spiegel betrachtete, hatte er Mühe, nicht laut loszuprusten. Er sah aus wie beim Karneval, wo er das Kostümieren gehasst hatte. Als er jedoch vor der Tür ein paar von den neuen Kameraden begegnete, grüßten die freundlich und wirkten nicht im Mindesten irritiert.

In seiner Stube traf er wieder auf Franz, der anerkennend nickte und den Daumen in die Höhe reckte. »Sieht gar nicht mal schlecht aus«, bekundete er. »Ricci weiß eben, was er tut, und es wär echt schade gewesen, wenn sie einen so schönen Menschen wie dich hier total verunstaltet hätten.« Was Paul kurz irritierte.

Das Wichtigste aber war, dass die Unteroffiziere und Gruppenführer, vor denen die neu eingetroffenen Rekruten kurz darauf zu einem Appell antreten mussten, nicht den geringsten Verdacht schöpften. Jeder einzelne neue Soldat musste sich namentlich melden. Ein dünner Mensch, der sich als Oberfeldwebel Weber vorgestellt hatte, schritt die Kolonnen ab, und als die Reihe an Paul war, musterte er ihn kurz, nickte genauso ausdruckslos wie bei allen anderen und ging weiter.

Der viel kleinere, der neben ihm hermarschierte und vermutlich ein Unterfeldwebel war, brummte: »Die Haare sind an der äußersten Grenze. Die lassen Sie sich demnächst mal schneiden, verstanden?«

»Jawoll«, erwiderte Paul zackig und stellte fest, dass die Sache anfing, ihm Spaß zu machen. Der Bundesgrenzschutz schützte offenbar auch vor grenzwertigen Haarschnitten, und er hatte wieder einmal etwas Nützliches gelernt: Menschen sahen, was sie zu sehen erwarteten. Beim Karneval rechnete man mit nichts als Kostümierten, also hätte man vermutlich auch einen echten Soldaten, der in Uniform auftauchte, für einen der zahllosen verkleideten Narren gehalten. Auf der Rekruteneinführung des Bundesgrenzschutzes hingegen vermutete niemand einen Kerl im Faschingskostüm, also sah auch niemand, dass einer vor ihnen stand.

Unsere eigentliche Karnevalskostümierung sollen wir ja jetzt erst anlegen, dachte Paul und nahm die Uniform samt Käppi entgegen, mit deren Hilfe er sich als Soldat des Bundesgrenzschutzes verkleiden würde. Ein Soldat mit prächtiger schulterlanger Mähne.

Ein ganz flüchtiges Grinsen konnte er sich nicht verkneifen, und in Gedanken klopfte er sich auf die Schulter. Wenn er sich das nächste Mal mit seinen Cousins auf ein Bier traf, würde er die Geschichte zum Besten geben. Sie war mindestens ebenso gut wie die von Günthers Rücken, fand er.

Das Grinsen verging ihm allerdings keine halbe Stunde später, als die Dienstpläne für die kommenden Wochen bekannt gegeben wurden. Die Tage schienen vollgepackt bis zum Rand mit Aktivitäten wie Geländeübungen, Zirkeltraining, Fitness-Steigerung und Kraft- und Ausdauertests. Paul hatte erwartet, er würde lernen, wie man ein Schmugglernest aushob und Verbrecher zur Strecke brachte. Ein bisschen wie im Fernsehkrimi. Stattdessen schien Oberfeldwebel Weber entschlossen zu sein, aus ihm eine Art Johnny Weissmüller zu machen. Und Samthandschuhe würde er sich dabei kaum über die Pranken streifen.

»Ihr könnt davon ausgehen, dass ihr abends, wenn ihr auf die Stube kommt, total fix und foxi sein werdet. Da ist dann nichts mehr mit Um-die-Häuser-Ziehen und Nächte-um-die-Ohren-Schlagen, und das ist auch gut so.« In der Stimme von Oberfeldwebel Weber, der sich weigerte, die meilenweit unter ihm stehenden Rekruten zu siezen, schwang unüberhörbare Schadenfreude.

Paul wandte sich seinem Nachbarn zu, einem Bremer namens Andy, mit dem er sich bereits bekannt gemacht hatte. »Aber gehört das ganze Zeug nicht zur Grundausbildung?«, fragte er ihn im Flüstermodus.

»Du sagst es.« Andy konnte sogar flüsternd seufzen. »Und die Grundausbildung dauert für uns hier fieserweise ein komplettes Jahr.«

»Wie bitte?«

Andy nickte betrübt. »Ich hab mich freiwillig zum Grenzschutz gemeldet, weil ich hoffe, hier ist ein bisschen was los und man ist nicht bloß so ein Schütze-Arsch. Aber auf das eine Jahr Grundausbildung hätte ich echt verzichten können.«

Ein Jahr Grundausbildung.

Paul brauchte einige Minuten, um die Fassung wiederzuerlangen. Selbst Udo und Steffen, die das Jammern über die Grundausbildung zur Meisterschaft erhoben hatten, waren nach drei Monaten damit fertig gewesen.

Um sich seine eigene Blödheit zu verzeihen, brauchte er einige Wochen, und selbst dann war er nicht sicher, ob er sich wirklich in absehbarer Zeit wieder für zurechnungsfähig halten sollte. Wie hatte er diese gottverfluchte Freiwilligenmeldung unterzeichnen können, ohne sich auch nur ansatzweise zu informieren, was damit verbunden war?

Seine Mutter war natürlich begeistert gewesen. Bundesgrenzschutz, bewaffnete Truppe und dazu noch eingesetzt zum Schutz der hochwichtigen Politiker, das machte etwas her. Die Einheiten wurden im Fernsehen gezeigt, und das ganze Drum und Dran klang nach weit mehr als das Feld-Wald-und-Wiesen-Soldatentum, das die Söhne von Freundinnen und Feindinnen absolvieren mussten.

Papa hatte nicht viel gesagt. »Bin froh, wenn du den Scheibenkleister hinter dir hast, Junge« war so ziemlich alles gewesen. Ob Papa, der bei Ausbruch von Hitlers Weltkrieg neunzehn Jahre alt gewesen war, selbst Erfahrung mit Wehrdienst, Soldatentum und womöglich Fronteinsatz hatte machen müssen, wusste Paul nicht. Über die Zeit sprach von denen, die sie erlebt hatten, sowieso nie einer, der nicht dazu gezwungen war. Als wäre in der Geschichte seines Landes ein Loch, und genau da, wo das Loch klaffte, waren seine Eltern, Onkel, Tanten, Kinder und junge Leute gewesen.

Die Männer der Nachkriegsjahre hatten alle eine fette Sollbruchstelle, und das Loch hatte jeder im Kopf. Bei seinen Leuten wurde es regelmäßig mit Alkohol ausgefüllt. Den Laden am Laufen hielten die Frauen, die zudem unentwegt und über alles Erdenkliche redeten – jedoch niemals über die Jahre vor der »Stunde null«. Ihr Schweigen war beredt. Aber die Sprache, die es sprach, verbarg mehr, als sie preisgab.

In der Grundausbildung des Bundesgrenzschutzes gab es kein Schweigen. Oberfeldwebel Weber und Konsorten hörten sich viel zu gern reden, brüllen, kommandieren, protzen, prahlen und andere zur Schnecke machen. Womöglich noch lieber hörten sie sich Witzchen über Türken, Schwuchteln, rote Säue und Schlampen reißen, um ihre dreckige Lache zu genießen. Für Weber und Co. war klar, es waren ihrer zu viele! Aber bis hierher, ins heilige Land hinter den Zäunen des militärischen Sperrgebiets, drangen sie nicht.

»Hier bleiben wir sauber«, geiferte der Oberfeldwebel. »Blitzsauber, um genau zu sein. Bei uns kann man sprichwörtlich vom Fußboden essen.«

Da es in der blitzsauberen Elite-Anstalt weder Türken und Schwuchteln noch rote Säue und Weiber gab, blieb umso mehr Platz für Alkoholiker, Psychopathen und Kommissköpfe, die bei der Entnazifizierung ebenso vergessen worden waren wie die Wehrmachtsausrüstung, mit der sie bewaffnet waren. Aus den Maschinengewehren hatte man die Hakenkreuze immerhin mit einer Punze herausgehämmert. Aus den Köpfen der Offiziere ließ sich das so einfach nicht bewerkstelligen.

Die Schinderei ertrug Paul. Mit der Zeit ließ sie sich sogar leichter ertragen, weil sein Körper sehniger und muskulöser wurde und mit den Schikanen der Schleifer besser zurechtkam. Außerdem kannte er noch aus Schulzeiten jede Menge Kniffe und Schliche, mit deren Hilfe man sich vor den unangenehmsten Übungen drücken konnte.

Weber behauptete zwar, er habe seine Augen überall, sodass er binnen Kurzem den Spitznamen »Neunauge« weghatte, aber auf acht seiner Augen war er dann doch blind.

Die ständigen Kommandos, das Gebrüll und Gezeter waren ebenfalls erträglich. Durch seine Mutter war Paul ja einiges gewohnt, und einer der Gruppenführer klang, wenn ihm die Stimme vor Erregung kippte, in der Tat ein wenig wie seine Mutter an Silvester, wenn sie sich mit Erdbeersekt einen auf die Lampe goss und sich über die Nachbarn, ihren Mann, ihren Sohn und die Schlechtigkeit der Welt an und für sich ereiferte. Nach ein paar Tagen ging der Lärm um nichts ihm nur noch zum einen Ohr rein und zum anderen raus. Man hielt einfach still und wartete in der Gewissheit ab, dass den Brüllaffen früher oder später die Puste ausging.

Was sich hingegen nicht ertragen ließ, war das dumpfe, schenkelklopfende Geschwätz, das die dekorierten Herren als Humor bezeichneten und das in Windeseile auf den Großteil der Truppe übergriff. Neben dem Dauerabriss dumpfer Flachwitze erfolgte das beständige Wiederkäuen banalster Sprüchlein: Unter den Unteroffizieren ging kein Mensch schlicht aufs Klo, sondern man »legte ein Ei« oder »verzog sich mal für kleine Königstiger«. Man legte sich nicht schlafen, sondern ging »auf Matratzenhorchdienst«, setzte sich nicht einfach zum Essen, sondern »zur Raubtierfütterung«, und natürlich liebte man auch kein Mädchen, sondern legte eine Schnalle flach oder hatte sie durchgerudert, bis sie miaute.

»Ist hier einer noch nicht abgefrühstückt?«, rief der Feldwebel, der die Aufsicht über die Truppenküche führte, allmorgendlich, wobei seine Bauchdecke vor Lachen zu blubbern schien. Das Essen war die reinste Folter. Hier schmeckte nichts. Die Küche brachte es sogar fertig, Spiegeleier zu versauen. Ab mittags waren die Kleiderkammerbullen besoffen. Sie fanden es wahnsinnig lustig, aus den Mützen die Drähte zu ziehen, sodass sie auf den Köpfen zusammensackten, und dazu enge Jacken und zu große Hosen auszugeben. Unter Pauls Freunden hatten sich Witzlein auf diesem Niveau bereits in Klassenstufe zwei der Volksschule erledigt, weil nicht einmal die Lehrer ein müdes Schulterzucken dafür erübrigen konnten.

An guten Tagen fühlte sich Paul wie in einer Art Zoo der besonderen Sorte. An bösen Tagen fand er an dem zynischen Kriegsspiel der Ausbilder nichts Komisches, sondern fragte sich, wie Menschen, deren Alkoholkonsum zeigte, dass sie nicht einmal auf sich selber achten konnten, andere schützen wollten. Ein Leben schien in diesem Umfeld nichts wert zu sein.

Der lange Jochen, der mit ihm die Stube teilte, ein beinahe muskelloser Schlaks aus dem Saarland mit dem sanften Gemüt eines Schafs, hatte sich innerhalb der ersten Tage als Lieblingsopfer der Schleifer etabliert. Die kleinen Gernegroße ließen keine Gelegenheit aus, den gutgläubigen Burschen zu schikanieren, der nicht über die Kaltschnäuzigkeit verfügte, um sich zu wehren oder abzuschotten.

Eines Morgens entdeckte Franz ihn erhängt in der Kleiderkammer. Paul war daraufhin auf Oberfeldwebel Weber mit einem Schraubenschlüssel losgegangen, fest entschlossen, den Schinder umzubringen, und nur durch den vereinten Einsatz von drei Kameraden aufzuhalten, die ihn im Klo einsperrten. Normalerweise bekam er Sodbrennen bei jeder Ungerechtigkeit, aber diese Sauerei löste bei Paul eine kalte Wut aus, die ihn für den Rest seiner Dienstzeit nicht mehr verließ.

Der Vorfall tauchte in seiner Akte nie auf. Auch gab es keinerlei Disziplinarverfahren, weder für Paul noch für einen der beteiligten Schinder. Stattdessen wurde die Sache genauso eilig unter den Teppich gekehrt wie alle anderen Umstände um Jochen Petermanns Tod.

Einen Augenblick lang stand für Paul die Zeit still, und er fragte sich, ob eigentlich das ganze Land, die ganze Welt voller seelisch verkrüppelter Menschen war und ob er selbst ebenso verkrüppelt enden würde, wenn diese Institution mit ihm fertig war. An Bruno Beinlos musste er denken, der im Vergleich dazu beinahe gut weggekommen zu sein schien. Zertrümmerte Menschlichkeit ließ sich nicht durch ein Bügelbrett ersetzen. Er zog sich seine Kurzhaarperücke noch fester über die Ohren, als ließe der wahre Paul sich darunter verbergen und unberührbar machen.

Als der Irrsinn der Grundausbildung sich nach einer veritablen Ewigkeit dem Ende näherte, beschloss er, sich zu den Funkern zu melden. Um ein Funkgerät zu bedienen, bedurfte man einer gewissen Mindestintelligenz, weshalb er hoffte, auf diese Weise wenigstens dem dunkelsten Bodensatz hirnloser Witze zu entgehen. Die Stabshundertschaft mit der gelben Litze am Kragenspiegel, der er zugeteilt wurde, galt als Aushängeschild. In der Tat war der Humor, der hier herrschte, ein anderer: zwar nicht weniger dumpf, aber man drückte ihn gewählter aus.

Die Wunder-Einheit bestand aus erschreckend vielen Schlafmützen, Jasagern und Katzbucklern. Und aus ein paar netten Kerlen. Wieder bestätigte sich Pauls Patentrezept, um durchs Leben zu kommen: das Wissen, dass es überall und unter allen Umständen ein paar nette Kerle gab, mit denen man ein Pferd stehlen konnte. Falls man ein Pferd brauchte. Falls nicht, ließen sich mit den netten Kerlen selbst die langweiligsten Abende im Fernsehzimmer aufpeppen, und solange einer von ihnen wusste, wo sich auf den seltenen Ausgängen tolle Musik, noch tollere Mädchen und ein bisschen Haschisch auftreiben ließen, blieb der Glaube erhalten, dass man den ganzen Zirkus überstehen und anders als der arme, schon fast vergessene Jochen aus dem Saarland mit dem Leben davonkommen würde.

10

PFEILER DER WAHRHEIT
ZWEITER TEIL

SEIT DER BEFREIUNG von Andreas Baader 1970 aus der Berliner Haftanstalt Tegel, in der er wegen Brandstiftung in mehreren Kaufhäusern eingesessen hatte, redete ganz Deutschland in düstersten Weltuntergangstönen von der RAF, der Roten Armee Fraktion. Die Organisation der im Untergrund verschwundenen Terroristen versorgte die Presse mit Dauerschlagzeilen. Sie war der schwarze Mann, mit dem man nicht nur Kinder, sondern sämtliche brave Bürger in Angst und Schrecken versetzen konnte. Nichts verunsicherte die bürgerliche Gesellschaft tiefer und nachhaltiger als dieses personifizierte Böse, das nicht als größter äußerer Feind aus der Ferne, dem Ausland oder einer sozialen Randgruppe kam, sondern geradewegs aus ihrer Mitte. Die Frauen und Männer der RAF waren des Bürgertums ureigene Kinder, die sie mit Schlägen und Klavierunterricht, Privilegien und Pressionen, höchster Sorgfalt und tiefstem Schweigen großgezogen hatte.

Die Gruppenführer beim Grenzschutz spielten von morgens bis abends *Wer hat Angst vorm schwarzen Mann*. Ob es um Banküberfälle, Überstunden, Staus auf der Autobahn oder den verregneten Sommer ging – die RAF war an allem schuld. In jeder kleinsten Kammer der Kasernengebäude hing ein Fahndungsplakat, sodass die Gesichter von Deutschlands meistgesuchten Terroristen für Paul etwas von den Kasperlfiguren der Kindheit bekamen, die ihm von ihrem Regal aus allmorgendlich entgegengegrinst hatten.

Natürlich grinsten Andreas Baader, Gudrun Ensslin, Ulrike Meinhof und wie sie alle hießen nicht. Sie meinten es ernst. Schossen blindlings und infam auf Deutschlands Polizisten. Im März schoss dann ein deutscher Polizist vielleicht nicht infam, aber zweifellos blindlings auf einen Siebzehnjährigen, weil er ihn für einen Angehörigen der RAF gehalten hatte. Der Siebzehnjährige hatte sich einer Verkehrskontrolle entzogen, weil das Auto seinem Vater gehörte. Er starb.

»Sterben müssen wir alle«, lautete Major Jennerweins Kommentar. Der stellvertretende Kommandant der Truppe war ganz in seinem Element. »Und wenn's nach diesen RAF-Schweinen geht, besser heute als morgen. Die sind wie Blutegel, die sich am Volkskörper festsaugen. Solches Ungeziefer muss man rücksichtslos ausmerzen. Dass es dabei zu Irrtümern kommt, ist bedauerlich, aber wo gehobelt wird, fallen eben Späne.«

Die Grenzschützer wurden fortwährend ausgeschickt, um Autobahnkontrollen durchzuführen, selbst die Funker mussten mit. Paul lernte, Fahrzeuge herauszuwinken und im O-Ton Obermeister Heiner »die Karre von Grund auf umzukrempeln, wenn euch eine Visage verdächtig vorkommt«.

Die Jagd auf verdächtige Visagen erfolgte mit vorgehaltenen Maschinenpistolen, dabei galt die Anweisung: »Je jünger die Kerle in den Autos sind, desto konsequenter lasst ihr die Mündung oben.« Schwarze BMWs wurden bevorzugt gefilzt, die Luxusautos waren die bevorzugten Fluchtwagen der RAF und wurden auch »Baader-Mein-hof-Wagen« genannt. Paul schloss nicht aus, dass Ober-meister Heiner sein Schusstraining mit selbst gebastelten Pappscheiben absolvierte, auf die er sich schwarze BMWs gekrakelt hatte.

Abwechslung von den Kontrollen auf der Autobahn stellten gelegentliche Landpartien dar, die Paul im Funk-mobil quer durch das Bergische Land führten. Irgendwo an geeigneter Stelle machte die ganze Kompanie jeweils Halt, damit die Offiziere eine ihrer beliebten Rallyes durch-führen konnten. Paul war nicht ganz sicher, welche von beiden Unternehmungen ihm stärker verhasst war, aber zumindest wurde bei den Offiziersrallyes nicht gehobelt, und es bestand keine Gefahr, dass ein Span fiel.

Zu seinem Glück erwies sich Paul – obwohl er vorher nie auf einer Schreibmaschine geschrieben hatte – als der mit den flinksten Fingern der gesamten Hundertschaft. Ob sich das viele Klickern am Flipperautomaten bei Knei-penbesuchen mit Papa auszahlte oder ob er schlicht und einfach ein Naturtalent war, wusste er nicht, doch in je-dem Fall schien an ihm ein Meisterfunker verloren gegan-gen zu sein. Binnen weniger Wochen wurde er aufgrund seiner Schnell-Tast-Künste in die Zentrale im Funkbunker versetzt und musste wenigstens nicht mehr ständig auf eine von Heiners Hobel-Expeditionen.

»Sie sind ja nicht ganz unbegabt, Brenner«, bekundete Major Jennerwein, der das Schnarren in seiner Stimme fraglos jahrelang trainiert hatte. »Wenn Sie diesen Hang zum Querulantentum, der in Ihnen steckt, in den Griff bekommen und wenn Sie sich nichts mehr zuschulden kommen lassen, können Sie es bei uns weit bringen. Sie sollten sich dauerhaft verpflichten und vereidigen lassen – mit ein bisschen mehr Schliff können Sie aus sich ganz schön was machen.«

Paul, der nicht die geringste Absicht hatte, sein Querulantentum in den Griff zu bekommen, und auch keinen Wert darauf legte, verpflichtet und vereidigt etwas aus sich zu machen, war wild entschlossen, sich etwas zuschulden kommen zu lassen.

Das war er sich schuldig, fand er. Seiner Selbstachtung aus dem Pott, die sich nicht für dumm verkaufen ließ. Zwei Tage später kam er zu spät vom Ausgang zurück, und das nächste Mal richtete er es so ein, dass es Jennerwein war, der ihn erwischte. Vielleicht war das kindisch. Aber es machte Spaß und lockerte die stumpfe Idiotie des Funkeralltags auf.

Jennerwein baute sich vor ihm auf, stemmte die Hände in die Hüften und klemmte die Daumen in seine Koppel. »Ich habe Ihnen einen guten Rat gegeben, Brenner«, schnauzte er. »Einen sehr guten Rat. Einen solchen Rat bekommt von mir nicht jeder, und ich mag es nicht, wenn man meinen Rat in den Wind schlägt, als sei er nichts wert. Ich habe Sie jetzt auf dem Kieker. Sagen Sie später nicht, ich hätte Sie nicht gewarnt.«

Als Paul das nächste Mal vom Ausgang kam, wartete Major Jennerwein schon am Tor der Kaserne auf ihn, in exakt der gleichen Pose. Verwundert warf Paul einen Blick auf seine Uhr. Er war sicher, dass er ausnahmsweise pünktlich aus dem Beatschuppen aufgebrochen war, zum einen weil wenig los gewesen war, zum andern weil er sich nicht ganz auf dem Posten fühlte. Das Zifferblatt bestätigte sein Gefühl. Auch trug er auf Wunsch des Majors keine Uniform, damit das Ansehen des Bundesgrenzschutzes keinen Schaden erlitt, wenn dessen Angehörige sich draußen in der Welt wie gewöhnliche Sterbliche verhielten. Er hatte also ausnahmsweise alles nach Vorschrift erledigt. Jennerwein aber schien anderer Meinung zu sein.

Er schob sich auf Paul zu in einer Bewegung, die zweifellos einschüchternd und bedrohlich wirken sollte. Auf Paul allerdings wirkte sie eher lächerlich – ein bisschen wie seine Onkel, wenn sie verbergen wollten, wie betrunken sie waren, und sich daher extra pompös in die Brust warfen.

»Abnehmen!«, schnarrte der Major und kniff die Augen zu Schlitzen.

»Wie bitte?«, fragte Paul und konnte sich angesichts der Uniformhose, die sich über dem Majorsbauch spannte, ein »Haben Sie das nicht eher nötig als ich?« nur mit erheblicher Mühe verkneifen.

»Abnehmen!«, bellte Jennerwein noch einmal, zog einen seiner Daumen aus der Koppel und wies auf Pauls Kopf.

Paul dämmerte etwas. Hatte er die Sache eben noch amüsant gefunden, so wurde ihm jetzt schwach in den Knien. Diese Blindschleiche mit Schulterstreifen hatte doch wohl nichts an seinen Haaren auszusetzen? Unwillkürlich griff er sich in den Nacken.

»Ja, genau.« Jennerwein verzog den Mund. »Den Fiffi meine ich. Runter damit oder soll ich's selbst machen?«

Hätte der Major ihm an den Kopf gelangt, hätte er vermutlich sehr lange duschen müssen, um das Gefühl der Berührung abzuwaschen. Mit einem Herzen, das sich wie ein Bleiklumpen anfühlte, zog sich Paul die Perücke vom Kopf und spürte sein Haar, das ihm dicht und kräftig auf die Schultern fiel. Zum letzten Mal, das war ihm klar. Es war ein wenig wie ein Abschied von einem Freund.

»Friseur morgen früh um acht«, frohlockte Jennerwein triumphierend.

Wie der Major ihm auf die Schliche gekommen war, sollte Paul nie erfahren.

Beim Appell am nächsten Morgen hieß es: »Mützen runter! An den Haaren ziehen! Stärker!« Eigentlich war es witzig ...

Seine Haarpracht unter der Schere des »Schlachters« fallen zu sehen, nachdem er sie anderthalb Jahre lang erfolgreich davor bewahrt hatte, war allerdings nicht witzig, sondern tat ihm in der Seele weh. Die weiteren Konsequenzen der Perückenaffäre waren allerdings eher erfreulich: Wer sich in der Stabshundertschaft der Funker einen Strafpunkt einfing, wurde zu Wachdienst verdonnert, der allgemein verhasst war.

Paul hatte inzwischen ein derart überquellendes Strafkonto, dass er das verbleibende halbe Jahr seiner restlichen Dienstzeit auf Wache verbringen würde. Jennerwein freute sich diebisch, während er Paul in die Waffenkammer führte, wo er im kleinen Überwachungsraum des oberen Depots fortan Wache schieben sollte. »Hier kommen Sie so schnell nicht mehr raus, Brenner«, verkündete er hämisch.

»Gott sei Dank«, murmelte Paul, jedoch so leise, dass Jennerwein ihn nicht hörte.

Die Wachdienste, die er mit sich allein verbringen konnte, ohne dass irgendwer ihn mit Flachwitzen und dumpfer Hetze störte, kamen ihm wie die Rettung vor. Was sollte schon los sein, dort oben in den Kammern des mehrfach gesicherten Depots, in denen in gestapelten Kisten irgendwelche Waffen mit ausgestanzten Hakenkreuzen lagerten? Niemand kontrollierte, was er tat, und niemand warf einen zweiten Blick auf die Berichte, die er bei Übergabe seiner Wache abzuliefern hatte. Er vertrieb sich die Zeit mit Zeichnen, mit Lesen, mit Vor-sich-hin-Denken in seinem ureigenen Wolkenkuckucksheim. Er entdeckte Stanislaw Lem, Ernst Jünger, Wilhelm Reich und Algernon Blackwood.

Seine Kameraden mussten härter denn je rackern und wurden pausenlos auf Kontrolltouren geschickt, da nach einem Anschlag der RAF auf das Hamburger Verlagsgebäude der Axel Springer AG die Sicherheitslage und die Kontrollen durch den Bundesgrenzschutz noch einmal erheblich verschärft worden waren. Keine Nachrichtensendung verging, ohne dass den steckbrieflich gesuchten Terroristen die erste Meldung und der ausführlichste Bericht galten. Das ganze Land schien im Alarmzustand – einzig Paul konnte beim Bewachen seines komplett verschanzten Depots eine ruhige Kugel schieben und brauchte sich um nichts zu sorgen.

Das Waffengesetz verpflichtete Waffenbesitzer, geeignete Vorkehrungen gegen Diebstahl zu treffen, und wer sollte diese Vorkehrungen umfassender und effektiver treffen als der Grenzschutz? Jennerwein persönlich hatte schließlich getönt: »Bei uns hier passiert nichts. Bei uns kann gar nichts passieren, wozu sind wir schließlich Experten? Wir sind besser gesichert als die Bank von England.«

Paul döste vor den Überwachungsschirmen der Bank von England vor sich hin und träumte von der quirligen schwarzhaarigen Rachel, der Schwester eines Kameraden, mit der er neulich die halbe Nacht durchgetanzt hatte. Der Türke, ein besonders sonniges Haschisch, hellgrün duftend, das einer von Rachels Bekannten besorgt hatte, war göttlich gewesen, hatte ihn so richtig vom Boden abheben und diese ganze Menschenverdummungsanstalt, in der er seit anderthalb Jahren festsaß, vergessen lassen.

Die Zeit hier war anders als andere ungeliebte Stationen seines Lebens, die er irgendwie hinter sich gebracht und sie anschließend abgehakt hatte, sie höchstens erwähnte, wenn das eine oder andere Erlebnis eine gute Geschichte ergab. Die Zeit hier machte etwas mit ihm, das spürte er – etwas, das sich hinterher nicht würde abschütteln lassen wie Wassertropfen von einem Entengefieder, weil es ihn von Grund auf veränderte. Es hatte den Paul, der vor anderthalb Jahren zwar widerstrebend, aber doch halbwegs guten Willens diesen Wehrdienst angetreten hatte, ausgelöscht und durch einen anderen ersetzt, der ihm fremd war.

Manchmal machte ihm das Angst und rief am helllichten Tag die vergessenen Träume wach. Er wurde kleiner. Verlor sich. Wohin auch immer er blickte, sah er den ganzen Dreck und die Verlogenheit viel klarer und schärfer, als er wollte, und Augenschließen nützte nichts.

Musik und Haschisch halfen dagegen. Haschisch, das so sonnig war wie das Zeug von Rachels Bekannten. Paul mochte Haschisch. Es kam ihm sauberer, ehrlicher und sogar sicherer vor als Alkohol, der ihn mit Misstrauen erfüllte, weil er allzu viele Leute erlebt hatte, denen der

Suff die Kontrolle über sich selbst raubte. Haschisch machte cool, machte gelassen, ließ dummes Geschwätz wie das von Jennerwein irgendwo in der Ferne verhallen. Das wirklich Wichtige wurde dafür umso intensiver. Die Art von Rachel, sich mit fünf Fingern durch ihre dunklen Haare zu streichen und dabei das Kinn vorzustrecken, zum Beispiel. Das Grün von Rachels Kleid, das sich um ihre Brüste und Hüften schmiegte und in der Mitte ihrer Schenkel über gebräunter, unbestrumpfter Haut abrupt ein Ende fand.

Rachels Lachen. Rachels Flüstern. Haschisch gab ihm das Gefühl, sich geradewegs in Rachel hineinzuversetzen, und allem, was er zu ihr sagte, Bedeutung zu verleihen, selbst wenn es nicht mehr als ein Hauchen war. Sie war ein wunderbares Mädchen, hatte Grips und Humor, und den Verlust seiner Haarpracht hatte sie zwar bedauert, aber sich gleich darauf mit anderen Bereichen seines Körpers getröstet. Ihr Bruder hatte ihn gefragt, ob er es ernst mit seiner Schwester meinte, und Paul hatte dies, ohne zu zögern, bejaht. Natürlich meinte er es mit Rachel ernst. Er meinte es immer ernst, alles andere wäre langweilig gewesen und hätte den Aufwand nicht gelohnt.

Er wusste nur nicht, wie lange das mit dem Ernstmeinen anhalten würde. Das wusste er nie. Er wusste nur, dass er die Zeit beim Grenzschutz hinter sich bringen wollte, er musste sich aufs Durchkommen und Rauskommen konzentrieren. So weit vermochte er zu denken, aber alles, was danach geschehen würde, stand in den Sternen. Wenn die Kameraden ihn fragten, was er nach der Verpflichtung anfangen wollte, zuckte er lediglich mit den Schultern. Die anderen hatten Traumberufe, Traumfrauen, Traumhäuser, die auf sie warteten, aber Paul kannte nur einen Traum: Weg von hier. »Ich lass mir zuerst mal die Haare wachsen«, gab er zur Antwort. Alles andere würde sich finden.

Ein Geräusch schreckte ihn aus seinen Gedanken. Sein Körper spannte sich, und wie ein Tier auf der Hut lauschte er ins Zwielicht. Er musste es sich eingebildet haben, hätte das Geräusch nicht einmal richtig beschreiben können. Gleich darauf kam es jedoch noch mal. Eine Art Scharren. Vielleicht eine Ratte oder sogar mehrere. Er schüttelte Kopf und Schultern, um sich aus dem Dämmerzustand zu reißen, und blickte auf den Schirm des Überwachungssystems.

Was er sah, machte ihn mit einem Schlag hellwach. Die Schatten dreier Gestalten, die sich unter den Überwachungskameras hinwegzuducken versuchten, bewegten sich an der hinteren Wand entlang durch den Raum. Sie waren geschickt, kamen nahezu lautlos voran. Paul wandte den Blick zum nächsten Schirm und sah, dass zwei weitere Gestalten bereits bei den Kisten, in denen die Maschinenpistolen lagerten, warteten. Sie hoben den Deckel der obersten Kiste ab, nahmen die MPs raus und reichten sie an ihre drei herangekommenen Kumpane weiter. Sie bildeten eine Art Eimerkette, während der letzte der Gruppe, der kleiner war als die übrigen, seine geduckte Haltung beibehielt und offenbar nach Kameras Ausschau hielt. Eine, die in seiner unmittelbaren Nähe angebracht war, entdeckte er und schlug sie mit einem Stock von der Wand. Pauls rechter Schirm erlosch. Auf den zwei verbleibenden beobachtete er, wie die Eindringlinge zwei der Kisten flink und lautlos aus seinem Sichtfeld schleppten. Es war ein Bild wie aus dem Fernseh-krimi.

Paul brauchte mehrere Sekunden, um das Gesehene in seiner vollen Bedeutung zu verstehen: In die Waffen-kammer des Grenzschutzes wurde eingebrochen. Die Täter – möglicherweise Terroristen der Roten Armee Frak-tion – stahlen Waffen für neue Anschläge, taten also das, was die hier stationierten Einheiten auf jeden Fall verhin-dern sollten.

In der Realität war doch so etwas nicht möglich. Sie waren besser gesichert als die Bank von England, ge-schützt von Experten! Eher ging ein Kamel durch ein Na-delöhr.

Jemand hatte die Bank von England geknackt! Das Ka-mel war verdammt noch mal hier, vor seinen Augen.

Abrupt sprang Paul auf und betätigte den Alarm, wie er es in der Einweisung gelernt hatte, damals noch sicher, er würde das erworbene Wissen niemals benötigen. Jetzt handelte er wie ein Automat, jeder Handgriff saß.

Die darauffolgenden Stunden der Nacht erlebte er wie in Trance. Mit heulenden Sirenen trafen Mannschaftswa-gen ein, wurden Einsatztruppen zum Zugriff geschickt, stürmten schwer bewaffnete Männer das Gebäude. Über dem Gelände kreiste ein Hubschrauber, doch es bestand kein Zweifel daran, dass die ganze Maschinerie sich zu langsam in Bewegung gesetzt hatte. Die Terroristen hat-ten ihre Mission erfüllt und waren längst mit ihrer Beute entkommen. Offenbar hatte es ihnen keine Schwierigkei-ten bereitet, die von Experten erstellten Sicherheitsvor-kehrungen auszukundschaften und außer Gefecht zu setzen.

Paul selbst wurde in Anwesenheit von Major Jennerwein vernommen, musste kurz den Hergang der Ereignisse schildern und erhielt dann die Erlaubnis, sich zurückzuziehen.

»Legen Sie sich schlafen«, sagte der Beamte, der die Vernehmung durchgeführt hatte, mitfühlend. »Das alles muss Sie ziemlich mitgenommen haben. Sie haben sich vorbildlich verhalten, die Sache liegt jetzt in unseren Händen, und Sie lassen das Ganze jetzt am besten hinter sich.«

Jennerwein begleitete ihn aus dem Zimmer. »Sie kommen auf eine andere Wache«, brummte er. »Und morgen setzen wir Ihren Wachdienst aus, überhaupt, wir brauchen Sie in der Zentrale im Funkbunker. Melden Sie sich dort um acht Uhr, Oberleutnant Kerner wird Sie einweisen. Und dann wäre da noch etwas, Brenner.« Paul wartete schweigend.

Der Major suchte seinen Blick. »Sie sind sich hoffentlich darüber im Klaren, dass Sie in der gesamten Angelegenheit zu absolutem Stillschweigen verpflichtet sind. Es handelt sich um eine Geheimsache. Sie machen sich strafbar, wenn Sie darüber auch nur ein Wort zu irgendwem verlautbaren lassen.«

Paul nickte nur. Die Geheimsache würde wohl kaum geheim bleiben, auch wenn er darüber tatsächlich kein Wort zu irgendwem sagte. Der Großeinsatz würde die gesamte Umgebung geweckt haben, ganz sicher aber die Vertreter von Medien und Presse. Im Dunkel der Nacht hatte er geglaubt, die Blitze von Kameras zucken zu sehen. Der Major mit seiner Bank von England tat ihm beinahe leid. Aber nur beinahe.

In seinem Kasernenbett lag er todmüde und zugleich überwach und fand lange keinen Schlaf.

Anderntags konnte er es kaum erwarten, seinen Dienst hinter sich zu bringen und den Feierabend zu beginnen. Heute würde es kein Treffen mit Rachel geben, obwohl er Ausgang hatte, kein Haschisch, keine Musik, keinen Tanz. Sobald er entlassen war, stürmte er hinüber in den Aufenthaltsraum der Soldaten, der Fernsehraum genannt wurde, weil man in dem engen, deprimierenden Zimmerchen mit der zum Schneiden dicken Luft und den Plastikstühlen etwas anderes als fernsehen kaum hätte machen können.

Aber Paul wollte ja auch gar nichts anderes machen. Er brannte darauf, endlich die Nachrichten zu sehen und zu erfahren, wie der Krimi der vergangenen Nacht weitergegangen war.

In dem fensterlosen Loch hockten lediglich drei Kameraden, die rauchten und auf den laufenden Fernseher starrten. Es war ein kleines altmodisches Gerät, nicht viel anders als das, was Papa vor mehr als fünfzehn Jahren für die Fußballweltmeisterschaft angeschafft hatte. In körnigem Schwarz-Weiß flackerte irgendein Uralt-Schinken darüber, in dem ein blonder Recke in Segelhosen einem Mädchen mit festgesprühter Aufbausch-Frisur auf eine weiß gestrichene Jacht half.

»Können wir mal umschalten?«, fragte Paul außer Atem. »Da war ja wohl gestern was los, ich würde mir das gern in den Nachrichten ansehen.«

»Klar.« Benno, einer der Raucher, stand schwerfällig auf und schlurfte zum Apparat, um den Sender zu wechseln. »Aber was soll denn los gewesen sein? Vorhin hab ich in die Nachmittagsausgabe reingesehen, da haben die nur das übliche Zeug über das Transitabkommen und diese Konferenz in Stockholm gelabert.«

Paul starrte auf den Bildschirm. Die sonore Automatenstimme verkündete gerade, dies sei das Erste Deutsche Fernsehen mit der *Tagesschau*. Der Sprecher trug die übliche dezent gestreifte Krawatte, las vom obersten Blatt seinen Text ab, in dem es in der Tat um das demnächst in Kraft tretende Transitabkommen mit der DDR ging, und gleich darauf wurde ein Standbild von Willy Brandt geschaltet. Irgendjemand, den Paul nicht kannte, beantwortete im Vorbeihasten Fragen, und einer der zahllosen Experten, die zu jedwedem Thema auftauchten, gab eine Stellungnahme ab.

Dann folgte wieder der Sprecher, der bereits das zweite Blatt in den Händen hielt und zum nächsten Thema – der bevorstehenden Umweltkonferenz in Stockholm – überleitete. Anschließend gab es einen Beitrag zu den Vorbereitungen der Olympischen Spiele in München, einen über einen Irren, der im römischen Petersdom ein Kunstwerk mit einem Hammer attackiert hatte, und einen über Margaret Rutherford, die in den witzigen Agatha-Christie-Filmen die Miss Marple gespielt hatte und gestorben war.

Es folgten die Gewinnzahlen von »6 aus 49«, die Börsenkurse und das Wetter, das heiter bis wolkig, aber zu kalt für die Jahreszeit bleiben sollte.

»Wie sagt meine Oma immer: Früher waren die Sommer auch besser«, murmelte einer der Raucher.

»Hab ich doch gleich gesagt«, brummte Benno, der den Sender auf Pauls Bitte hin umgeschaltet hatte. »Nix los.

Die Nachrichten sind auch nicht mehr das, was sie mal waren.«

»Meine Oma hat gar keine Glotze. Die glaubt noch das Zeug, was in der Zeitung steht.«

Paul hörte kaum, was sie redeten. Er starrte fassungslos auf den Fernsehschirm, auf dem das Programm für den Abend angekündigt wurde, ehe die Titelmusik einer bekannten Quizsendung begann.

Nix los.

Kein Wort über den Waffendiebstahl in einem Depot des Grenzschutzes.

Aber die Türme, von denen das Fernsehen sendete, waren die Kirchtürme der Neuzeit, weithin sichtbar, damit man, egal wie dick es kam und durch welches Dunkel man watete, immer wusste, wo die Wahrheit zu finden war!

Paul verbrachte auch seinen nächsten und übernächsten freien Abend im Aufenthaltsraum vor dem uralten Fernseher und wartete durch Rauchschwaden starrend auf die Nachricht, die nicht kam.

Danach musste er einsehen, dass das, was er erwartet hatte, nicht mehr gesendet werden würde. Die Ereignisse, die er in jener Nacht mit eigenen Augen gesehen und vor der Polizei zu Protokoll gegeben hatte, würden vertuscht und totgeschwiegen werden, und das Fernsehen spielte dabei mit.

Weil nicht sein konnte, was nicht sein durfte.

Die Depots des Bundesgrenzschutzes waren so sicher wie die Bank von England, da kam kein Terrorist von der RAF rein.

Seine Tante Fanny war in Richtung Kirchturm gepilgert, wann immer sie den Stuss, den die Leute redeten, und die Heuchelei, mit der sie sich selbst betrogen, nicht mehr ertrug. Paul seinerseits hatte sein ganzes bisheriges Leben neben Papa und seinen Freunden auf den Bildschirm der Glotze gestarrt und sich ebenso sicher gefühlt.

Damit war es vorbei. Die Pfeiler der Wahrheit stürzten krachend ein, als hätte jemand – nicht die RAF – eine Bombe geworfen, und Paul war endgültig nicht mehr der, als der er vor knapp zwei Jahren hergekommen war.

Der Grenzschutz warb damit auf Plakaten: Wir machen aus einem Jungen einen Mann ...

GEGEN-REAKTION

1972–1981

11

TREIBEN LASSEN

WENN IHN jemand gefragt hätte, warum er sich sofort nach seiner Entlassung aus dem Wehrdienst auf der Fachoberschule einschrieb, wie seine Mutter es sich so sehnlichst wünschte, hätte Paul keine Antwort gewusst. Es schien ihm einfach richtig.

Vielleicht war es der Traum vom Architektenberuf, an dem er sich festhielt, weil er irgendeinen Traum zum Festhalten brauchte. Das Leben, das er vor Antritt seines Wehrdienstes geführt hatte, kam ihm ein wenig vor wie die Abbruchhäuser, die Ruinen des Weltkriegs, in denen er als Junge gespielt hatte: Viel war nicht mehr davon übrig, nichts, in dem man sich wohnlich hätte einrichten können, aber wenn man unter den Trümmern scharrte, durfte man hoffen, das eine oder andere zu finden, das sich noch gebrauchen ließ.

Vielleicht brauchte er auch nur irgendeinen Weg, irgendeine feste Konstante in seinem Tagesablauf, nachdem die Erfahrung, die hinter ihm lag, aus seinem Leben ein Kartenhaus gemacht und es umgeblasen hatte. An der Fachoberschule fühlte er sich überraschend wohl, was vor allem an der Gesellschaft lag. In seiner Klasse tummelten sich Leute aus allen erdenklichen Berufsgruppen, die vor allem eines wollten: Spaß haben. Ihr Leben genießen.

Auch die Lehrkräfte erwiesen sich, ganz anders als auf

Pauls bisherigen Schulen, als erträglich und auf überraschend angenehme Art als nicht zurechnungsfähig. Den Vogel schoss Dr. Scymczyk ab, ein aus Warschau stammender Anglist, der mit derart überschwänglicher Liebe an dem Land auf der Insel hing, dass er alles tat, um seine Schüler mit seiner Begeisterung anzustecken.

In Anfällen von Britannien-Ekstase sprang er regelmäßig auf den Lehrertisch, um der Klasse das englische Wesen vor Augen zu führen. Mit dramatischen Gesten mimte er beispielsweise den Admiral Nelson auf seiner Säule auf dem Trafalgar Square oder einen der Bärenmützen-Soldaten bei der Wachablösung vor dem Buckingham Palace. Ein andermal ver- und entkrampfte er seine Hände vor seinem Bauch mit vollem Krafteinsatz, sodass Pauls Banknachbar Fred, ein angehender Bierbrauer, zu ihm hinüberflüsterte: »Knetet er jetzt den Hintern der Queen durch, oder was?«

Dr. Scymczyk aber verdrehte seelenvoll die Augen und begann lang gezogene, quietschende Geräusche von sich zu geben, sodass sich mit etwas Fantasie erraten ließ, dass er den Dudelsackpfeifer von Balmoral Castle darstellte.

Englisch lernten sie dabei eher nebenbei. Paul aber musste allabendlich in den Lokalen und Tanzschuppen vor versammelter Mannschaft vorführen, was Scymczyk diesmal wieder zum Besten gegeben hatte, und erntete jedes Mal Salven von Gelächter.

»Du bist begabt, weißt du das?«, fragte ihn Gudrun, die Kellnerin, die ihm zehn Jahre Lebens- und Liebeserfahrung voraushatte und sie besonders nachts, zwischen Flanelllaken, großzügig teilte. »Wenn du wolltest, könntest du's vielleicht sogar beim Fernsehen schaffen. Überleg mal, wie viele Leute da versuchen, komisch zu sein, ohne dass sie irgendwem auch nur ein müdes Grinsen entlocken.«

Über die Vorstellung, er könne zum Fernsehen gehen, konnte Paul nur müde grinsen, die Welt schien so unendlich weit weg. Dass er begabt sei, hörte er allerdings nicht zum ersten Mal.

Egal, womit er sich intensiver beschäftigte, stets kam von irgendwem der Spruch: »Daraus musst du was machen.«

Aber Paul wollte nichts daraus machen. Zum einen hätte er gar nicht gewusst, aus was, da seine Begabungen sich ja offensichtlich querbeet über sämtliche Gebiete verstreuten, und zum anderen war er im Augenblick völlig zufrieden damit, nichts zu werden, sondern etwas zu *sein:*

Er selbst. Ein Allroundstümper.

Er hatte für sich Tucholsky entdeckt, Polgar und Krauss, er wollte Festivals, Leben, Leute treffen aus aller Welt, reisen und die Zeit der freien Liebe genießen. Bakunin und der Anarchosyndikalismus entsprachen seinem Freiheitsdrang. Die Demokratie der Bundesrepublik hatte für ihn zu viele Schlupflöcher für miese Charaktere, und diese Löcher ließen sich mit der Sucht nach Kontrolle nicht schließen.

Von der Kaserne, vor deren Toren er sich gefühlt hatte wie einer, der mit knapper Not noch einmal davongekommen war, war er nicht wieder zurück in die Trabantenstadt, in die beengte Wohnung seiner Familie gezogen. Er vermisste Klein-Erich, der inzwischen längst zur Schule ging, er vermisste auch seinen Vater, um den er

sich Sorgen machte, weil er innerlich wie ein vertrockne-
ter Keks zu zerbröckeln schien und äußerlich nicht gut
aussah, aber er musste sein eigenes Leben führen. Der
unbändige Freiheitsdrang in ihm verlangte nach Raum.

Geld hatte er keins und vermisste es nicht. In Dortmunds Nordstadt hatte ein bunt zusammengewürfelter
Haufen ein leer stehendes Gebäude besetzt, um es in ein
freies Jugendzentrum zu verwandeln. Versammelt war
dort alles, was Oberfeldwebel Weber, Major Jennerwein
und Konsorten verhasst war: Kommunisten, Jungso-
zialisten, Spontis, Autonome und bunte Vögel, die sich
überall einfanden, wo etwas los war. Paul sah sich die
Sache an und fackelte nicht lange, sondern zog noch am
selben Abend ein. Als das erste Mal die Polizei das Haus
stürmte und er dabei einen ehemaligen Stubenkameraden
vom Grenzschutz erkannte, atmete er aus tiefstem Innern
auf.

Er stand inzwischen auf der Seite, wo er hingehörte.
Dass der Verfassungsschutz in regelmäßigen Abständen
auftauchte und die Personalien sämtlicher Bewohner auf-
nahm, kam Paul fast so vor, als wäre ihm ein Orden ver-
liehen worden.

Das Schuljahr an der Fachoberschule ging zu Ende,
und zu seiner eigenen Verblüffung gelang Paul die Versetzung in die Oberstufe. Das Projekt in der Nordstadt
war ebenfalls abgeschlossen. Das Jugendzentrum würde
demnächst den Betrieb aufnehmen, und die zeitweiligen
Bewohner, die es erkämpft hatten, mussten sich in alle
Winde verstreut eine neue Bleibe suchen.

Paul erfuhr von einem weiteren Projekt im Sanierungs-
gebiet Dortmund-Dorstfeld, einem großen Viertel, das bis

auf wenige alteingesessene Mieter komplett leer stand und mehr oder weniger verrottete. Ein paar Leute, die er aus der Szene bereits kannte, und ein paar weitere, die sich von überall her anschlossen, bereiteten sich darauf vor, es zu besetzen. Als einer der KPD-Genossen ihn fragte, ob er dabei sein wollte, sagte er gerne zu. Die Leute hatten vor, länger in den Häusern zu bleiben, dort etwas auf die Beine zu stellen, und Paul, der gerade dabei war, musikalisch weiterzukommen, kam das gerade recht. Eine Fachoberschule, an der er näher an der neuen Bleibe mit der elften Klasse weitermachen konnte, fand sich in Castrop-Rauxel, und einen Platz bekam er im Nullkommanichts.

Das einzige Problem war: Die Besetzung des Viertels war erst für Anfang September geplant. Vor ihm lagen sechs Wochen Freiheit und Sommer, in denen er für sich und sein bisschen Gepäck einen Platz finden musste. Um einen schlichten Unterschlupf ging es ihm nicht. Freunde mit Sofas, auf denen er sich ein paar Nächte lang einquartieren konnte, hatte er genug, aber er wollte mit dieser paradiesischen Zeit ohne Schule und andere Verpflichtungen etwas anfangen.

Wie so oft, wenn er selbst keinen Plan hatte, fiel ihm einer in den Schoß: Er erschien in Gestalt seines bisherigen Banknachbarn Fred Gellert, der den Bierbauch, der zu seinem künftigen Beruf passte, jetzt schon im Ansatz vor sich hertrug, sowie zwei weiterer Klassenkameraden aus der alten Schule: Rainer Bettermann, der das Bestattungsunternehmen seiner Eltern übernehmen würde, und Winfried Hentschel, der nach Erlangung der Fachhochschulreife Ingenieurwesen studieren wollte.

»Was hältst du davon, ein bisschen zu verreisen, Alter?«, fragte Rainer, der alle Leute, die er kannte, »Alter« nannte. Vielleicht nahm er an, dass sein Familienunternehmen auf die Weise schneller an Kunden kommen würde. Natürlich nannte er nur Männer so. Frauen kannte er nicht. Umso mehr brannte er darauf, welche kennenzulernen.

»Wir dachten uns, wir fahren mal rüber auf die Insel«, erklärte Fred. »Wir müssen uns doch mal ansehen, ob das Monster Nessie wirklich mit unserem guten Scymczyk konkurrieren kann?«

Großbritannien. Warum nicht? Starke Musik kam von da, und die Atmosphäre in London und Liverpool sollte so irre sein, dass man sich daran besaufen wollte. Paul, der inzwischen als Texter für Musiker arbeitete, die für bestehende Verträge noch Material liefern mussten, und dafür Tag und Nacht an neuem Material bastelte, hatte gegen eine geballte Ladung Inspiration nichts einzuwenden.

»Geile Idee«, bekundete er. »Nur mit der Kohle sieht's bei mir ein bisschen mau aus. Kathi sagt, in London nehmen sie dir für jeden Furz Geld ab.« Katharina, die eine herrlich burleske Stimme hatte und mit ihm singen übte, war ständig in London. Sie sparte die Trinkgelder, die sie als Kellnerin einsackte, und lebte von Luft und Liebe, aber aus London kam sie jedes Mal vollkommen abgebrannt zurück.

»Ich hab ein Zelt für drei, da quetschen wir uns zu viert rein, aber wenn ihr furzt, schmeiß ich euch raus«, sagte Winfried.

»Geil«, sagte Fred.

»Und wo bauen wir dein Zelt auf? Auf dem Trafalgar Square? Vor dem Buckingham Palace?«, fragte Paul.

Winfried zuckte die Schultern. »Wird sich schon finden.«

»Platz ist in der kleinsten Hütte«, ergänzte Rainer, der als Bestatter-Erbe bereits zu Schulzeiten über eine bemerkenswerte Sammlung an salbungsvollen Sprüchen verfügte.

»Und wie kommen wir hin?«, fragte Paul.

»Wir trampen«, antwortete Fred strahlend.

»Zu viert?«

»Zwei mal zwei«, schlug der pragmatische Rainer vor.

»Und die Kleinigkeit, dass Britannien auf einer Insel und damit so ein lästiger Streifen Wasser dazwischen liegt, ignorieren wir? Oder halten wir ein Boot an?«

»Blödsinn«, wischte Fred den Einwand beiseite. »Wir halten ein Auto an, das uns mit auf die Fähre nimmt.«

Der sorglosen Zuversicht seiner Freunde wollte Paul nicht nachstehen. Die Reise war beschlossene Sache. Und da alle vier frisch gebackenen Britannien-Touristen gerade einen Wohnungswechsel durchlebten und zudem über wenig Reiseerfahrung verfügten, würden sie mit schwerem Gepäck unterwegs sein. Der Proviant größtenteils flüssig und entsprechend gewichtig.

Der würde zweifellos während der Reise schnell leichter werden, aber trotzdem konnte Paul seine Bedenken nicht völlig unterdrücken. Den anderen ging es offenbar ähnlich, denn einen Termin für den Antritt der Reise hatte bisher niemand festgesetzt. Und dann schlenderte Paul eines Nachmittags auf dem Heimweg wie immer an seiner Schule vorbei und sah einen der älteren Schüler, die dort an den meisten Tagen herumlungerten und sich den Sommer mit Gras verschönten, winken.

Der junge Mann lehnte an einem ausladenden, ein wenig klapprigen, aber durchaus fahrtüchtig wirkenden Opel Olympia. Die Farbe war schwer definierbar. Eine Art verwaschenes Violett, besser geeignet für Klorollenhütchen als für Autos, aber dafür konnte der Wagen schließlich nichts.

Wenn Paul es bisher nicht bemerkt hatte, dann entdeckte er es jetzt: Er hatte ein Faible für Autos. Das hier war ein Wohnzimmer auf Rädern. Hochbeinig, plüschig, kurvig und mit einer Vase am Armaturenbrett, das aussah wie ein guter alter Kumpel. Hier konnte man einziehen und kuschelige Schäferstündchen abhalten. Die durchgehende Sitzbank vorne ließ viel Platz für eine Geliebte.

»Gefällt dir die Kiste?«, fragte der Ältere. »Du siehst so aus, als könntest du eine brauchen.«

»Ich könnte auch eine Jacht vor Saint-Tropez oder eine Villa in Monte Carlo gebrauchen«, erwiderte Paul, schob die Hände in die Hosentaschen und kehrte das Innerste nach außen, um zu zeigen, wie leer sie waren. »Onassis würde mir ja helfen, aber der hat so selten Kleingeld.«

Der andere lachte auf. »Ich mach dir einen Preis, bei dem selbst einem hartgekochten Ei wie mir die Tränen kommen«, sagte er. »Hundert Mark und die Karre ist deine. Mein Alter hat mir 'ne neue geschenkt, und bevor ich es einem Händler überlasse, möchte ich das Schätzchen an jemand weitergeben, der es zu schätzen weiß.«

Paul stand sprachlos da und starrte auf den Olympia,

der mit seinen fünf Plätzen und seinem geräumigen Kofferraum für ihre Englandreise wie gemacht schien.

Der junge Verkäufer war offenbar der Ansicht, Paul bräuchte noch Überredung, und klopfte ein weiteres Mal auf das fliederfarbene Dach. »Ist tipptopp in Ordnung, der fahrbare Untersatz. Kleine Probefahrt gefällig?«

Für hundert Mark brauchte Paul keine Probefahrt. Zwar würde er sich selbst diese klägliche Summe aus der Tiefe seiner Rippen schneiden müssen, aber für einen solchen Spottpreis bekam er nie wieder ein Auto angeboten. Und wo ein Auto war, war auch eine Reise nach Britannien!

»Ich nehm ihn«, sagte er. »Mit dem Motor ist alles in Ordnung, sagst du?«

»Klar doch. Der ist so gut wie neu.«

Geld und Auto wechselten den Besitzer, und keine zwei Tage später luden die Freunde ihre sperrigen Gepäckstücke in den Kofferraum, schwangen sich auf die Sitze und drehten das Autoradio trotz miesem Empfang auf volle Lautstärke. Das Abenteuer konnte beginnen.

»Und jetzt erzähl mal – wem hast du die Karre geklaut?«, fragte Rainer auf dem Weg nach Calais.

»Meine Quellen bleiben mein Geheimnis«, erwiderte Paul und setzte sein Pokergesicht auf. »Ihr müsst euch damit zufriedengeben, die Fahrt zu genießen.«

Das taten sie. Aus dem Radio dröhnte laute Musik, sie drehten die Fenster runter und öffneten das erste Bier. Am ersten Tag standen sie zwar schwitzend geschlagene zwei Stunden im Stau auf einer französischen Autobahn, doch als sie in Calais auf die Fähre fuhren, war das bereits vergessen. Kaum hatten sie abgelegt, sprach eine allein reisende britische Dame, die aus einem staubbedeckten Austin Mini stieg, sie an und lud die vier jungen Männer mit den sperrigen Gepäckstücken zu einem herzhaften Mittagessen samt Bier und *pudding* ein.

Das erste Mal Radebrechen auf Englisch.

Das erste Mal Fish and Chips.

Das erste Mal Pale Ale.

Das erste Mal skurrile Klischee-Briten, die, sobald die weißen Klippen von Dover in Sicht kamen, an Deck ihre Regenschirme aufspannten.

Die Reise begann Paul richtig Spaß zu machen. Sie bescherte ihm seine liebste Sehenswürdigkeit im Übermaß: Typen. Ihre Gastgeberin redete in einem fort. Vom Inhalt ihres Wortschwalls bekam Paul dank der Lehrkünste des Dr. Scymczyk einiges mit, immerhin schnappte er ihren Beruf auf: Sie war Anthropologin und offenbar gerade damit beschäftigt, am Wegesrand Studienobjekte einzusammeln.

Sie übernachteten in ihrem Heuschober in der Nähe von Sussex und fuhren am nächsten Tag in Richtung London weiter. Auf Soho freuten sie sich unbändig. Paul spekulierte darauf, mit *busking*, also Gesangseinlagen in der U-Bahn, etwas Geld zu machen. Im Geiste Theos die Briten zu unterhalten, traute er sich zu. Er hatte schon so lange Trockenübungen absolviert. Eine Premiere im Underground, ideal!

Sie freuten sich auf die ganze Atmosphäre, die im Klang des Wortes London mitschwang. Das Schwingen allerdings endete abrupt, als der Wagen irgendwo auf einer Landstraße, die sie auf der Karte kaum ausmachen konnten, stehen blieb. Einfach so. Eine Weile lang hatte der Motor klappernde, klopfende Geräusche von sich gegeben, und dann soff er abrupt ab und weigerte sich, noch einmal anzuspringen.

»Und nun?« Winfried schien darauf allen Ernstes eine Antwort zu erwarten.

»Verfahren haben wir uns außerdem«, stellte Rainer fest.

»Ich schlage vor, wir verständigen den ADAC«, sagte Fred. »Gibt es den auch in England?«

»Und wie verständigen wir den?«, fragte Paul. »Siehst du hier irgendwo eine Telefonzelle?«

»Eine rote«, bekundete Fred hoffnungsvoll. »Doktorchen Scymczyk hat behauptet, in England sind die alle rot.«

»Irgendwo hier muss ein Dorf oder so was sein«, mutmaßte Winfried.

»Vermutlich«, stimmte Paul ihm zu und öffnete die Autotür. »Versuchen wir, eins zu finden. Und dann erkundigen wir uns, wer in England für liegen gebliebene Autos zuständig ist. Der ADAC, fürchte ich, ist es nämlich nicht.«

Sie schlossen den Opel ab und machten sich zu Fuß auf den Weg, zu viert trotteten sie in der Sommerhitze die Landstraße entlang. Das Dorf, das sie hinter einer der nächsten Kuppen fanden, war idyllisch wie aus einem Bilderbuch und vollkommen verschlafen. Es hieß Blue Bell Hill und besaß an der kopfsteingepflasterten Hauptstraße eine rote Telefonzelle, die ihnen jedoch nichts nützte, da sich kein Telefonbuch darin befand und sie auch kein englisches Kleingeld hatten. Der Ort besaß jedoch etwas weit Besseres, etwas, das in Großbritannien den Dreh- und Angelpunkt, das Informationsbüro und die Rezeption sämtlichen gesellschaftlichen Lebens darstellte: einen Pub.

Ein Pub ist nichts für ein Kaffeekränzchen. Wer einen Pub betritt, meint es ernst. Die Luft war dermaßen verraucht, dass man sich eigene Zigaretten sparen konnte, aus drei Zapfhähnen floss ohne Unterlass Bier, und hinter der Theke stand Ben, der alles wusste. Absolut alles. Wer den FA Cup und die Football League gewinnen würde, was für einen Hut die Queen zum nächsten Renntag zu tragen gedachte, wie man das einzig trinkbare Bier zapfte und natürlich auch, wer für liegen gebliebene Autos zuständig war.

Die Automobile Association, kurz AA.

»Anonyme Alkoholiker, das passt ja«, witzelte Fred, der bei seinem dritten Bier war.

»Für die AA ist hier Chris zuständig«, sagte Ben. »Ich ruf ihn für euch an.«

Chris, ein Baum von einem Kerl mit einem Weihnachtsmannbart, traf kurz darauf in einem Abschleppwagen ein, nahm die vier Freunde auf der Ladefläche mit zurück zu ihrem Wagen und klappte ohne viel Federlesens die Motorhaube auf, um den Patienten fachmännisch zu untersuchen. Paul war ein wenig mulmig zumute. Er war sich sicher, dass man in diesen Organisationen Mitglied sein musste, um ein Anrecht auf deren Dienste zu haben, und dass andernfalls solche Reparaturen teuer sein konnten. Ihre Reisekasse war eine höchst ungefütterte Angelegenheit. Wenn die Sache mit dem Auto den größten Batzen davon verschlang, könnte ihr Abenteuer, das doch gerade erst so vielversprechend begonnen hatte, ein abruptes Ende nehmen.

»Wird es denn teuer werden, ihn wieder flottzukriegen?«, wagte er nach einer Weile in seinem zusammengekratzten Englisch zu fragen. »Wäre ganz gut zu wissen, weil wir nämlich allzu viel nicht dabeihaben.«

Chris hob sein schweißbedecktes Gesicht aus den Eingeweiden des Opels und murmelte etwas in schnellem Englisch, von dem Paul nur die Worte *piston seizure* zu vernehmen glaubte.

Rainer blätterte bereits im Wörterbuch, aber das war nicht mehr nötig.

»Wie das heißt bei euch?«, fragte Chris in stark akzentuiertem Deutsch. »Kolbe-Fresser? Kostet nichts, weil könnt ihr wegschmeißen, die Karre. Ist hinüber. Schlepp ich euch ab, wenn ihr wollt, aber mehr ich kann nicht für euch tun.«

Wie es aussah, hatte einer der früheren Besitzer sich an den Ventilen des Opels zu schaffen gemacht und ihm mit dieser Art des Frisierens einen frühen Tod beschert. Die vier Freunde saßen in der Tinte. Oder besser: Sie saßen ohne Fahrzeug und Unterkunft für die Nacht in der englischen Gottverlassenheit.

Zu ihrem Glück besaß Chris nicht nur den Bart, sondern auch das Gemüt des Weihnachtsmanns. »Nicht Kopf hängen lassen«, tröstete er die niedergeschlagenen Autobesitzer. »Habe ich große Garten, könnt ihr heute Nacht zelten. Bier ich hab auch. Und morgen früh fahre ich euch nach London.«

So begann das Wunder dieser Reise, auf der ein kleiner unliebsamer Zwischenfall nicht das Ende bedeutete, sondern eine Tür, die neue Möglichkeiten auftat. Chris unterhielt sie mit Geschichten aus seiner Armeezeit in

Deutschland, und sie revanchierten sich mit Fußballgesängen. Er bestand darauf, dass sie sich die großen angesagten Leiterrucksäcke kauften und den Daumen raushielten.

Mit Chris gelangten sie nach London, tanzten tagelang in Clubs, sangen in Pubs, übernachteten bei irgendwem, mit dem sie die Nacht hindurch gefeiert hatten, zogen weiter, wenn sie sich ausgeschlafen und einen Kaffee geschnorrt hatten, und blieben nirgendwo länger als ein paar Tage.

Zum Trampen teilten sie sich in zwei Gruppen auf. An das unhandliche Gepäck hatten sie sich schnell gewöhnt. Fred und Paul fuhren meist vorneweg und konnten nie sicher sein, ob sie Rainer und Winfried am Zielort auch tatsächlich wiedertreffen würden, doch mit der Zeit spielte sich das ein, und die Unsicherheit wurde Teil des Reisegefühls. Am Morgen nicht zu ahnen, wo und mit wem man den Abend verbringen würde, machte einen besonderen Reiz aus, einen Zauber, der Hindernisse in Herausforderungen verwandelte und Rückschläge in Abenteuer. Sie waren jung. Die Welt war nur eine Landkarte, die sich vor ihnen ausbreitete. Wohin immer sie blindlings mit dem Finger tippten, konnten sie gelangen, jeder Weg war nur ein Katzensprung.

Paul liebte die Unverbindlichkeit der Begegnungen, die ihm jegliche Freiheit ließ. Die Freiheit, sich einzulassen, sich für kurze Zeit ganz zu geben, sich zu öffnen und sich wieder zu verschließen und weiterzugehen, sobald aus der Nähe Enge wurde.

Zwischendurch trennte er sich auch von den Freunden, trampte allein weiter, sooft niemand zwei Anhalter auf einmal mitnehmen wollte oder einer von ihnen hierhin und die anderen dorthin wollten. Irgendwo trafen sie wieder zusammen, feierten Wiedersehen, als wären sie sich jahrelang nicht begegnet, und brachen anderntags erneut in verschiedene Windrichtungen auf.

Weil ein Paar aus Manchester, das ihn in ihrem Kleintransporter mitnahm, gern deutsches Essen kennenlernen wollte, breitete Paul ihnen Rouladen auf ihrem Campingkocher zu, und für andere hatte er Zigaretten mit und ohne Filter im Angebot, mit denen er sich fürs Mitnehmen bedankte. An manchen Abenden fühlten sich die neuen Bekanntschaften wie Freundschaften fürs Leben an und gehörten in der Frühe doch schon zur Vergangenheit.

Im schottischen Inverness erhielt das Kleeblatt einen besonders tiefen Einblick in die schnelle Küche der Insel. Auf der Suche nach etwas zu essen entdeckten sie im Fenster eines Pubs ein Schild mit der Aufschrift »Spaghetti on Toast«. Pasta klang nach den Erfahrungen mit kulinarischen Herausforderungen à la Kindney-Pork-Pie, den Paul für süßen Blätterteigplunder gehalten und postwendend vor die Vitrine gespuckt hatte, ziemlich verlockend. Viel falsch machen konnte man damit nicht.

Halb vor Hunger und halb aus Neugier enterten sie den Pub. Sie gaben ihre Bestellung auf, und nach kurzer Zeit wurde ihnen pro Mann ein Teller mit einem gebräunten Toast serviert. Dann erschien der Wirt mit einem Tablett, auf dem vier dampfende 200-Gramm-Dosen Heinz Spaghetti in Tomato Sauce mit geöffnetem Deckel thronten. Selbige wurden sodann vom Chef de Table mit gekonntem Schwung auf den Toast gekippt. Die Gesichter der vier hätte man fotografieren müssen. Nach einem fassungslosen Moment mussten alle loswiehern. Der Wirt aber schien lediglich flüchtig irritiert, ehe er wissend den Finger hob und noch eine Flasche Ketchup dazustellte. Es wurde ein äußerst gelungener Abend.

Dieser Sommer in Großbritannien, von Dover im Süden bis hinauf nach Inverness in Schottland, war die ganz große Freiheit, das Reich der Möglichkeiten, die man aufgreifen oder liegen lassen, verwerten oder vergeigen konnte, weil es ja noch Hunderte von anderen gab. Mit jeder Meile, die er hinter sich brachte, wurde Pauls Gepäck leichter, seine Glieder sonnenverbrannter, sein Englisch flüssiger, sein Geist gelassener und sein Herz gesünder. Die Zeit der Kasernen, der Schinder, der Vertuschungen lag endgültig hinter ihm, und geblieben war ihm ein unzähmbarer Drang nach Freiheit, Offenheit und Unabhängigkeit.

Das Wetter war herrlich. So, wie kein Mensch es auf der feuchtkalten britischen Insel erwartete. Nach drei Wochen war jedes Kleidungsstück, das Paul besaß, bedeckt vom Straßenstaub, der über dem Asphalt in der Sonne schillerte, und seine Haut an Armen und Beinen hatte eine graubraune Farbe angenommen, die sich in all den Bächen, Seen, Flussmündungen und Meeresbuchten, in denen er badete, kaum richtig abwaschen ließ. Und wenn doch, lohnte es sich nicht, denn nach einem halben Tag auf der Straße stellte sie sich wieder ein.

Paul mochte die Farbe. Sie ließ ihn aussehen wie einer, der schon seit einem halben Leben unterwegs war und sich um Äußerlichkeiten nicht länger scherte. In den Toiletten von Pubs und Bahnhöfen warf er höchstens noch einen raschen prüfenden Blick in den Spiegel, um festzustellen, dass sein Haar inzwischen wieder fast die Schultern erreichte und er den Kerl, der ihm da entgegengrinste, wiedererkannte.

Der hätte in Major Jennerweins als Heiligtum verehrter Grenzschützeruniform ausgesehen wie ein Freibeuter im Konfirmationsanzug.

Dass vor dem Freibeuter, der ein wenig müde und lange nicht gewaschen mit seinem Säckel am Straßenrand stand, ausgerechnet ein schwarzer, blank poliert glänzender Rolls-Royce Silver Shadow anhielt, hätte Paul niemals erwartet. Die Tür auf der Beifahrerseite öffnete sich, und eine Frau, die aussah wie Tippi Hedren in *Marnie,* schälte sich heraus. Die Fähigkeit mancher Frauen, auf hohen Pfennigabsätzen leichtfüßig wie elegante Tiere des Waldes herumzuspringen, hatte Paul von jeher fasziniert.

»We are going to Liverpool«, sagte die waldtierhaft gewandte Tippi Hedren. »Any good to you?«

Für Paul war alles gut, jeder Wagen, jede Gesellschaft, jeder Ort, jede Himmelsrichtung. Liverpool allerdings war noch ein bisschen besser als gut. Es war sozusagen einsame Spitze. Die Krönung.

Neben Tippi Hedren am Steuer saß ein in die Jahre gekommener und erheblich überfütterter Sean Connery, der beim Fahren in der Hitze Jackett und Krawatte anbehielt. Die schwere Rolex, die an seinem Handgelenk blitzte, hätte sich mit Pauls Jahresgehalt als Bauzeichner vermutlich nicht bestreiten lassen. Paul hielt die staubbedeckten Füße auf dem mit Teppich ausgelegten Boden stockstill und den verdreckten Rucksack dazwischengeklemmt, um nur nichts an der edlen Innenausstattung der Luxuskarosse zu beschmutzen. Er richtete sich auf eine in jeder Hinsicht verkrampfte, mindestens einstündige Fahrt ein, nach der er erst einmal Pfeifchen, Bier und ohrenbetäubende Musik im abgefahrensten Schuppen der Stadt brauchen würde.

Aber immerhin kam er auf diese Weise nach Liverpool. In die Hauptstadt des Pop.

Ehe er sich's versah, hatte sich Tippi Hedren mit ihrer makellos manikürten Hand seinen überdimensionalen Rucksack geschnappt und in schwungvollem Bogen nach hinten auf die cremeweiß bezogenen Polster geschleudert. »Then let's hear what you are up to in *the Pool*«, sagte sie und fuhr in diesem verschliffenen, unverwechselbaren Akzent der Scouser fort: »Der Merseybeat mag ja seine besten Tage hinter sich haben, aber die Läden in der Scotland Road sollte man sich trotzdem von innen angesehen haben. Da wird ja heute auch Blues Rock und Progressive gespielt, dass die Schwarte kracht. Cavern Club. Muss man einmal drin gewesen sein, oder man war nicht in Liverpool. Ist zwar nicht mehr dasselbe wie vor der Schließung, aber auch in den neuen Räumen ist vom alten Groove noch was da.«

»Ins Lathom Hall kann man nicht mehr gehen«, meldete Sean Connery sich zu Wort. »Leider, leider. Da hängen jetzt die geleckten Bübchen von der Royal Navy ab, das kann sich kein Mensch mit ein bisschen Selbstachtung mehr geben. Aber The Raz in der Berry Street ist immer noch zu empfehlen, wenn's denn auch ein bisschen Jazz sein darf. Und falls du drauf aus bist, dir noch was zu besorgen – in den Clubs in der Mathew Street kriegst du vom schwarzen Afghanen bis zum roten Libanesen alles, was das Herz begehrt.«

Paul blieb der Mund offen stehen: Tippi und Sean waren nicht nur Musikfans und über Liverpools Hippie-Szene bestens informiert, sondern belieferten ihn überdies mit Tipps, wo er seinen Haschischvorrat aufstocken konnte!

Vielleicht war das die intensivste Erfahrung des britischen Sommers: dass Vorurteile grundsätzlich Fehlurteile waren, und dass es sich so gut wie immer lohnte, Fassaden außer Acht zu lassen und abzuwarten, was sich dahinter verbarg.

Um unzählige Erlebnisse, Begegnungen und Ideen reicher kehrte Paul nach Deutschland zurück, zog in das besetzte Haus in Dorstfeld und traf sich mit Molly, einem berühmten Multi-Instrumentalisten, und Jochen, einem ausgezeichneten Keyboarder. Die Neue Deutsche Welle lief auf vollen Touren, und man fuhr nach Düsseldorf in den Rathinger Hof, wo Bands wie die Toten Hosen, DAF, Fehlfarben und Extrabreit gastierten. Sie hatten das Glück, dass ein alter Kumpel von Jochen sich gerade ein eigenes Tonstudio neu eingerichtet hatte und als Feuertaufe ihre LP produzierte.

Paul schrieb die Texte, fing an mit Percussion und Backroundgesang. Die drei stellten innerhalb von drei Wochen, in denen sie nahezu rund um die Uhr arbeiteten, die Platte fertig. Paul war selig. Mit Coverfotos versehen, machte er sich mit Molly voller Hoffnung auf den Weg. Sie hatten Termine bei allen deutschen Plattenfirmen bekommen, kamen aber für die Jahresbudgets zu spät, und im nächsten Frühjahr ebbte die Deutsche Welle bereits wieder ab.

Es kam kein Deal mehr zustande, aber Paul hatte die gesamte Zeit der Produktion so genossen, dass er das Ganze trotzdem als Erfolg verbuchte. Seine Erfahrung schenkte ihm das sichere Gefühl, dass das Schicksal ihn immer wieder bestens unterhalten würde.

Ihre Wege trennten sich. Molly hatte noch die Strandjungs, die die Beach Boys coverten, und Jochen jobbte wieder als Barmusiker. Für Paul jedenfalls hatte die Schule ihren Sinn verloren.

Nach drei Monaten beschloss er, diesem Weg ein Ende zu setzen und sich von der Fachoberschule abzumelden. Die damit frei werdende Zeit konnte er allemal besser nutzen.

12
ATEMPAUSE

IM FRÜHJAHR des folgenden Jahres zog Paul von Dorstfeld in den Hafen, wo er sich ein weitläufiges Zimmer mit hohen Stuckdecken und riesigen Fenstern mit Anton Beerwald teilte, der sich ihm als Künstler vorstellte und bereits die Hälfte des Raums mit entsprechenden Utensilien gefüllt hatte: Staffeleien, Farbkästen, Bildhauerwerkzeug, Lithografiepult samt Steinen – es gab nichts, was dieser Mensch nicht besaß.

Das, was aus diesen vielfältigen Materialien entstand, konnte Paul allerdings nirgendwo entdecken – die Staffeleien, die Leinwände, der Lithografiestein auf dem Pult, alles war leer, geradezu jungfräulich unberührt.

»Ich befinde mich gerade in einer Schaffenspause«, erklärte Anton, der trotz der beinahe sommerlichen Temperatur und der blendenden Sonne, die durch die großen Fenster fiel, in einen dick gefütterten, mit Pelz besetzten Wintermantel aus Wildleder gehüllt war. Um den Hals hatte er sich überdies mit Sorgfalt einen senfgelben handgestrickten Wollschal geknotet.

Paul hatte in Großbritannien gelernt, seine Vorurteile stecken zu lassen. Skurrilitäten störten ihn nicht im Geringsten. Im Gegenteil. Es waren ihre Macken, die Menschen schön machten, und die Vielfalt ihrer Eigenheiten verlieh dem Kaleidoskop des Lebens seine Farben. Anton

schien ein netter Kerl, und beim Anblick seiner Kunstu-
tensilien juckte es Paul in den Fingern, sich selbst wieder
einmal ans Zeichnen zu wagen. Jetzt, wo seine ganze
schöpferische Energie in die Musik floss, hatte er beinahe
vergessen, wie gern er sich mit Papier und Zeichenstift
ausgetobt hatte.

Er hatte auch so gut wie verdrängt, dass dies einmal
sein Beruf hatte werden sollen. Er wäre wirklich gern Architekt geworden, aber nicht so gern, dass es ihm die Quä-
lerei durch die verbleibenden Schuljahre wert gewesen
wäre. »Lieber Himmel, was soll denn nur einmal aus dir
werden?«, fragte seine Mutter bei seinen immer seltener
werdenden Besuchen und schlug die Hände über dem
Kopf zusammen.

Andere Leute gaben sich weniger theatralisch, aber Gedanken machten sie sich auch. Onkel Hans aus Bayern
war zu Erichs Kommunion angereist und sagte: »Irgendwas ist ja aus uns allen geworden. Und irgendwas wird
auch aus dir, selbst wenn's mit den Häusern nix wird.«

Die feindlichen Freundinnen seiner Mutter hingegen
zischelten untereinander: »Donnerlüttchen, der Bub ist
vierundzwanzig, und gemacht hat er noch immer nichts
aus sich.«

Paul musste bei solchen Gesprächen an Papa denken,
der gesagt hatte: »Was soll ich von dem Jungen denn wollen? Dass er glücklich ist. Aber sonst?«

Papa ging es nicht gut. Er trank nicht mehr, sondern
soff. Sein Gesicht war aufgedunsen, was umso mehr auffiel, als sein Körper spindeldürr geworden war. Er war
noch lange keine sechzig, sah aber aus wie ein trauriges
altes Männchen. Seine Augen, die früher noch ab und zu

geleuchtet hatten, waren erloschen, doch sein Lächeln besaß noch immer eine Spur von jener Freundlichkeit, die jeden Menschen sein ließ, wie er war.

»Pass auf dich auf, Papa«, sagte Paul und drückte ihn zum Abschied behutsam an sich.

»Du auf dich auch, mein Junge.« Papa klopfte ihm den Rücken, und seine Stimme klang nicht mehr ganz sicher. »Geht's dir denn gut?«

»Ja, mir geht's gut«, sagte Paul. »Ich bin glücklich, Papa.«

Als er sich von dem inzwischen kleineren Mann löste, erschien das Lächeln, das sich über dessen Gesicht breitete, beinahe strahlend.

Mit Anton Beerwald verband Paul mehr als nur die Zugehörigkeit zur Hausbesetzerszene, die sich bei Anton weniger politisch engagiert gestaltete, und der Hang zur Kunst. Ebenso gemeinsam war ihnen eine komplexe, schwierige Beziehung zu ihren Müttern.

»Meine Mutter plant, mich entmündigen zu lassen«, hatte Anton Paul gleich zur Begrüßung erklärt, als er sich und seine Schaffenspause vorgestellt hatte. »Weil das so auf mir lastet, kann ich auch gerade nicht künstlerisch tätig sein. Das Nichtschaffen, die Leere der Leinwand, ist sozusagen Ausdruck des inneren Nichts, in das mich meine Mutter mit ihrer Verachtung stürzt. Sie ist übrigens eine äußerst wohlhabende Frau, meine Mutter, und genau das gibt ihr das Motiv für ihr infames Treiben: Sie hat Angst, ich – ein Unwürdiger, Geisteskranker – könnte das unschätzbare Familienvermögen erben.«

Auch gut, hatte Paul gedacht, du bist vielleicht ein bisschen verrückt, aber bei den Indianern und mir sind Verrückte heilig.

Eddie, Matze und Doris, die sich das Doppelbett im Zimmer nebenan teilten, waren derselben Meinung.

»Ich bin nicht sicher, ob es die Mutter überhaupt gibt«, sagte Doris. »Aber Anton ist eine Seele von Mensch, der keiner Fliege etwas zuleide tut.«

»Doch, die Mutter gibt es«, widersprach Matze, der Jura studierte und für die Hausbesetzer die Rechtsberatung machte. »Und dass sie vor Geld stinkt, stimmt auch. Was meinst du, woher all der Kram kommt, den Anton hortet? Die Mutter will ihn zwar in der Klapse sehen, aber dass ihre hochwohlgeborenen Bekannten ihr nachsagen, sie ließe ihren Sohn elendig verhungern, ist ihr denn doch nicht recht. Also schickt sie ihm Geld, alles fein säuberlich mit Banderolen umwickelt und beschriftet: ›Für Lebensmittel‹, ›Für Getränke (kein Alkohol!)‹, ›Für Hygieneartikel‹, ›Für Kleidung‹ und so weiter. Und Anton wickelt die Banderolen fein säuberlich ab und schleppt das Geld in die Kunstbedarfshandlung.«

»Kleidung braucht er ja eh nicht.« Eddie lachte sich über die ganze Geschichte halb tot. »Was anderes als diesen Weihnachtsmannmantel zieht er sowieso nie an. Das Geld für die Miete schickt sie ihm nicht, weil sie Angst hat, dass er das verpeilt und dann auf der Straße sitzt. Dass ihr Sohn hier gar keine Miete zahlt, kapiert sie nicht, also hat Matze ihr Beates Kontonummer gegeben, und da zahlt Frau Beerwald jetzt Monat für Monat brav einen Hunni ein.«

Beate studierte ebenfalls Jura und erledigte sämtliche anfallenden Verwaltungsarbeiten der Kommune. Sie war hochintelligent, doch ihre herausragendste Eigenschaft war ihre Grundanständigkeit. Da sie sich nie darauf eingelassen hätte, die »arme Frau Beerwald« um das Geld für eine nicht vorhandene Miete zu prellen, hatten Matze und Doris ihr erzählt, Antons Mutter sei eine monetäre Unterstützerin der Hausbesetzerszene. Das Geld konnten sie gut gebrauchen. Für Friedenspfeifen und so weiter. Obwohl sie in dieser ersten Zeit ihrer Wohngemeinschaft, die fast etwas von frischer Verliebtheit hatte, so gut wie nie stritten.

Paul fühlte sich wohl in dieser geradezu familiären Geborgenheit.

Und er genoss es, dass er in der Clubszene unentwegt spannende Menschen kennenlernte. Man traf sich hinterher bei ihnen zu Sessions, die bis in die Morgenstunden liefen. Viele, die kamen und gingen, und ab und zu einen, der blieb. Ein schmächtiger Typ mit Brille und einem Gesicht, in dem man unmöglich das Alter ablesen konnte, kam drei Abende hintereinander und fiel nicht weiter auf. Höchstens durch die zwei, drei Bemerkungen, die er zur Musik machte und die punktgenau trafen. Am vierten Abend brachte er seinen Bass mit, auf dem er sich das Spielen gerade erst beigebracht hatte, setzte sich dazu und spielte irgendwann einfach mit.

Er war gut.

Verdammt gut.

Als der Club schloss und er sich ohne Aufhebens wieder verdrücken wollte, rief Paul ihm hinterher: »He, bist du öfter hier?«

Der Typ mit dem alterslosen Gesicht zuckte die Schultern. »Schon möglich. Kommt drauf an.«

Er hieß Tim Beck und liebte seinen Vater, wie Paul den seinen liebte. Der Vater war Lehrer und Alkoholiker. Letzteres wie Pauls Vater. Die beiden hatten sich gesucht und gefunden. Tim war einer von denen, die blieben. Länger als jeder andere Freund.

Tim ließ sich durch nichts und niemanden aus der Ruhe bringen. Er hatte schon früh seine Mutter verloren und war bei einem Onkel in Bayern aufgewachsen, während sein Bruder bei der Oma lebte. Für Dinge, die andere aufregten, hatte er nur ein Schulterzucken übrig und bemerkte: »Wenn du dir keine anderen Probleme leisten kannst, gebe ich dir eins ab.«

Auch andere nächtliche Begegnungen erwiesen sich als fruchtbar: Weil er von irgendetwas leben musste, nahm Paul das Angebot eines Typen an, der ihm ein bisschen Haschisch abgekauft hatte und sich anschließend als Professor des Fachbereichs Städteplanung an der Universität Dortmund entpuppte.

»Ich brauch einen Bauzeichner«, sagte er eines Abends halb bekifft und leicht angetrunken zu ihm. »Wenn du dich gleich morgen bewirbst, spar ich mir die Ausschreibung.«

»Du weißt doch überhaupt nicht, ob ich zeichnen kann«, sagte Paul.

»Ich weiß, dass du ein Kerl bist, mit dem ich klarkomme«, erwiderte der Professor, den Paul bisher nur als Bodo kannte. »Gelernt hast du's, und ich weiß, dass du einer bist, der zu einer Sache entweder ›Kann ich nicht‹ sagt oder sich da reinkniet, bis er's kann. Was soll mir also passieren?«

Paul bekam die Stelle postwendend und erstellte fortan

gemeinsam mit einem Architekten Arbeitsvorlagen für die Studenten des Professors. Ein gut auszuhaltender Job. Zwar veranstalteten die wissenschaftlichen Mitarbeiter und Dozenten der Fakultät fortwährend regelrechte Hahnenkämpfe, um sich gegenseitig den Rang abzulaufen, aber an den meisten Tagen ließ sich dieses Imponiergehabe mit Humor nehmen.

Hatte einer von ihnen Geburtstag, brachte er Sekt und sogenannte Häppchen mit, wobei die Sektflaschen im Nullkommanichts geleert und die Häppchen ans Sekretariat weitergereicht wurden. Die Sektgelage endeten regelmäßig in einer Kompetenzrangelei der besonderen Art: einem Bürostuhlrennen über die gesamte Etage.

Pauls Fazit lautete: Männliches Kompetenzgerangel fand sich kaum irgendwo in so purer Form wie in der akademischen Bürokratie. Ihm sollte es recht sein. Da er nicht mitrangelte, schaffte er sich in der gesamten Riege rasch Freunde und Verbündete, und den Hauptpreis hatte er ohnehin schon davongetragen.

Bodo Windscheidt, der Professor, hatte eine zauberhafte rotblonde Assistentin namens Sylvia. Ein äußerst apartes Wesen, leicht damenhaft, sodass es ein Vergnügen war, ihre Intelligenz mit purer Lust zu unterlaufen. Und Sylvia gefiel der aus dem Nichts aufgetauchte langhaarige Zeichner offenbar besser als die bürostuhlrutschenden Gelehrten. Paul arbeitete wenig, schlug die Zeit mit großen Lappen tot und machte sich bis in den Winter hinein einen lustigen Lenz.

Es war eine zufriedene, harmonische Zeit, in der er zum ersten Mal so etwas wie eine Alltagsroutine erlebte und sich schon beinahe häuslich vorkam. Wenn er von der Arbeit und einer entspannenden Pause mit Sylvia nach Hause in die besetzte Wohnung kam, saß Anton am Fenster und bürstete liebevoll seinen Mantel aus, den er an einem hohen Kleiderständer aufgehängt hatte. Paul plauderte ein wenig mit ihm, aß irgendetwas aus der Hand, zog wieder los.

Wenn er spätnachts aus der Disco zurückkam, noch high vom Tanzen, schlich er auf Zehenspitzen in sein Zimmer, um Anton nicht aufzuwecken. Der lag grundsätzlich in seinen Mantel gekuschelt im Bett und schlummerte selig wie ein Baby.

Wenn er Zeit hatte, was selten vorkam, wurde er häuslich. Schreinerte Möbel für das Haus, lernte kochen und Haschkekse backen und hatte angefangen, nach Stoffen Ausschau zu halten, um sich Hemden und Sakkos zu schneidern, weil er auf den Stangen der Geschäfte so selten etwas fand, das ihm gefiel. All das machte ihm so viel Spaß, dass er manchmal nur still dasaß und nicht wusste, was er zuerst tun sollte.

Als das neue Jahr begann, schlief die Sache mit Sylvia friedlich und freundschaftlich ein. Eine Zeit lang genoss Paul die Freiheit und all die großartigen Frauen, die ihm über den Weg liefen. Der Winter war eisig, und hitzige Liebe sparte Heizkosten. Am Morgen ging man auseinander, ohne sich gram zu sein oder etwas voneinander zu verlangen, und wenn man sich zufällig wiederbegegnete, winkte man, grinste einander wissend zu und wünschte sich in Gedanken das Beste für die Zukunft.

Dann kam der Frühling, und mit dem Frühling kam Pia. Und mit Pia verwandelte sich Pauls Welt.

13

WEISEN VON LIEBE UND TOD

SIE TAUCHTE mit ein paar Freundinnen in einem der Schuppen auf, in dem er manchmal Platten auflegte, und in dem Augenblick, in dem sie zu tanzen begann, wusste Paul: Das ist die, mit der ich heute Nacht nach Hause gehen muss. Und wenn nicht heute, dann morgen. Und wenn nicht morgen, dann mache ich ihr so lange den Hof, bis sie merkt, dass es sich lohnt.

Pia war anders. Selbstbewusst, frech, provokant. Sie trug eine weiße Bluse zu einem kurzen Faltenrock und sah aus wie eine Tochter aus gutem Hause. Bei einer anderen hätte er das vielleicht bieder gefunden, aber an Pia war gar nichts bieder, und so wie dieser weite Rock um ihre Beine und Hüften wirbelte, konnte sich Paul unmöglich etwas Schöneres vorstellen. Ihre Augen waren groß und dunkel, und jedes Mal, wenn Paul vom Plattenspieler aufblickte, kam es ihm vor, als würden sie sich über ihn amüsieren.

Pia Schöller.

Sie war im ersten Jahr ihrer Ausbildung zur Fachpflegerin in einer Klinik für Suchtkranke und widmete sich ihrer Arbeit mit der größten Hingabe. Sie war etwas, das Paul noch nicht kannte, womit er noch keine Erfahrung besaß: ein erwachsenes Mädchen.

Eine, die das Leben ernst nahm, auch wenn sie über

einen kernigen, tiefschwarzen Humor verfügte, gern Nächte durchtanzte und weder einem Joint noch einem Schwips abgeneigt war. Für sie sprach nichts dagegen, sich einen Abend lang hemmungslos auszutoben, aber weiter ging sie nie. Durch ihre Patienten wusste sie zu viel über das, was Sucht anrichtete, und diese Patienten, menschliche Wracks, in denen der Lebensfunke nur noch leise flackerte, standen bei ihr in jeder Situation an erster Stelle.

Sie nahm Paul nicht ernst. Sie flirtete, plänkelte, spielte mit ihm, ließ sich von ihm Lieder schreiben, tanzte, alberte und schenkte ihm den aufregendsten Sex, den er bisher erlebt hatte. Festlegen aber wollte sie sich nicht, sich auf keine Versprechungen einlassen.

»Du bist doch noch ein kleiner Junge, Paul«, sagte sie lachend. »Ein ziemlich aufregender, das gebe ich ja gerne zu, aber in diese hübsche Männer-Hülle musst du erst noch hineinwachsen. Und wenn du's irgendwann geschafft hast, du Renaissance-Mann, dann hast du vermutlich vergessen, dass eine Pia Schöller aus Eickelborn überhaupt existiert.«

Paul konnte sich eine ganze Menge vorstellen, aber das nicht. An Pia war nichts, was man vergessen konnte.

»Was ist ein Renaissance-Mann?«

»Einer, der mehr Talente hat, als in so ein lumpiges kleines Menschenleben passen«, antwortete Pia. »Tagsüber verdienst du dein Geld in der Uni als was, als Zeichner? Nachts machst du Musik, dass die Verstärker rauchen, zwischendurch schreibst du mir Liebesgedichte, zauberst aus deinem leeren Kühlschrank halbe Büfetts, schreinerst mal schnell einen Schreibtisch oder nähst dir ein Outfit für einen Gig. Wenn du kein Renaissance-Mensch bist, dann habe ich noch keinen gesehen, und jetzt komm, lass uns das letzte bisschen Nacht genießen und verdirb es nicht mit Gerede von Zukunft.«

Daran wäre nichts problematisch gewesen, hätte nicht ausgerechnet jetzt und hier, bei dieser einen Frau, Paul gern von Zukunft geredet, Versprechungen gemacht und sich festgelegt. Er, dem Eifersucht bisher fremd gewesen war, ertrug auf einmal den Gedanken nicht, dass Pia von anderen angesprochen wurde.

Mit Pia wollte er alles, er wollte es ganz und er wollte es für sich allein. Und beginnen sollte es mit einem Sommer, in dem es nur sie beide gab.

»Du bist meine große Liebe, weißt du das?«, sagte er ihr. »Die, von der sämtliche Musik handelt, egal ob Beat oder Rock, oder Pop.«

»Das ehrt mich«, sagte Pia, lachte und küsste ihm, was immer er noch hatte anfügen wollen, aus dem Mund. »Und wenn du es in einem Jahr oder schon in einem halben zu ›meine erste große Liebe‹ erweiterst, weil du längst die zweite oder dritte absolvierst, ehrt es mich immer noch.«

Sie fuhren an den Baggersee, lagen nackt im hohen Gras, ließen sich bei der Liebe von Mücken zerstechen, deren Gier auf Pia kaum weniger unersättlich schien als die seine. Sie gossen sich billigen Sekt, der von der Sonne beinahe so heiß wie Tee war, auf die Bäuche und leckten ihn sich von der Haut und versuchten, sich unter Wasser zu lieben.

Auf dem Rückweg in die Stadt in Pauls uraltem Käfer konnte er die Hände nicht von ihr lassen, was – vor allem kombiniert mit dem genossenen Alkohol – die Fahrt zu einem nicht ganz ungefährlichen Abenteuer machte. Aber mit fünfundzwanzig fühlt man sich unverwundbar, und wer so verliebt war wie er, der musste sowieso unsterblich sein. Er setzte Pia an ihrer Bushaltestelle ab, hielt unterwegs an einem Imbiss und besorgte eine Bratwurst, die er Anton mitbrachte. So glücklich, wie er war, hätte er die ganze Welt glücklich machen wollen, und Anton, der getreulich vor dem Fenster stand und den Mantel ausbürstete, war so etwas wie sein Zuhause.

Er zog sich um, brauste wieder los, um zwei oder drei Stunden zu tanzen, und fuhr anschließend nach Eickelborn zu Pia. Nacht für Nacht, siebzig Kilometer weit. Pias Zimmer im Schwesternwohnheim lag im Erdgeschoss, was praktisch war, weil Paul durch das Fenster leicht einsteigen konnte. Weniger praktisch war, dass die Sprungfedern ihres Betts quietschten und das Zimmer sich Wand an Wand mit dem der Heimleiterin befand. Aber wer liebt, sinnt auf Abhilfe ... Sie hoben die Matratze vom Bett auf den Boden und liebten sich in völliger Stille, wobei sie sich gegenseitig die Münder zuhielten, damit keinem von ihnen auch nur der kleinste Lustschrei entfuhr.

Es hätte eine Glasglocke geben sollen, unter der sich Liebende in ihrem ersten gemeinsamen Sommer verbergen konnten, damit die Welt nicht nach ihnen greifen konnte und nichts den Zauber unterbrach. Aber eine solche Glocke gab es für ihn und Pia nicht, auch wenn Paul sich in dieser erschöpften, verschwitzten Stille nach dem Sex so fühlte. Irgendwann, viel zu schnell, ging die Sonne auf, der Wecker klingelte und er musste sich todmüde auf den Weg zur Arbeit in der Uni machen. Die schwarzen Schatten um seine Augen wurden so tief, dass Bodo Windscheidt ihn fragte, ob er krank sei.

Seine Mutter rief an, obwohl sie geschworen hatte, sie würde sich »in diesem Saustall« bestimmt nicht melden. »Ich wollte dir nur mitteilen, dass deine Patentante verstorben ist«, sagte sie.

Paul hatte geglaubt, es sei etwas mit Papa, und schämte sich dafür, dass er erleichtert war. In seiner bayrischen Familie starben die Leute alle erst, wenn sie uralt waren, und Tante Fanny war erst irgendetwas Ende achtzig gewesen. Sie war auf dem Weg zu einer Nachbarin direkt vor ihrem Haus von einem schnellen Flitzer überrollt worden. Paul hatte ihre aufrechte Seele immer verehrt. Trotzdem schaffte er es nicht zu ihrer Beerdigung.

Aber das bedeutete schließlich nicht, dass er nicht um Tante Fanny trauerte. Nachts in Pias Armen kam der Tod ihm unwirklich vor in Gegenwart von so viel Leben.

Pia.

Ein unsterblicher Sommer.

Eines Abends kam er aus der Universität nach Hause, um sich umzuziehen, und fand Anton nicht wie sonst in ihrem gemeinsamen Zimmer. Nur sein Mantel lag verlassen auf dem Bett. Paul wusste augenblicklich, dass etwas passiert war, denn ohne diesen Mantel ging Anton selbst bei dreißig Grad Hitze keine zwei Schritte weit.

Er stürmte aus dem Zimmer und rief durch den hallenden Flur nach den anderen. Er fand Eddie, Matze, Doris und Beate in der Küche, Becher mit billigem Wein in den Händen und sichtlich bedrückt.

»Anton ist weg!«

»Seine Mutter hat es endlich geschafft«, erwiderte Doris dumpf. »Die haben ihn abgeholt. In die Klapse.«

»Verdammte Scheiße«, entfuhr es Paul. »Er geht da ein. Wir müssen ihn rausholen.«

»Beate und ich versuchen schon …«, begann Doris, aber Beate, die ewig Vernünftige, ließ sie nicht ausreden.

»Wir sind keine Anwälte, Paul«, sagte sie. »Wir sind nicht mehr als ein paar Studenten, die ein bisschen Erfahrung mit Rechtsberatung haben. Das genügt nicht. Anton braucht einen guten Anwalt. Wir haben vorhin schon Bertram Köster kontaktiert, der die Bewegung bei verschiedenen Fällen vertreten hat. Er will uns zurückrufen.«

Paul war entsetzt. Er kannte sich mit solchen Entmündigungsverfahren nicht aus, doch mit größter Wahrscheinlichkeit würde Anton über Nacht in der Anstalt bleiben müssen. Das hielt er nicht aus. Sicher würde er das Licht nicht brennen lassen dürfen, und ohne Licht konnte Anton nicht einschlafen.

»Ich muss in Verbindung mit meiner Kunst bleiben«, hatte er Paul erklärt und Nacht für Nacht auf die leeren Leinwände gestarrt, bis ihm die Augen zugefallen waren. Jetzt würde er nichts davon um sich haben, und vor allem hatte er seinen Trost nicht bei sich.

»Er braucht seinen Mantel«, sagte Paul. »Erklärt mir, wie ich zu dieser Klinik komme, ich bringe ihm seinen Mantel.«

Im Pförtnerhaus der Nervenheilanstalt musste er stundenlang warten und unzählige unsinnige Fragen beantworten. Letzten Endes durfte er Antons Mantel aber dort lassen, und man gab ihm das Versprechen, dass er »dem Insassen« gebracht werden würde. In dieser Nacht fuhr Paul nicht zu Pia, und als er ihr am Telefon erklärte, was geschehen war, zeigte sie Verständnis.

»Ihr holt ihn besser schleunigst da raus«, sagte sie. »Wenn man in diese Mühle erst einmal gerät, hört man schnell auf, ein Mensch zu sein, und wird zur personifizierten Krankheit.«

Der Köster, der sich für die Hausbesetzer-Bewegung engagierte, übernahm den Fall, und drei Tage später war Anton zurück. Stiller und in sich gekehrter als sonst, aber in einem Stück. Er würde sich erholen, hoffte Paul, sie mussten ihn nur alle mit Aufmerksamkeit überschütten. Seinen Mantel zog Anton nicht mehr aus, auch nicht, um ihn zu bürsten oder sich zu waschen, und manchmal versteckte er den Kopf bis unter die Augen in dem hohen Kragen. Am liebsten hätte er wohl die Fühler einer Schnecke gehabt, die sich bei Bedarf ausstrecken ließen, während der Rest in seinem Gehäuse verborgen blieb.

Es wurde September und sehr schnell zu kalt, um zu baden. Paul bekam Probleme bei der Arbeit, die Eintönigkeit seines Jobs begann, ihm auf die Nerven zu gehen, und der Witz der Stuhlrennen hatte sich totgelaufen. Bodo drängte ihn, seinen Vertrag für ein weiteres Semester zu verlängern, aber Paul konnte sich nicht dazu durchringen. Er wusste, er brauchte das Geld, aber es machte ihn zunehmend nervös, diese unerhörte Menge Zeit jeden Tag zu verplempern.

Zeit, die er für Musik einsetzen konnte, für Freunde, für weiß Gott was noch alles.

Für die Liebe vor allem.

Schlimmer als sämtliche Sorgen um die Arbeit war, dass er sich mit Pia zu streiten begann.

Oft wusste er nicht einmal, worum es bei ihren Streitereien eigentlich ging. Sie steckte in Prüfungsvorbereitungen und hatte immer weniger Zeit für ihn. Er wollte Verständnis zeigen und ihr zur Seite stehen, aber er vermisste sie, und es kam ihm vor, als ließe sie ihn kaum noch an sich heran. An Kleinigkeiten entzündeten sich haarsträubende Szenen, die in Geschrei, Beschimpfungen und Beleidigungen endeten. Pia war ein Temperamentsbolzen, ein energetisches Bündel Leben, und sie konnte sich zanken, dass die Fetzen flogen. Am Ende aber, wenn sie beide erschöpft waren und er sie hätte in die Arme nehmen und Frieden schließen wollen, wurde sie vollkommen still, drehte sich um und ging.

Im Grunde fand Paul das nicht falsch. Es war das, was er Papa gern geraten hätte, wenn seine Mutter einen ihrer Tobsuchtsanfälle hatte: *Dreh dich um, lass sie stehen, du weißt, dass es in solchen Momenten nicht den geringsten Sinn hat, mit ihr zu reden.*

Jetzt aber war er derjenige, der wie ein dummer Junge stehen gelassen wurde, und das überforderte ihn. Es schien ihm nicht fair. Schließlich hatte er keine Tobsuchtsanfälle, schließlich konnte man mit ihm reden, schließlich wollte er nichts weiter als – ja, was?

Er versuchte, es ihr klarzumachen, und wusste es doch selbst nicht. Mit ihr leben? Er wollte mehr Zeit mit ihr verbringen, mehr mit ihr teilen, aber war er wirklich schon bereit, sein Leben lang? Er hatte so vieles noch nicht probiert, und wenn er an eine Ehe dachte, fiel ihm die seiner Eltern ein, und das kalte Grausen packte ihn. Es machte ihn zornig und panisch zugleich, dass Pia sich ihm entzog, doch auf der anderen Seite fiel ihm kein Lebensmodell ein, das er ihr hätte anbieten können.

Als sie sich das nächste Mal stritten, geschah es in aller Öffentlichkeit, in einer Pizzeria im Herzen von Dortmund, in die sie eingekehrt waren, weil sie beide den ganzen Tag noch nichts gegessen hatten. Sie kämen vor Hunger um, versicherten sie einander, doch dann, als das Wagenrad von Pizza gebracht wurde, hatten sie zu streiten begonnen, hielten Messer und Gabel in den Händen wie Waffen, und die Pizza blieb liegen.

»Verdammt, ich lieb dich doch«, schnauzte er sie an und bemerkte im selben Augenblick, wie theatralisch das klang. Es war zu spät. An den Nachbartischen drehten sich bereits sämtliche Köpfe nach ihnen um.

»Vielleicht genügt das einfach nicht«, sagte sie. »Du bist ein geiler Typ, aber wir leben in unterschiedlichen Welten. Der Sommernachtstraum ist vorbei. Wird Zeit, in die eigene Welt zurückzukehren.«

Dass sie das so flapsig dahersagte, statt wie üblich zu explodieren, trieb ihn zur Weißglut. Er schrie sie an, sosehr er sich selbst dafür hasste. Er verlor einfach die Nerven, weil er solche Angst hatte, seine Liebe könnte auf einmal nicht mehr da sein. Dass die Leute zu ihnen herüberstarrten, war ihm egal. Was interessierten ihn diese fremden Menschen, die er nie wiedersehen würde, angesichts dessen, was für ihn auf dem Spiel stand?

Für gewöhnlich war es Pia, die schimpfte und schrie, ja gelegentlich sogar Gläser zerschlug oder Kissen an die Wand warf, aber heute blieb sie vollkommen ruhig. Irgendwann, als er Atem holte, einlenken und wieder zu sich finden wollte, stand sie auf und verließ ohne ein weiteres Wort das Restaurant. Paul saß da wie erstarrt. Hinter dem Tresen mit den Korbflaschen, in denen tropfende Kerzen brannten, schoss der Kellner hervor und wollte abkassieren.

Das weckte Paul aus seiner Trance. Hastig beglich er die Rechnung und sprang auf.

Er stieg in sein Auto und ließ schon den Motor an, ehe er die Tür richtig geschlossen hatte. Kreuz und quer jagte er den alten Käfer durch die Straßen, fuhr abenteuerliche Schlenker, um Menschen und Fahrzeugen auszuweichen, und hielt Ausschau nach Pia.

Sie stand an der Scheibe in einer vollbesetzten Straßenbahn und hielt sich am Haltegriff fest. Dabei war ihr Blick so teilnahmslos, als wäre sie schon ganz weit weg. Das konnte er nicht ertragen.

Er beschleunigte, ließ den Käfer mit einem Satz an der Bahn vorbeischießen und fuhr ein Stück weiter vorn auf die Schienen auf. Der Straßenbahnfahrer verstand sich zum Glück auf sein Handwerk und legte eine Vollbremsung hin. Paul reckte sich hinter dem Steuer in die Höhe und sah die Passagiere aneinanderrumpeln.

Der Fahrer kurbelte die Scheibe herunter. »Sag mal, bist du besoffen oder lebensmüde?!«, platzte er heraus. »Kannste dir vielleicht nicht ausgerechnet mit *meiner* Straßenbahn das Licht ausblasen?«

Paul war schon an der Tür. »Tschuldigung«, sagte er. »Aber in Ihrer Straßenbahn steht meine Frau. Ich muss mit ihr reden. Bitte!«

Einen Augenblick lang wirkte der Fahrer, als frage er sich, aus welchem Film Paul ausgebrochen war. Dann verzog er seinen Mund zum Grinsen. »Mein lieber Schwan, du machst hier vielleicht 'ne Welle. Aber, wenn die Liebe so groß ist«, brummte er.

Das ließ sich Paul nicht zweimal sagen. Mit drei Sätzen war er in dem Waggon und drängte sich zu Pia durch. Die sah nur eine einzige Sekunde lang aus, als wolle sie sich ärgern, dann aber siegte ihr Humor.

»Du bist verrückt, Brenner«, sagte sie, tippte ihm auf die Brust und stieg mit ihm aus. Über den Streit redeten sie nicht mehr, sondern fuhren geradewegs zu ihr nach Hause und fielen übereinander her, kaum dass die Matratze auf dem Boden aufschlug.

So einfach blieb es leider nicht. In Wahrheit war es so einfach ja schon lange nicht mehr gewesen, und nur Paul hatte noch versucht, sich das einzureden. Als sie sich das nächste Mal stritten, sagte Pia, sie wollte nach Hause und ihn nicht mehr sehen.

»Nicht nur heute, Paul«, sagte sie. »Sondern ganz und gar. Belassen wir's dabei. Wir müssen die Suppe ja nicht bis zum Ende auslöffeln.«

Sie stiegen in den Käfer, weil Paul versprochen hatte, sie nach Hause zu fahren. Am liebsten aber hätte er sie einfach stehen lassen. Es regnete schon die ganze Nacht. In seinem Herzen regnete es auch, und die Scheibenwischer kamen nicht hinterher. Auf der Autobahn fuhr er Vollgas, um seiner Wut nachzugeben.

»Pass doch auf!«, schrie Pia, als der Wagen auf dem nassen Asphalt einen Schlenker vollführte.

»Das hab ich versucht«, erwiderte Paul launig. »Aber unsere Karre hab ich trotzdem in den Dreck gefahren, oder?«

In diesem Augenblick setzte von hinten ein Lastwagen an, um ihn zu überholen. Im Rückspiegel konnte Paul ihn durch die Fluten des Regens nicht genau erkennen. Er wollte etwas zur Seite weichen, und der vordere Reifen fuhr auf einen Wasserfilm auf. Ein Windstoß erfasste den Wagen, und keine Sekunde später geriet er ins Schleudern. Paul sah noch, wie der Lastwagen an ihm vorbeischoss, dann wurde er so heftig gegen die Autotür gedrückt, dass diese aufsprang. Sein Körper flog über die Seitenlinie in eine Senke, und er landete mit dem Gesicht nach unten in einer großen Pfütze.

Im Aufprall sah er einen dunklen Gegenstand, der wie ein Geschoss über ihm durch die Nacht flog. Er begriff noch, dass das sein Auto sein musste. Dann stürzte der Wagen auf ihn nieder, und er war sich sicher zu sterben.

Der VW fiel mit dem Trittbrett auf seine Kniekehlen und dann langsam mit der Seite auf ihn drauf und drückte ihn ins Wasser. Sein Glück war, dass er in der »Hände hoch«-Haltung gelandet war und den Käfer deswegen immer ein wenig hochstemmen konnte, um Luft zu holen. Pia, die im Inneren des Wagens in die Tiefe gerauscht war, konnte sich aus dem zerschmetterten Blechgestell über die Fahrertür nach oben befreien. Sie rief nach ihm. Das konnte er mit dem Ohr an der Beifahrertür gut hören, aber es war ihm nicht möglich zu antworten.

Dann sah sie seine Unterschenkel unter dem Wagen herausragen. Sie schrie auf und rannte hoch zur Straße, um das nächstbeste Fahrzeug aufzuhalten. Der Fahrer wollte erst die Feuerwehr holen, aber Pia bettelte ihn an, den Wagen doch erst aufzurichten. Paul flehte indes alle Engel an, dass sie es schaffte. Endlich, als ihm die Arme vom Hochstemmen des Wagens schon lahm wurden, merkte er, dass begonnen wurde, das Auto anzuheben. Er stemmte von unten, und mit der Kraft der Verzweiflung gelang es ihnen, den VW wieder auf die Räder zu kippen.

Was danach geschah, erfuhr er erst am folgenden Tag, als er nicht in irgendeinem Jenseits, sondern in einem Krankenhausbett zu sich kam. Eine mitfühlende Schwester wechselte seine Verbände und erklärte ihm: »Sie hatten mehr Glück als Verstand, Herr Brenner. Sie und Ihre Bekannte hätten tot sein können. Ihre Bekannte war unglaublich geistesgegenwärtig«, lobte die Schwester. »Sie hat Ihnen das Leben gerettet.«

Wie durch ein Wunder hatte er nichts weiter als durch einen eingeklemmten Nerv gelähmten Arm und eine Prellung im Rücken vom Türgriff abbekommen, und nach einer Woche wurde er aus dem Krankenhaus entlassen.

Als er jedoch zurück in sein Zuhause im Hafen kam, fand er seine Welt, in der er sich wohlgefühlt hatte, dort nicht länger vor. Pia gab es für ihn nicht mehr, und der Herbst vor den Fenstern sah aus, als wolle er für immer bleiben. Sein Auto war Schrott, und zusätzlich drohte ihm ein hohes Bußgeld, weil die Reifen abgefahren waren und er die Schuld an dem Unfall trug. Seine Mitbewohner waren zerstritten, wollten weg, hatten längst andere Projekte im Kopf. Was ihn jedoch viel stärker als alles Übrige erschreckte, war die Leere seines Zimmers.

»Wo ist denn Anton?«, fragte er die anderen, die in der Küche standen und sich anschwiegen.

»Abgeholt«, murmelte Beate, ohne ihn anzusehen.

»Schon wieder?«, rief Paul entsetzt. »Lässt diese Mutter den armen Kerl denn nie in Frieden? Wir müssen ihn da rausholen, hört ihr? Ruft Köster an. Anton hält das nicht aus.«

»Köster kann da nichts machen«, sagte Matze, der wie die anderen auf den Boden starrte. »Keiner kann mehr was machen.«

»Warum denn nicht? Das letzte Mal hat er es doch auch geschafft.«

»Weil Anton tot ist, verdammte Scheiße«, erwiderte Matze. »Noch in der ersten Nacht, nachdem die ihn abgeholt haben, hat er sich in der Anstalt aufgehängt.«

14

AUGENLICHT

PAUL FUHR nach Amsterdam, um sich den Frust weg-
zurauchen, und traf im Melkweg Ralf aus Brackel, den
jeder Geier nannte und der nach dem Motto »keine Feier
ohne Geier« ein Konzert der Bonzo Dog Doo-Dah Band
besuchte. Sie lachten sich gemeinsam schlapp, landeten
in einer Frauen-WG und zogen zwei Tage durch die
Stadt. Ralf hatte sich gerade von Doris getrennt und hatte
wie Paul einige Fragen ans Leben. Er sah aus wie der
Bruder von John Lennon und war genauso klug wie an-
archisch.

Ein normales Leben war für beide nicht akzeptabel.
Jeder Kompromiss dahingehend lässt ein Stück von dir
sterben. Die eigenen Gefühle zu betrügen, um weniger
Widerstand zu haben, ist schlimmer, als Gefühle gar nicht
erst zuzulassen. Darin waren sich beide einig. Hatten sie
Bindungsängste oder eine ständige Bindungssucht? War
das Wort Bindung nicht schon entlarvend und völlig
falsch, wenn es um Beziehungen ging. Viel Rauch um
nichts, aber wohltuend spitzfindig.

Paul kündigte seinen Job und zog vom Hafen nach Brackel, in ein Haus, das mitten in einer bürgerlich anstän-
digen Wohngegend an einer ländlich anmutenden Sackgasse stand. Es war ein kleines Fachwerkhaus, und es
wurde lediglich von Männern bewohnt, es war Geiers WG

mit Dieter, Gerhard und jetzt auch Paul. Als Toilette diente ihnen in der ersten Zeit ein Plumpsklo im Garten, aber sie hatten alle schon Schlimmeres erlebt. Wenn man ein Streichholz abbrannte, war der Gestank zu ertragen, und wenigstens blieb das Klo nie lange besetzt.

Das Haus besaß im oberen Stockwerk mehrere kleine Schlafzimmer, die sie unter sich aufteilten, und im Erdgeschoss neben den Wirtschaftsräumen ein weiteres großes Zimmer, das sie zum »Bett für alle« erklärten. Wer einen Schlafplatz für die Nacht, einen Unterschlupf, eine Zuflucht brauchte, sollte ihn bei ihnen finden. Vermutlich dachten sie alle vier eingangs hauptsächlich an Frauen, doch genauso oft blieben Freunde und Musikerkollegen bei ihnen hängen, Typen, die irgendwer irgendwo aufgegabelt hatte, Reisende, Heimatlose, Gestrandete. Da das Zimmer praktisch ständig überfüllt war, verlegten die vier Mitglieder der Hausgemeinschaft ihr Wohnzimmer vor die Tür, in den Wendekreis der Sackgasse.

Sie organisierten eine Couch und Sessel und fanden einen Esstisch, der dazu passte, tranken ihren Kaffee dort, aßen, was immer sich zum Frühstück finden ließ, rauchten exzellentes Haschisch und machten Musik. Von den Nachbarn und Passanten begegneten ihnen die eine Hälfte mit Scheu, die andere mit offener Aggression. Einer, ein bulliger Patriarch namens Friedrich Raabe, der mit Tochter, Schwiegersohn und etlichen Enkeln das Haus nebenan bewohnte, rief sogar die Polizei, weil die »Halbstarken« angeblich randalierten und eine Gefahr für die Allgemeinheit darstellten. Die Ordnungshüter tauchten jedoch nur kurz auf, stellten fest, dass offenbar niemand zu Schaden kam, und rauschten wieder ab.

Inzwischen hatten die meisten Anwohner erkannt, dass die langhaarigen, wild aussehenden Kerle aus dem Fachwerkhaus harmlos waren und dass es sich nicht lohnte, sich über sie aufzuregen, weil die vier sich durch nichts und niemanden aus der Ruhe bringen ließen. Die ersten Nachbarn wagten es, stehen zu bleiben, wenn Paul sie im Vorübergehen grüßte. Nach ein paar Wochen entspannen sich erste Gespräche, und nach einer Weile war es ausgerechnet Herr Raabe, der den angebotenen Kaffee nicht ausschlug, sondern sich zu ihnen setzte und kurz darauf sogar Kekse aus seinem Haus holte.

Wenig später hatte die gesamte Romanstraße die vier anscheinend herrenlosen jungen Männer praktisch adoptiert. Die Frauen brachten ihnen Töpfe mit Hühnersuppe, Obst und Sandkuchen, und die Männer schleppten nicht länger benötigte elektrische Geräte herbei und halfen Paul, sie anzuschließen. Das Haus technisch auszustatten, war eine neue Beschäftigung, die Paul für sich entdeckt hatte. Es machte ihm Spaß. Es lenkte ihn ab. Er machte Musik, arbeitete manchmal auch ein Möbelstück auf, nahm hier und da einen Gelegenheitsjob an und lebte ansonsten in den Tag hinein.

Es gefiel ihm so. Er wollte an das, was vergangen war, nicht denken, und für das, was bevorstand, nichts planen, er wollte einzig im Hier und Jetzt leben, wie er es auf seiner Reise durch Britannien getan hatte.

Ins Nebenhaus zogen drei alte Bekannte, die Paul bereits in seinen Clubtagen über den Weg gelaufen waren. Jochen, der einen der ersten Synthesizer, einen Minimoog, besaß und die Sessions der vier aus dem Fachwerkhaus bereicherte, Henk, ein Ikonendealer aus Venlo mit seinem Windhund Ketama, so getauft, weil seine Haufen die gleiche Farbe hatten wie das edelste Haschisch, und Herbert, Sohn eines Großbauern, der in den Gewächshäusern seines alten Herrn Hanf veredelte. Alle drei eine echte Bereicherung der Landkommune.

Paul teilte mit Herbert die Leidenschaft für gute Küche, Süßigkeiten und Wein, was zuzeiten von Tröpfchen wie Liebfrauenmilch und Kröver Nacktarsch nicht leicht zu befriedigen war.

Bei einer Verkostung von Herberts neuester Züchtung beschlossen die beiden hochbekifft, sich über das Arbeitsamt zur Weinernte in Frankreich vermitteln zu lassen. Sie meldeten sich an, und als sie den Coup schon fast wieder vergessen hatten, kam das erste Angebot. Drei Schwestern aus dem L'Ardeche suchten Erntehelfer.

Mit Herberts Kübelwagen zockelten sie gen Frankreich. Der Zöllner auf der deutschen Seite musterte das Ensemble und fragte skeptisch: »Mit dem Wagen wollen Sie nach Frankreich?« Als sie der französische Zöllner das Gleiche fragte, dämmerte den Helden, dass die Wahl des Fahrzeugs nicht optimal war. Sie hatten bei der Bundeswehrlackierung lediglich die Schriftzüge überpinselt. Bei nächster Gelegenheit kauften sie einen Topf Farbe, hellblau war die Einzige, die ihnen gefiel, und lackierten kurzum Türen und Haube.

Als elegant konnte man die Lösung nicht bezeichnen, aber ab da kassierten sie wenigstens ab und zu ein Lächeln. Auch von den Schwestern. Die Damen waren hinreißend fürsorglich. Sie hatten für ihre Erntehelfer eigens den alten Hof ihrer Vorfahren frisch renoviert. Zusammen mit einem Pärchen aus Berlin waren sie die Ersten, die in den Genuss der neuen Betten kamen.

Ein Jungbauer aus dem Ort, der den Traktor zur Ernte beisteuerte, komplettierte das Empfangskomitee. Die Damen hatten gekocht, und dazu gab es den absolut köstlichen Wein vom Vorjahr. Herbert, der leidlich französisch sprach, sorgte für Konversation, und später versicherten sich die zwei Jungwinzer, im Paradies gelandet zu sein.

Die Ernte, bei der die Damen, obschon alle drei weit über sechzig, kräftig mitarbeiteten, erfüllte in der zauberhaften Landschaft alle Träume vom Savoir-vivre. Unterbrochen von entspannten Jausen waren die kleinen Weinfelder viel zu schnell abgeerntet. Nach zehn Tagen zogen sie, ausgestattet mit einem üppigen Picknickkorb und reichlich Wein zum Arbeitsamt in Montelimar, um ihren nächsten Arbeitgeber, einen Großwinzer an der Drome, zugewiesen zu bekommen.

Das Empfangskomitee bestand hier aus einem schlecht gelaunten Vorarbeiter, der sie vom Hof direkt zu einer Wellbarackensiedlung scheuchte, die versteckt in einer Senke lag. Ein echtes Kontrastprogramm.

Die Baracken auf Backofentemperatur hatten ein sattes Schweiß-Pilz-Aroma, das Pauls empfindliche Nase sofort alarmierte. Auf den Stockbetten in den engen Kabinen lagen Armeedecken, und als Beleuchtung diente in jedem Abteil eine alte Emailleschüssel mit Wasser, in deren Mitte feuersicher eine Kerze brannte. Paul roch nur kurz an seiner Decke und beschloss, im Kübelwagen zu schlafen.

Sie kamen gerade noch rechtzeitig zum Abendessen. Mit zwanzig Studenten aus aller Herren Länder saßen sie an Langtischen und bestaunten die Spezialität des Hauses: dünne Linsensuppe ohne Einlage. Zum Nachtisch gab es Schmierkäseecken. Dazu wurde ein Wein ausgeschenkt, der nur den Australiern schmeckte. Geschockt tranken Paul und Herbert sich mit dem Wein der Damen wehmütig in die Bettschwere.

Der nächste Morgen begann mit einer lieblichen Sirene als Weckruf. Paul schälte sich lustlos aus dem Auto und erschrak heftig bei Herberts Anblick. Der sah aus wie ein Streuselkuchen, übersät mit Flohbissen, die bei ihm als allergische Reaktion kleine Beulen bildeten.

Man beschwerte sich umgehend beim Vorarbeiter. Der lachte nur, kauderwelschte irgendetwas von Kerze und verschwand grinsend. Eine aparte Kanadierin erklärte Herbert, dass die Emailleschüsseln Flohfallen waren. Die Flöhe springen ins Licht und ersaufen im Wasser, doch der umsichtige Bauernsohn hatte die Kerze zum Schlafen gelöscht.

Die Ernte nach einem Frühstück aus Tee, Weißbrot und Schmierkäseecken war eine einzige Schinderei. Eine der Australierinnen gab das Tempo vor. Wo sie war, fuhr der Traktor, ein Ungetüm auf Stelzen. Wer nicht schnell genug Trauben schnitt, musste mit dem vollen Korb zur Schaufel sprinten und wieder zurück zu seiner Rebe. Bei Reihen von fünfzig Metern eine sportliche Angelegenheit. Am Abend, nach acht Stunden in gleißender Sonne, waren die beiden so müde, dass sie sogar dem grauenhaften Château Migraine zusprachen.

Am nächsten Tag wurden Paul und Herbert dem Fahrer des Lkws zugeteilt, der die Ernte zur Genossenschaft fuhr. Die hellgrauen Trauben, die man abwischen musste, um festzustellen, ob man roten oder weißen Wein vor sich hatte, wurden zum Entsetzen der beiden ungewaschen und gespritzt, wie sie waren, in die Traubenwanne gekippt. Die Schnecke zog damit auch die letzte Illusion in die Maische. Paul und Herbert sahen sich nur stumm an, sie wussten, was zu tun war.

Sie kündigten ordnungsgemäß, packten ihre Sachen und wollten umgehend abreisen. Fassungslos mussten sie feststellen, dass der Kühler ihres Kübelwagens in der Sonnenhitze undicht geworden war. Für den gesamten Lohn der letzten zwei Tage lieh ihnen der Vorarbeiter Lötzeug, und mit den letzten 20 Centime schlossen sie das Loch.

Als Ralf, der das Haus seinerzeit entdeckt und die erste Hausgemeinschaft gegründet hatte, sie verließ, um mit seiner schwangeren Freundin in eine gemeinsame Wohnung zu ziehen, begann für die Zurückgebliebenen in der Romanstraße eine Zeit der noch größeren Freiheit, und Paul initiierte die größten Sessions, die besten Feiern, die irrsten Abende.

In Ralfs Zimmer zog Frank Müller, ein Wuschelkopf mit Glasbausteinbrille, der eine Ausbildung zum Masseur absolvierte und einen staubtrockenen Humor hatte.

Stammgäste ihrer Männerwirtschaft waren unter anderem zwei eineiige Zwillingspaare, die von der Erscheinung her nicht gegensätzlicher hätten sein können. Die einen waren zwei blonde hochgewachsene Mädchenschwärme, während die anderen etwas Marx-Brother-Haftes hatten und die besseren Tänzer waren.

Paul mochte die vier. Sie kamen im Kielwasser von

Frank und waren sich für keinen Blödsinn zu schade. Man foppte sich gegenseitig, spielte Doppelkopf bis in die frühen Morgenstunden, machte gemeinsam Musik, fachsimpelte über Comics und zeichnete sogar zusammen. Frank war eine echte Bereicherung für die Wohngemeinschaft.

Paul hatte diebischen Spaß daran, draußen neben ihm am Tisch zu sitzen, wenn er mit Unschuldsmiene die Vorübergehenden auf den Arm nahm.

»Guten Morgen, meine Schöne«, flötete er einem eiligen Herrn mit grauem Nadelstreifenanzug und Aktenkoffer entgegen. »Das Blau ist ja entzückend, du siehst darin zum Anbeißen aus.«

Das Komischste war, dass der Mann irritiert stehen blieb und empört an sich heruntersah. »Das ist nicht blau, das ist grün, sieht doch 'n Blinder!«, bellte er anschließend Frank an, der nicht die geringste Miene verzog.

Frank legte den Kopf schräg und plinkerte mit den Wimpern. »Ja, sag ich doch.«

Paul hätte ihm stundenlang zusehen können und ließ sich in seinen Klamauk gerne mit einbeziehen. Frank sprudelte nur so vor verrückten Ideen und schien den ganzen Tag unter Strom zu stehen.

Dass mit Frank etwas nicht stimmte, spürte Paul allerdings trotz allem, doch ließ er es vorerst dabei bewenden. Wenn es nach ihm ging, durften die Leute ihre Leichen im Keller oder ihre Skelette im Schrank gern behalten, solange sie den Übrigen damit keinen Schaden zufügten. Wer reden konnte, konnte reden, und wer lieber den Mund hielt, der wurde nicht bedrängt. Leben und leben lassen. So war Paul bisher in den wechselnden Hausgemeinschaften gut gefahren, und er sah keinen Grund, warum er es mit Frank anders halten sollte.

Dass der angehende Masseur manchmal tagelang verschwand, bemerkte er kaum. Er kam und ging schließlich selbst, wie er wollte, und das Letzte, was ihm eingefallen wäre, war, die anderen zu kontrollieren. Auch dass Frank praktisch täglich weniger wurde, fiel ihm erst nach ein paar Wochen auf. Durch sein breites Kreuz wirkte er lange nicht so klapperdürr, wie er war, und die schlabberigen Hemden, die er trug, verbargen seine eigentliche Figur. Dann aber kam er eines Morgens, als er sich wohl allein wähnte, nackt aus dem Bad und stieß um ein Haar mit Paul zusammen, der bis ins Mark erschrak.

»Sag mal, hast du kein Geld fürs Essen, oder was?«, platzte Paul heraus. Frank, den er für einen kräftigen Burschen gehalten hatte, war ein mit Haut überzogenes Skelett.

»Nee, schon gut«, murmelte der andere und schob sich an ihm vorbei in sein Zimmer. »Ich hab in letzter Zeit ein paar Probleme, die schlagen mir auf den Magen, das ist alles.«

»Meinst du nicht, du solltest damit mal zum Arzt gehen?«, fragte Paul.

»Da war ich«, erwiderte Frank. »Das ist ja die Krux.«

Er verschwand in seinem Zimmer und kam kurz darauf in Jeans und Schlabberhemd wieder heraus. Jetzt sah Paul auch, dass seine Haut aschfahl war, die Wangen eingefallen, das Kinn übersät von roten Pusteln.

»Was ist los mit dir?«, fragte er.

»Ich hab was mit den Augen«, antwortete Frank niedergeschlagen. »Die Krankheit ist total selten, deshalb interessiert sich auch kein gottverdammter Wissenschaftler dafür, und es wird in nächster Zeit kein Heilmittel geben. Im Augenblick komme ich noch halbwegs klar, aber ich merke, wie mir die Welt ganz langsam vor den Augen verschwimmt. Nächsten Sommer werde ich dreißig. Mit vierzig werde ich blind wie ein Grottenolm sein.«

Die Geschichte erschütterte Paul. Ausgerechnet der witzige, gut gelaunte Frank schleppte einen solchen Riesenpacken von Sorgen mit sich herum. Es bewies wieder einmal, dass man in keinen Menschen hineinsehen konnte und besser über niemanden ein Urteil fällte. Er konnte Frank nur anbieten, ihm zuzuhören, wann immer er reden wollte.

»Dank dir, Kumpel«, sagte Frank und klopfte ihm mit seiner knochigen Hand auf den Rücken. »Weißt du was? Ihr seid ein toller Haufen hier. Ich habe mich lange nicht mehr unter Leuten so wohlgefühlt wie bei euch komischen Spinnern.«

Erst später, bei seiner Musik, als er Franks Geschichte nicht aus dem Kopf bekam, fragte er sich flüchtig, ob nicht vielleicht ein Puzzleteil darin fehlte. Hörte ein Mensch, der an einer Augenkrankheit litt, wirklich vor lauter Kummer auf zu essen, oder steckte hinter Franks erbärmlichem körperlichen Zustand noch etwas anderes?

In dieser Zeit fuhr Paul, wenn es sein Geldbeutel erlaubte, oft nach Amsterdam. Nicht nur das göttliche Haschisch, das sich dort einfach so in einem der berühmt-berüchtigten Coffeeshops erwerben ließ, hatte es ihm angetan, sondern die ganze Atmosphäre der Stadt. Amsterdam war lebendig, barst geradezu vor Jugend, vor Spontanität, vor

Ideen. Paul brauchte sich hier nicht einmal etwas vorzunehmen. Es genügte, einfach durch die Gegend zu schlendern, dem Straßentheater zuzusehen, den Musikern zuzuhören, sich dazuzugesellen, wenn man eingeladen wurde, die Inspirationen in sich aufzusaugen.

Nach der Trennung von Pia und dem Tod von Anton hatte Amsterdam Paul geholfen, sich wieder zu berappeln, und es hatte länger gedauert, um auf die Füße zu kommen, als er wahrhaben wollte, und er kannte eine ganze Reihe von Leuten, denen es ähnlich ergangen war. Amsterdam war gut gegen Schwermut, gegen Weltuntergangsstimmung, gegen zu viele Ängste, Bedenken und Sorgen. Paul lud Frank ein, das nächste Mal mitzukommen. »Amsterdam ist mein Allheilmittel«, sagte er zu ihm. Er fuhr inzwischen einen quittegelben Kadett, den einer der Nachbarn ihm überlassen hatte, weil er die unansehnliche Rostlaube nicht mehr in seiner Einfahrt haben wollte.

Sie fuhren nach Amsterdam. Im Kadett ließen sich die Sitze so weit herunterstellen, dass man darin schlafen konnte. Stellplätze, an denen kein Mensch einen störte, kannte Paul inzwischen genug. Er wollte Frank seine liebste Gruppe von Straßenschauspielern zeigen, einen Haufen junger Leute, die sowohl mit Puppen als auch mit menschlichen Darstellern eigene Stücke aufführten, die sie aus den düsteren, blutrünstigen niederländischen Volksmärchen entwickelt hatten. Sie sangen und tanzten dazu, und eines der Mädchen, Annike, die Flötenspielerin, hatte es ihm angetan.

»Kann sein, dass ich nachher noch ein bisschen mit ihr weiterziehe«, erklärte er Frank. »Dann könnte es spät werden – aber bis morgen früh, wenn wir zurück nach Dortmund fahren, bin ich wieder da.«

»Du und die Frauen.« Frank lachte. »Zählst du eigentlich noch mit?«

»Das habe ich noch nie gemacht«, erwiderte Paul. »Für die Zeitspanne, in der ich mit ihr zusammen bin, ist jede Frau für mich die Einzige.«

Frank lachte wieder, in seinen Augen ein Flackern. »Aber die Zeitspannen werden kürzer, was?«

»Das ist schon möglich«, gab Paul zu, ehe sie sich trennten und ihrer Wege gingen. Er verbrachte eine göttliche Nacht mit Annike, die kein Deutsch sprach, aber jedes seiner Worte verstand. Albern und übermütig knutschend zogen die zwei durch das sprudelnde nächtliche Amsterdam, ehe sie ihn mit in ihr winziges Dachzimmer nahm. Paul hatte nie ein Mädchen erlebt, das selbst bei der Liebe sang. Als die Morgennebel über dem schwarzen Wasser der Grachten aufstiegen, lief er noch immer ganz beschwingt zurück zu seinem Auto. Dort fand er Frank.

Sein Mitbewohner schlief röchelnd, mit offenem Mund über den Sitz gebreitet, alle vier Glieder von sich gestreckt und in der Armbeuge eine dünne getrocknete Blutspur. Ein benutztes Spritzbesteck samt dem Gurt zum Abbinden der Vene lag im Rinnstein. Paul zweifelte keine Sekunde daran, dass es Frank war, der die Sachen benutzt hatte, auch wenn der *Flash*, der Heroin für Unzählige so verführerisch machte, offenbar seit Stunden vorbei war.

Paul selbst hatte sich nie dazu hingezogen gefühlt. Sein Leben war sein *Flash*. Wenn ein bisschen astreines, nicht mit stinkendem Kampfer gestrecktes Haschisch diese Wirkung noch verstärkte, umso besser, aber eine Droge, die ihn sein Leben nicht mehr spüren ließ, besaß für ihn keinerlei Reiz. Er hatte zu viele Leute erlebt, denen die Sucht ihre Selbstachtung und jegliche Würde raubte.

Sein geliebter Vater, der Held seiner Kindheit, der sich langsam die Organe kaputt soff, war dafür lediglich das erschreckendste Beispiel.

Sein Kopf zählte endlich zwei und zwei zusammen. Er packte Frank am Arm und rüttelte ihn unsanft wach.

»Verdammte Scheiße, du Idiot«, fuhr er ihn an. »Du bist nicht augenkrank, sondern heroinsüchtig.«

Frank kam zu sich, blinzelte, kämpfte sich wach. »Augenkrank *und* heroinsüchtig«, brachte er mit schwacher, blasser Stimme hervor. »Und das mit dem Heroin ist ein für allemal vorbei, das schwör ich dir. Ich bin auf Entzug.«

»Ja klar, der Schuss war dann wohl nur zum Abgewöhnen!«, sagte Paul und wies auf Franks Armbeuge. Er war mit einem Schlag tieftraurig. Hatte Frank die Augenkrankheit nur erfunden? Er sah den anderen an, wie er über den Sitz gebreitet dalag und kaum die Kraft aufbrachte, sich aufzusetzen, und eine Mischung aus Mitleid und Zorn erfasste ihn. »Meinst du, du kannst mich verarschen?«

Aus Franks Mundwinkel rann schaumiger Speichel. Hastig und ohne viel Erfolg wischte er sich mit dem Handrücken darüber. »Ich bin vor vierzig blind, das kannst du mir glauben«, krächzte er. »Deshalb hab ich mit dem Scheiß doch angefangen – weil ich mal für ein paar Stunden vergessen wollte, dass das alles hier, diese ganze hübsche bunte Welt, mir buchstäblich vor den Augen zerrinnt. Als wenn dein Fernseher kaputtgeht und das Bild plötzlich körnig wird. Nur dass du dir eben einen neuen Fernseher kaufen kannst, während du ein neues Paar Augen nicht mal kriegst, wenn du mehr Kohle auf dem Konto hast als der Schah von Persien. Ich kann nichts machen. Nichts planen. Nicht mal ein Kind haben kann ich, weil ich's in ein paar Jahren ja nirgends mehr wiederfinden und als mein eigenes erkennen würde. Nur das, was die Natur angefangen hat, auf zünftige Weise zu Ende bringen: mich zugrunde richten.«

Paul glaubte ihm. Er hätte nicht genau sagen können warum, aber seiner Menschenkenntnis hatte er bisher immer trauen können. Frank hatte seine Heroinsucht verschwiegen, und vielleicht hätte Paul in seiner Lage ja dasselbe getan. Aber sie gehörten beide nicht zu den Menschen, die von anderen Mitleid wollten, und darum hätten sie sich eine solche Geschichte niemals ausgedacht.

»Hör zu, du Blödmann«, sagte er und rüttelte Frank noch einmal an der Schulter, ehe er mit einem Ruck den Sitz hochstellte, dass Frank mit einem Satz in die Höhe fuhr. »Ich fahre dich jetzt zurück nach Hause und lege dich in dein Bett, und weil ich früher mal bei den Pfadfindern war, treibe ich auch noch irgendetwas Essbares auf und stopfe es in dich hinein. Heute Nacht kannst du bleiben. Dich irgendwie auf die Füße rappeln und deinen Kram packen. Aber bevor morgen früh die anderen wach werden, bist du weg. Wir gewähren ja gerne allen Arten von Paradiesvögeln Asyl, aber ein Junkie hat bei uns keinen Platz, verstanden?«

Frank rührte sich nicht. In seinem bleichen, skeletthaft abgemagerten Gesicht schienen nur die Augen, deren wildes Flackern ihr nahendes Erlöschen Lügen straften, noch am Leben.

»Es sei denn«, begann Paul leise und rückte die Kopf-
stütze zurecht, damit Frank bequemer saß, »es sei denn,
du willst von dem Zeug wirklich wegkommen. Wenn es
so ist, dann helfe ich dir. Aber dann rührst du von jetzt ab
keine Nadel mehr an.«

Paul hatte keine Ahnung, wie man einem, der auf He-
roinentzug war, helfen konnte, und er nahm nicht an,
dass Frank darüber besser informiert war. Was er ihm
bieten konnte, war ein Bett, Kaffee und eine ordentliche
Mahlzeit, denn er hatte inzwischen mehr als leidlich Kochen gelernt. Sauberes Haschisch und ein Bier, wenn der
Wunsch zu vergessen allzu stark wurde, Musik satt und
ein Ohr, wenn er reden wollte.

Würde das reichen?

Es zu versuchen, war immerhin besser, als es nicht zu
tun.

Er setzte sich hinter das Steuer, stellte seinen eigenen
Sitz wieder gerade und fuhr los. Sie hatten Amsterdam,
die Schöne, die sich so sorglos gab und dabei ja auch nicht
ganz ehrlich war, längst hinter sich gelassen, als Frank
sagte: »Bitte hilf mir. Ich will das Zeug nicht mehr anfas-
sen. Versprochen.«

»Ist gebongt«, sagte Paul, ohne den Blick von der
Straße zu wenden.

Sie fuhren durch die flache, baumlose Landschaft, über
der sich ein Gewitter erhob.

»Darf ich dich was fragen?«, murmelte Frank

»Fragen darf man immer, was man zur Antwort kriegt,
ist ein anderes Thema.«

»Warst du wirklich früher bei den Pfadfindern?«, fragte
Frank.

»Nee, aber ich kann *Zieh aus, mein Herz, und suche Freud* auf dem Kamm blasen«, antwortete Paul.

Frank hielt sein Wort. Nach jenem Morgen in Amsterdam rührte er kein Heroin mehr an. Er stöhnte sich durch mehrere Nächte mit *cold turkey* und klang dabei nicht viel anders als die schwerkranken Kinder, die neben Paul im Krankenhaus gestorben waren, fraß sich anschließend durch sämtliche Vorräte der Hausgemeinschaft, zog an jedem Joint, der in seine Nähe kam, und war an den meisten Tagen explosiver als das HB-Männchen. Aber er ließ die Sucht und alles, was damit einherging, hinter sich. Kilo für Kilo kam Fleisch an seinen Körper, seine Haut nahm wieder eine natürliche Farbe an, und damit kehrte auch sein erstaunlicher Grips zurück.

Er begann wieder, die Passanten, die an ihrem Wohnzimmer vorbeikamen, auf den Arm zu nehmen, und absolvierte im Rahmen seiner Ausbildung eine Spezialisierung auf Unterwassermassagen.

»Du hast es geschafft«, sagte Paul eines Tages zu ihm, als sie allein vor dem Haus in der noch kaum wärmenden Märzsonne saßen.

»Ob das stimmt, wissen wir erst, wenn *es* mich geschafft hat«, erwiderte Frank und wies auf seine Augen. »Das muss ich aushalten, ohne rückfällig zu werden, erst dann weiß ich, ich bin wirklich clean. Aber dass ich Blindschleiche hier noch herumkrauche, statt die Radieschen von unten zu betrachten, verdanke ich zweifellos meinem Kamm blasenden Privat-Pfadfinder.«

Den Feldversuch, Junkies mit Nestwärme, Haschisch und Hühnerbrühe von ihrer Sucht zu heilen, setzte die Hausgemeinschaft in der Romanstraße später noch an anderen Kandidaten fort und wunderte sich selbst über ihre Erfolge. Nach und nach ereilte jedoch einen nach dem anderen die Liebe und mit ihr die Sehnsucht nach einer bürgerlichen Existenz, die Paul noch immer unverständlich war. Es gab Hochzeiten, Kindstaufen und Bausparverträge, und mit denen, die in die leer gewordenen Zimmer nachzogen, war es nicht mehr dasselbe. Paul, der als Einziger von der alten Garde noch übrig war, sah ein, dass es Zeit wurde weiterzuziehen.

Es gab für ihn keinen Grund, das wilde Leben aufzugeben. Er textete mehr denn je, und seine zweite Liebe blieb die Musik.

Frank Müller gehörte übrigens zu den Letzten, der aus dem Haus am Wendekreis der Romanstraße auszog. Auch er hatte ein Mädchen kennengelernt, die hinreißend schöne Emine, für die er alles stehen und liegen ließ. Jahre später begegnete Paul ihm in der Dortmunder Innenstadt wieder und traute seinen Augen kaum. Frank stand mit seinem Fahrrad an einer Ampel, schien den winkenden Paul nicht zu erkennen und trat in die Pedale, sobald die Ampel auf Grün schaltete und neben ihm die Autos anfuhren. Als er an Paul vorbeifuhr, sah er, dass vor ihm in einem Korb an der Lenkstange ein kleiner Junge saß, der vielleicht zwei Jahre alt war und vor Vergnügen in die Hände klatschte.

Frank zog beim Radeln Grimassen und machte mit einer Hand Faxen, um ihn zu unterhalten. An seinem Ärmel prangte die gelbe Binde mit den drei schwarzen Punkten.

15

BRETTER, DIE DIE WELT BEDEUTEN

DIE HAUSBESETZERSZENE wurde wütender, radikaler, stellte immer mehr Forderungen, und die Polizei ging mit wachsender Brutalität gegen sie vor. Ein Haus, in dem es sich so friedlich leben ließ, wie Paul es bisher kannte, war kaum noch zu finden. Er musste sich einige Zeit umhören, bis er auf eine Wohngemeinschaft und ein besetztes Haus stieß, in dem er sich wohlfühlte. Das Haus besaß zwei Stockwerke und einen riesigen Dachboden, und es wurde von den Zwillingen bewohnt, die Paul immer an die Marx Brothers erinnerten: Jost und Eri.

Ideal, um wieder da weiterzumachen, wo man in Brackel aufgehört hatte. Oft saßen sie stundenlang vor dem Haus und spielten Doppelkopf, während sie auf Kunden warteten, die bei den Zwillingen frisch aus Amsterdam importiertes Haschisch kauften. Um diese Zeit begannen Dealer, ihre Ware mit Kampfer zu strecken, und umso mehr wussten ihre Kunden zu schätzen, dass sie bei »den Kartenspielern« ihren Shit noch in astreiner Form bekamen.

Das Leben war entspannt. Paul lebte nach der Erkenntnis des Dalai Lama: »Es gibt nur zwei Tage im Jahr, an denen man nichts tun kann. Der eine ist gestern, der andere morgen.« Also war heute immer der richtige Tag zum Leben.

Paul verliebte sich in Birgit und kurz darauf in Sabine. Beide mochten sich. Er durchlebte eine schöne, intensive Zeit, doch am Ende scheiterte die Ménage-à-trois schließlich doch an dem Üblichen: Eifersucht und Besitzanspruch.

»Lieber habe ich Thorsten für mich allein als dich immer nur halb«, argumentierte Sabine nüchtern und gab kurz darauf ihre Verlobung bekannt.

Paul kapierte es nicht. Erst ein paar Wochen zuvor hatte Sabine bekundet, sie fände Thorsten, einen ihrer Arbeitskollegen in einer Behörde, sterbenslangweilig. Paul hatte ihn irgendwann mal getroffen und verstand die Welt nicht mehr. Kurz darauf verließ ihn auch Birgit. Irgendetwas ging vor sich, und es ging an Paul vorbei.

Aus lauter Wut fuhr er seinen geliebten Kadett mit Vollgas in die geschlossene Garage. Der Kadett, ein Backstein auf Rädern, und Paul der Holzkopf hatten lediglich Schrammen. Wenig später aber tauchte Betty wieder auf, die eine Ehe hinter sich hatte und den Mangel an Alltag mit Paul in vollen Zügen genoss.

Ein Freund von Zwilling Eri hatte die Idee für ein Spektakel mit Puppen und Menschen, das die Gang begeistert aufgriff. Paul kannte solche Aufführungen aus Amsterdam, er wusste sofort, wie das Stück aussehen konnte. Der Freund kannte Peter Zadek, der in Bochum gerade die Intendanz des Schauspielhauses übernahm, und bekam die Erlaubnis, das Szenario, eine Müllkippe mit Eigenleben, in der Requisitenhalle des Theaters aufzubauen. Paul spielte den einzigen Menschen in dem absurden Gruselstück, der beim Pinkeln in die Fänge von Maschinenwesen gerät. Ein großer Spaß für die ganze

Truppe. Die geniale Musik für dieses Spektakel lieferten Irmin Schmidt und Holger Czukay von Can, und Conny Plank saß am Mischpult.

Sie kamen gut voran. Ab und zu schaute jemand vom Haus vorbei. Die Hauptprobe verlief nach wilden, intensiven Proben nahezu reibungslos ab. Hinterher feierten sie lange bei einem Sammelsurium von Alkoholika, das vornehmlich die Gäste mitgebracht hatten.

Irgendwann trat ein Mann mit schütterem grauem Haar und runder Brille zu Paul, hielt zwei Pappbecher in der Hand und reichte ihm einen. »Ich habe mich aus einer undefinierbaren Flasche ohne Etikett bedient und hoffe, wir werden es beide überleben.« Die Flüssigkeit roch etwas sprittig und war wahrscheinlich einer der selbst gebrannten Schnäpse, die Jost und Eri produzierten.

Mit seinem schwarzen Pullover, der am Halsausschnitt ausgeleiert war, hätte der Mann einer von ihnen sein können, auch wenn er doppelt so alt sein mochte. Er wandte sich an Eris Freund, der dazugekommen war. »Ich würde Sie, Ihre Gruppe und Ihr Stück gern für mein Theater engagieren. Ich bin übrigens Peter Zadek.« Bedröhnt und beschickert, wie sie waren, brauchte es seine Zeit, bis alle begriffen, dass das ernst gemeint war.

»Mann, hab ich Lampenfieber«, murmelte Eri bei der Premiere hinter der Bühne, »Ich glaube, da draußen sitzt die ganze Theaterszene aus dem Ruhrpott.«

Paul hatte kein Lampenfieber. Zum einen hatte er keine Ahnung, wer zur Theaterszene gehörte und warum ihn diese Leute nervös machen sollten. Zum anderen geschah etwas Merkwürdiges mit ihm, sobald er sich sein Kostüm überstreifte. Als Kind hatte er Verkleidungen gehasst. Jetzt aber fand er sich überhaupt nicht verkleidet, sondern nur verwandelt. Er stieg in den Anzug, den sie aus der Kleidersammlung geholt hatten, und war nicht länger Paul Brenner.

Das *Mutanten Debut* wirkte auf der Bühne etwas harmloser, als sie erhofft hatten, aber das Stück war ein voller Erfolg. »Wir sind überall in der Presse«, witzelte Eri. Tatsächlich brachten anderntags mehrere Lokalzeitungen einen illustrierten Bericht, in dem die Innovation, der Einfallsreichtum und die Courage der jungen Schauspieler gelobt wurde.

Paul amüsierte das. Schauspieler, das waren in seinen Augen Leute wie Jack Nicholson, Sean Connery und Alec Guinness. Dass die Kulturfuzzys immer gleich so aufdrehen mussten. Ohne Bodennebel ging bei denen gar nichts.

Ohnehin hatten er und seine Freunde andere Probleme: Die Polizei hatte sie auf dem Kieker. Nachdem selbst die Kraker in Amsterdam als Kriminelle eingestuft wurden, hatte die Polizei Oberwasser. In den Zeitungen wurden die Hausbesetzer als Randalierer, ja sogar als Terroristen-Freunde diffamiert, und die Beamten waren angehalten, zu stürmen, zu räumen und zu verhaften, wo immer sie nur konnten. Eines Nachts, Paul und die Jungs kamen gerade aus der Disco, fanden sie die Türen und Fenster ihres Hauses mit nagelneuen Tischlerplatten verrammelt vor. Die Polizei hatte ganze Arbeit geleistet: Nur durch einen Hintereingang, der glücklicherweise übersehen worden war, ließ sich das Haus noch betreten.

»Und was machen wir jetzt?«, fragte Jost missmutig, während sie in einem der Wohnräume, in die nun kein Lichtstrahl mehr fiel, beisammensaßen.

Es war eine rhetorische Frage, auf die keine Antwort erwartet wurde. Warum Paul dennoch eine gab und warum von allen möglichen gerade diese, wusste Paul selbst nicht, denn er hatte nicht darüber nachgedacht. »Die haben uns doch erstklassiges Material geliefert! Wir reißen die Platten runter und bauen uns was daraus«, sagte er. »Auf dem Dachboden. Eine Bühne, auf der wir was aufführen können. Platz und Bretter haben wir ja genug.«

Das Schöne am Leben in dieser Zeit war, dass niemand Ideen und Elan bremste, erst mal machen, Fragen wurden nie viele gestellt. Wenn jemand von ihnen etwas Neues vorschlug, waren die Übrigen mit Feuereifer dabei und probierten es einfach aus.

Sie rissen die Platten aus der Vernagelung, was einiges an Kraft kostete, schleppten sie nach oben und begannen augenblicklich mit dem Bau. Paul erhielt als Schreiner inzwischen gut bezahlte Aufträge und hämmerte an dem Bühnenboden fachmännisch und mit dem größten Vergnügen. »Bretter, die die Welt bedeuten«, sagte Eri grinsend und ließ seinen Hammer mit Wucht auf einen Nagel niedersausen.

Den Ausdruck hatte Paul bereits gehört, als er mit seiner Fachoberschulklasse zum ersten Mal im Theater gewesen war. *Don Carlos* von Schiller hatte es gegeben, die Mädchen hatten gekichert, als Schauspieler in Strumpfhosen über die Bühne gehüpft waren, und ein Schuss hatte den Deutschlehrer, der verdonnert worden war, sie zu begleiten, aus dem Tiefschlaf geweckt. »Ich hoffe, ihr wisst eure Begegnung mit den Brettern, die die Welt bedeuten, zu schätzen«, hatte er hinterher getönt.

Sobald sie die Bühne gezimmert hatten, dachten sie sich ein paar Stücke aus, die in bester Tradition der Monty Pythons völlig absurd waren – und in Pauls Augen nicht wesentlich anspruchsvoller als die, die er einst auf dem Bettgitter für seinen kleinen Bruder Erich aufgeführt hatte. Sie nannten ihre Truppe »Fletch Bizzel« nach einer Comicfigur.

Die erste Aufführung war ein voller Erfolg, das Publikum, das vor allem aus Freunden der Darsteller bestand, applaudierte begeistert. Damit begannen die Dinge, eine Eigendynamik zu entwickeln. In der Hausbesetzerszene sprach sich das Projekt rasch herum, und schon bald war der Dachboden Abend für Abend von Zuschauern überfüllt. Später sollte Paul mehr als einmal gefragt werden, was er empfunden hatte, als er damals das erste Mal auf der Bühne gestanden hatte.

Die Antwort fiel ihm leicht: »Es war lustig. Hat verdammt viel Spaß gemacht.«

»Mehr nicht?«, hakten die Fragenden in den meisten Fällen nach.

Paul überlegte, aber mehr war da nicht gewesen. Es hatte Spaß gemacht. Es war ein witziges gemeinsames Erlebnis mit seinen Freunden, und dass es den Zuschauern auch Spaß brachte, erhöhte das Vergnügen, aber weitergehende Gedanken machte er sich nicht darüber.

Ein weiteres Stück wurde geschrieben, und wieder war der Laden voll. Die »Kollegen« vom Theater konnten sich herrlich amüsieren, tanzen und mit einem Joint den Abend genießen, ohne den Bodennebel der Kultur.

Rasch wurde die Bühne im Dachboden zu klein, um all die Besucher zu fassen. Man beschloss, Anträge zu stellen, um sich als freies Theater zu etablieren, aber da zog es Paul schon wieder weiter ...

ZEMENT
UND RISSE

1981–1994

16

WIEGENFEST

PAULS LEBEN war so prallvoll, dass es eigentlich hätte platzen müssen. Aber das Leben schien aus einem elastischen Material gefertigt zu sein und sich mit den Dingen, die Paul hineinstopfte, zu dehnen und zu weiten.

Tim war über die letzten Jahre sein beständigster Freund gewesen, ihre Freundschaft überdauerte jede Liebe, jeden Rausch, jeden Streit. Auf einer fröhlichen Premierenfeier in Bochum entschieden sie spontan, sich eine gemeinsame Wohnung zu suchen. Für Paul war die Zeit in der Romanstraße und in der Hausbesetzerszene vorbei.

Er stieg von der geliebten Restauration alter Möbel und dem Verhökern von Trödel auf Flohmärkten auf die Modernisierung von Altbauten um. Es war weniger illuster, das Auffinden alter Schätzchen hatte spannendere Seiten, aber die Abbruchhäuser und Industriebrachen, in denen er Lampen, Uhren, Beschläge und Möbel »organisierte«, wurden immer weniger und immer besser bewacht. Es war also geradezu entspannt, für eine Zeit ein regelmäßigeres Einkommen zu haben.

Unna ist der Spagat zwischen Stadt und Land, zwischen gewuchert und gewachsen, eine Kleinstadt nach einem Meer von Vororten am östlichsten Zipfel des Ruhrgebiets. Hier war alles familiär, ja fast schon kuschelig. Die Szene, die Drogen und auch die Einwohner. Also zog er mit Tim und dessen Vater Wilhelm in eine riesige Altbauwohnung am Stadtpark.

Sesshaftigkeit war wohl die letzte Eigenschaft, die man Paul hätte nachsagen können, aber diese Gemeinschaft schien ihm ein guter Gegenpol zu all den Dingen, die sein Leben anfüllten.

Wilhelm war ein brillanter Kopf und fröhlicher Zeitgenosse. Von Beruf Lehrer, kurz vor der Rente, verehrt von seinen Schülern. In den Sechzigerjahren war er als Bühnenpartner von Jürgen von Manger, besser bekannt als Adolf Tegtmeier, auf Bädertour gewesen. Seine Geschichten über das feuchtfröhliche neue Deutschland, das wusste, was Überleben heißt, mit all den interessanten Kollegen, die das Publikum vor allem zum Lachen bringen wollten, unterhielt sie immer wieder. Da traf man Hanns Lothar genauso wie Heinz Erhard und Hans Dieter Hüsch, der auch Tims Taufpate war. Theater und Kabarett in Bewegung.

Wilhelms Grundsatz: »Bin ich denn der Büttel meines Körpers?« rechtfertigte alles, was man so nebenbei in sich reinschüttete. Man war in bester Gesellschaft, und nüchtern war der Zirkus der Nachkriegszeit kaum zu ertragen. Nur die Contenance verlor er selten.

Mit Tim und Wilhelm hoffte Paul auf eine längere Gemeinschaft, doch wenn dem etwas entgegenstand, würde er nicht zögern weiterzuziehen. Seine paar Sachen waren schnell gepackt, und wo eine Tür sich schloss, ging eine andere auf. Daran, dass Tim sein Freund bleiben würde, egal wohin es einen jeden von ihnen verschlug, zweifelte er nicht. Wenn überhaupt etwas in seinem Alltag sich beständig anfühlte, dann war es diese Freundschaft, die

Streit aushielt, die kein Getue nötig hatte und in der keiner dem anderen etwas vorzumachen brauchte.

Wie so oft völlig unverhofft war er zu einer Festanstellung als Schreiner gekommen. Die Firma eines Bekannten hatte einen großen Modernisierungsauftrag in einem Duisburger Arbeiterviertel und er bekniete Paul geradezu, für ihn zu arbeiten.

»Dass du den Beruf nicht gelernt hast, spielt keine Rolle«, sagte er. »Ich weiß ja, was du kannst.«

Dass er den Beruf nicht gelernt hatte, war nicht ganz richtig, fand Paul. Gelernt hatte er ihn über die Jahre wohl, nur nicht so, wie es gemeinhin üblich und vorgeschrieben war, sondern so, wie er es am besten konnte: Indem er sich hinstellte, sich die Sache ansah und sie dann einfach ausprobierte. Er arbeitete im Team mit Klara, einer hinreißenden gelernten Schreinerin, aus der später eine bekannte Malerin wurde. Die Arbeit war in Ordnung und die Bezahlung ebenfalls. Aber in seinem dehnbaren Leben fehlten noch ein paar Dinge.

Aus einem spontanen Impuls heraus bewarb er sich als Sänger bei einer etablierten Bluesband in Iserlohn. Lange hörte er nichts, er hatte die Sache schon abgeschrieben, als er zum Vorsingen eingeladen wurde.

»Bist du nervös?«, fragte ihn Tim. Paul horchte kurz in sich hinein und schüttelte dann den Kopf. »Ich komme schon klar, erwarte mir ja auch nichts davon.«

Vielleicht war er deshalb nicht nervös, weil er nicht vorhatte, »eine Show abzuziehen«. Er hatte ohne brauchbaren Verstärker das Singen gelernt, indem er bei seinen Erkundungstouren durchs Revier lauthals seine Lieblingsstücke mitsang. Im Auto hörte ihn ja keiner. Das hieß, seine Stimme hatte im Lauf der Zeit ein herrliches Volumen erlangt, und nichts anderes würde er anbieten. Wenn es nicht das war, was die Band suchte – kein Problem. Er war schließlich kein Berufsmusiker, der mit der Musik seine Rechnungen bestreiten musste.

Die Band spielte Rhythm and Blues ebenso wie puren Blues ohne Wenn und Aber. Daily Blues bestand aus einem Bassisten, der den Ton angab und sich als Reinhard vorstellte, dem quirligen Micky an den Drums und Werner am Keyboard, mit dem Paul sich sofort auf stumme Weise verstand. Iserlohner Jungs, die mit dem Blues großgeworden waren. Hironao, der japanische Gitarrist aus Dortmund, spielte grundsätzlich zu leise und hielt sich zu sehr im Hintergrund, wies aber ansonsten Züge von Genialität auf.

Paul schlug ein bekanntes Stück vor, die Musiker spielten es an, und er war im Grunde noch dabei, sich warm zu singen, als Reinhard den Übrigen bereits mit einem lässigen Handzeichen gebot aufzuhören. »Okay, das genügt«, sagte er. »Wann kannst du bei uns anfangen?«

Paul ließ sich seine Erregung nicht anmerken, sondern zuckte mit den Schultern. »Warum nicht jetzt, wenn ihr nichts anderes vorhabt?«

Musikalisch begann die beste Zeit seines Lebens. Sie traten in Clubs und Matineen auf, hatten ihr Stammpublikum, das mit ihnen überall hinzog und beständig wuchs. Auch Pauls Stimme schien beständig zu wachsen, und dass er selbst nicht wusste, wozu sie sich das nächste Mal aufschwingen, wozu ihn das Zusammenspiel mit den anderen inspirieren würde, machte jeden Auftritt zum Abenteuer.

Mit Werner komponierte er einen Song nach dem anderen. Sobald sie sich zusammen ans Keyboard setzten, begannen die Ideen zu sprudeln. Die übrigen Bandmitglieder waren allerdings beileibe nicht bereit, jeden ihrer Songs auch zu spielen. Besonders Reinhard pochte puristisch darauf, die Grenzen des Blues-Genres einzuhalten. Er spielte bevorzugt Cover-Versionen berühmter Nummern und war mit der überschäumenden Kreativität, die ihr Sänger und ihr Keyboarder an den Tag legten, wohl schon von Anfang an nicht recht glücklich.

Werner und Paul aber bemerkten in diesen ersten Wochen und Monaten davon nichts. Sie waren die kreativen Antreiber, sie warfen sich die Brocken, aus denen ihre Songs entstanden, nur so zu und konnten es nach Abschluss einer Session kaum erwarten, am nächsten Tag weiterzumachen.

Sie spielten auch unplugged auf der Straße, kein Problem für Paul »The Megaphon« Brenner.

Eines Tages leistete sich Paul dann einen Auftritt der besonderen Art. Er hatte von Molly gehört, dass man mit einem gewissen Pegel an Aspirin den Körper kreislaufmäßig stabilisieren konnte. »Die Amis schlucken das Zeug in einer Tour«, hatte Molly gesagt und auf seiner Tour mit Breakfast selbst erlebt. Er steckte ihm eine 200er-Packung zu. »Die kosten in Amerika nur ein paar Dollar!« Das war der Einstieg in Pauls »Aspirinkur«. Das Zeug half auch gegen die Magenschmerzen, die ihn seit ein paar Wochen plagten.

Eines Morgens wurde Paul wach und lag auf dem Boden neben dem Bett. Er fühlte sich hundeelend und hatte extreme Schwierigkeiten, sich hochzurappeln, schleppte sich in Zeitlupe ins Badezimmer und erschrak beim Blick in den Spiegel. Er war weiß wie der Tod. Vollkommen paralysiert ließ er sich von Tim ins Auto schleppen und ins Krankenhaus fahren.

Eine sehr charmante Ärztin ließ ihn einmal gründlich untersuchen, um ihm dann mitzuteilen, dass ihm fast zwei Liter Blut fehlten. Paul war erschüttert und fragte sich, wo er sie wohl verloren haben könnte. Bis die Stimme der Ärztin durch seinen Wahrnehmungsschleier drang: »Die haben Sie verdaut, Herr Brenner.« Auf seinen fassungslosen Blick hin antwortete sie: »Sie haben ein Magengeschwür, das ist aufgeplatzt. Wenn Sie nicht aus dem Bett gefallen wären, hätten Sie sich selbst verdaut, ohne jemals wieder aufzuwachen. Sagen Sie, haben Sie blutverdünnende Mittel eingenommen?«

Er beendete seine Aspirinkur mit einer Blutkonserve.

Die Liebe genoss Paul dagegen weiterhin in vollen Zügen. Die Szenefrauen in Unna waren äußerst interessant, wesentlich freizügiger und noch direkter als sonst. Ein charmantes Biotop, ideal für Pauls Studium der weiblichen Natur.

Das Beständige in seinem Leben war Tims Freundschaft, und doch konnte Paul es in der gemeinsamen Wohnung nicht mehr aushalten. Sosehr er es genoss, mit Tim zusammenzuleben und praktisch zu jeder Tages- und Nachtzeit Musik und Blödsinn machen zu können, sosehr begannen die Probleme mit Wilhelm an seinen Nerven zu zerren. Wie der Alkohol den scharfsinnigen, geradezu schillernden Mann zerrieb, war schwer zu ertragen. Vielleicht kam es Paul doppelt hart an, weil er sich ständig an seinen Vater erinnert fühlte. Helmuts Zustand tat ihm weh, und Wilhelm vor Augen zu haben, machte es ihm unerträglich.

»Sei mir nicht böse«, sagte er zu Tim, als er seine paar Sachen in den Rucksack warf.

»Wenn ich dir böse wäre, hätte ich entweder keine Ahnung, was mit meinem Alten los ist, oder ich wäre nicht dein Freund«, sagte Tim. »Du bist einfach kein Typ, der jeden Brei bis zum Ende auslöffelt, und weißt du was? Wenn du mich fragst, ist das ziemlich schlau. Was man zementiert, kriegt Risse. Also mach, dass du weiterkommst.«

Paul zog bei Wilco und Ilka im Dortmunder Stadtteil Asseln ein. Wilco hatte er bei einem der Bauprojekte kennengelernt und sich auf Anhieb blendend mit ihm verstanden. Er war drahtig, klein und voller Energie, weshalb seine Frau Ilka, eine zierliche Schönheit mit hüftlangem rotem Haar, die absolut gechillt war, auf den ersten Blick nicht recht zu ihm zu passen schien. Beiden gemeinsam war jedoch eine tiefe sinnliche Freude am Leben, in die sie Paul einbezogen, und das sprichwörtliche Herz aus Gold.

Sie kochten zusammen, luden ihren bunten Freundeskreis zu prachtvollen Gelagen ein, machten Musik, tanzten bis in den Morgen, teilten Träume und Pläne, die sie anderntags wieder über den Haufen warfen. Paul leistete sich seine erste eigene Gesangsanlage, fühlte sich aufgehoben und spürte, wie sich ein Teil seiner Unrast legte.

Die Gemeinschaft mit Wilco und Ilka erlaubte Paul wieder eine neue Perspektive, einen Einblick in eine Lebensform, die nicht auf Abhängigkeit basierte, in einer Zeit, in der das, was von seiner eigenen Familie noch übrig war, sich in seine Bestandteile aufzulösen schien.

Seine Mutter, die ewige Wohlanständigkeit, überraschte alle mit einem Coup: Sie hatte sich einen Geliebten zugelegt. Vom Neuen erhoffte sie sich die Erfüllung ihrer hochfliegenden Träume, und sie verließ Pauls Vater. Nun, nachdem er sich unter dem permanenten Druck ihrer Ehe seelisch und körperlich zugrunde gerichtet hatte, ließ sie den freundlichen, lebensfrohen Mann, der ihr nie gut genug gewesen war, allein zurück.

Im ersten Augenblick empfand Paul beinahe so etwas wie Erleichterung. »Du bist ohne sie besser dran«, sagte er zu Helmut. »Du kannst endlich tun, was dir Spaß macht, ohne dass ständig jemand an dir herumnörgelt und dir alles verleidet.«

Helmut, der noch älter, gebrechlicher und im Gesicht geradezu gelb geworden war, verzog den Mund zu jenem Lächeln, das Paul zeitlebens an ihm geliebt hatte, das jetzt aber kaum noch Kraft besaß. »Du meinst es gut, mein Junge, und dafür bin ich sehr dankbar«, sagte er. »Du und dein Bruder, ihr seid das Beste, was einem Mann passieren kann, und weil es euch beide gibt, kann mein Leben ja nicht völlig verkorkst gewesen sein.«

Erich, der kurz vor Abschluss seiner Ausbildung stand, blieb bei ihm. Wenn Paul an die beiden dachte, an Papa, der im Unterhemd vor dem Fernseher saß, zu jedem Bier zwei Schnäpse kippte und kaum noch mitbekam, was sich auf dem Bildschirm abspielte, und an Erich, der die Selbstzerstörung seines Vaters ertragen musste, quälte ihn sein Gewissen, weil er den beiden nicht mehr half.

Den Neuen von seiner Mutter kannte er bereits. Er hatte die beiden bei einem Spontanbesuch am Mittag erwischt. Otto stieg gerade in seine Hose. Mutter stellte ihn als Arbeitskollegen von Helmut vor und versuchte, ihm zu erzählen, dass Otto sich bekleckert hätte. Paul hatte es geschafft, nicht zu grinsen. Wirklich verwundert oder gar entsetzt war er nicht. Er wusste schon lange von ihren amourösen Neigungen mit ihrem Schwager und dem Arzt, bei dem sie eine Zeit geputzt hatte. Er entschuldigte sich kurz, ging aufs Klo und bemerkte, dass sie wohl im Ehebett gelegen hatten.

Da er selbst nicht an Monogamie glaubte, wusste er, dass das Tier in jedem von uns besser nicht eingesperrt werden sollte. Doch in diesem Fall spürte er den Moralisten in sich. Seine Mutter hatte Papa hintergangen, das konnte er ihr nicht vergeben!

Paul war froh, in die friedvollen, alles umhüllenden Wolken von Wilcos und Ilkas Haschisch-Schwaden eintauchen zu können. *Heiraten ist die Lizenz, sich zu zerstören* war alles, was er denken konnte. Er nahm einen Zug von Wilcos Joint, doch der Marokkaner entfaltete nicht die blumige Note, die ihn immer so angenehm umnebelt hatte. Und als er ein weiteres Mal an dem Joint zog, bemerkte er den muffigen scharfen Geschmack von Kampfer.

Auch hier ging eine Ära zu Ende: Das simple Vergnügen an gutem Hasch. Selbst in Amsterdam wurde das Zeug gestreckt oder unter Glasdächern genmanipuliert, und das, was sich noch bekommen ließ, war vermutlich das pure Gift.

In dieser Nacht betrank Paul sich hemmungslos, weil

er die Bilder von seinem Vater, der sich neben seinem kleinen Bruder kaputtsoff, aus seinem Kopf vertreiben wollte. Dass darin etwas Paradoxes lag, war ihm bewusst. Er hatte am Alkohol allzu viele Mitglieder seiner Familie elendig zugrunde gehen sehen und immer einen gehörigen Respekt davor gehabt, aber in dieser Nacht war ihm das alles egal.

Der Verlust der sauberen, verlässlichen Cannabispflanze, die ihn durch diese Jahre begleitet hatte, kam ihm auf einmal vor, als hätte er einen Freund verloren. Von dem gestreckten Zeug rührte er danach nichts mehr an. Das Leben, das er bisher geführt hatte, mochte neben seinen Höhen auch seine Tiefen gehabt haben, es hatte Bizarres, Schmerzhaftes, Skurriles und Verstörendes enthalten, aber es war so echt gewesen wie eine Goldmünze. Er würde sich mit manchem zufriedengeben, wenn es sein musste, aber nicht mit einer Attrappe.

Ilka und Wilco gaben sich mit dem gepfuschten Zeug, das den Namen Haschisch nicht mehr verdiente, auch nicht zufrieden, sondern stiegen auf Koks um. Die zwei friedlichen, warmherzigen Gefährten, die jede streunende Katze aufgegriffen und jeden auf den Rücken gefallenen Käfer behutsam auf die Beinchen gestellt hatten, wurden zu hektischen, Phrasen dreschenden Angebern, in deren Gesellschaft sich auch Paul zunehmend nervöser fühlte. Er musste einsehen, dass das Idyll von kurzer Dauer gewesen war und er sich schon bald wieder nach einem neuen Unterschlupf umsehen musste.

In dieser Phase traf er auf Heike, vielmehr traf sie auf ihn. Er hatte sie schon bei Gigs mit Daily Blues bemerkt. Eine so markant-schöne Erscheinung mit einer selbstverständlichen erotischen Wirkung konnte man nicht übersehen. Doch sie war ständig in Begleitung. Dann tauchten zwei seiner alten Liebhaberinnen mit ihr im Club Che Coolala auf. Sie tuschelten die ganze Zeit, und es war offensichtlich, dass Heike ihn fixierte. Irgendwann kam Sabine rüber und fragte, ob er Heike nach Hause bringen könne. Paul grinste und setzte sie freundlich vor der Haustür ab. Zwei Tage später rief sie an und verabredete sich mit ihm im Café Strickmann. Irgendwer musste ihr gesteckt haben, dass Paul hier gerne seiner Tortenliebe frönte.

Die Sonne beschien das letzte Stück Nusssahne, das ihm die Thekenmannschaft zurückgelegt hatte, als er an der Kuchentheke von einem langen Schlaks mit entwaffnendem Lächeln angequatscht wurde, der ihm irgendwo schon mal aufgefallen war. Jan, der als freier Journalist tätig war, wurde später neben Tim einer seiner engsten Freunde. Man stellte nebenbei fest, dass er auch ein »alter« Freund von Heike war. Amüsiert über die Situation kam man ins Plaudern, bis sie auftauchte, kurz die Situation erfasste, Jan küsste und sich verabschiedete. Dazu griff sie nach Pauls Hand und zog den Überraschten auf die Straße, sah ihn an und sagte: »Wir müssen reden.«

Zum Reden kamen sie dann aber erst am nächsten Morgen. Es wurde eine faszinierende Affäre, die alles in der Schwebe ließ. Sie hatte sich unlängst von ihrem Ehemann getrennt und lebte mit zwei kleinen Kindern allein. Vom Wesen her gab es große Parallelen mit Pia. Ihre selbstbewusst-provokante Art machte Paul verrückt. Ihre Erotik auch. Das Ganze wurde für Paul ein Tanz auf dem Drahtseil. Sie wollte unverblümt noch ein Kind, und Paul, ohnehin ein Virtuose des Interruptus, passte höllisch auf, weil ihm alles zu schnell ging. Ihre Kinder waren entzückend, warum also ein »eigenes«? Bis zum Schluss, als sie wegzog, eine On-off-Beziehung Marke Achterbahn.

Zunächst aber stand ein Ereignis bevor, von dem Paul nicht wusste, ob er sich darauf freuen oder es fürchten sollte, ein Ereignis, von dem er kaum fassen konnte, dass tatsächlich er es war, dem es geschah: sein dreißigster Geburtstag.

»Musst du feiern«, sagte Wilco, der immer weniger dem Wilco glich, den er gekannt hatte. »Kommt nicht wieder.«

Vielleicht war das ein gutes Argument. Es kam so vieles nicht wieder, und dass er eines Tages nicht nur dreißig, sondern auch vierzig, fünfzig oder Schlimmeres werden würde, war unvorstellbar.

Wenn er also eine Feier wollte, dann war die Gelegenheit dazu jetzt. Er lud alle ein. Plante ein Büfett, das keiner der Gäste so bald wieder vergessen würde, kochte und backte tagelang im Voraus. Sein Freund Werner, der Keyboarder, gab den Klavierspieler. *A Third of my Life* hieß der Song, den Paul gemeinsam mit ihm eigens für die Feier geschrieben hatte. *Ein Drittel meines Lebens.* Wenn man von neunzig Jahren ausging, war dreißig in der Tat ein Drittel, aber wie viele von ihnen würden es denn tatsächlich bis neunzig schaffen?

Am Abend vor der Feier zerstritt sich Paul mit Angela, der Frau, mit der er seit ein paar Wochen etwas intensiver zusammen gewesen war. Es reichte nicht für etwas Festes, und es fiel ihm zunehmend schwerer, ihr die Zuwendung zu schenken, die sie verdiente, und die auch ihm selbst immer so wichtig gewesen war. »Es tut mir leid«, sagte er zu ihr, und das tat es wirklich. Er hatte die Väter der Psyche intensiv gelesen und wusste, welche klassischen Prognosen ihm zuzuordnen waren. Etwas an seinem Leben hatte keine Zukunft, doch es war ihm unmöglich, konkret zu erfassen, was es war.

Angela erschien trotzdem am nächsten Tag zum Fest und brachte eine Flasche Tequila mit. »Lass uns die köpfen«, sagte sie zu Paul. »Wenn schon nicht auf unsere Liebe, dann wenigstens um der alten Zeiten willen.«

Paul fand, da konnte er nicht Nein sagen, und er wollte es auch gar nicht. Also hielt er mit: Erst einen mit vollem Besteck, dann sofort einen zweiten. Beim dritten ließ er das Salz weg, beim vierten auch die Zitrone. Beim fünften lag die weinende Angela in seinen Armen, und danach hörte er auf zu zählen. Irgendwann, die Gäste waren schon alle da, kam ihm die Idee, mit Angela zu tanzen. Ihm war zwar reichlich übel, aber er wollte den Abend stilvoll eröffnen. Unter heftigem Applaus hielt er sich an der erstaunlich standfesten Angela fest und verbeugte sich. Die ersten Dreher lösten bereits den altbekannten Schwindel aus. Vom eigenen Schwung angestoßen, entfalteten die Zentrifugalkräfte ihre verhängnisvolle Wirkung, und Paul segelte, losgelöst von seiner Partnerin mitten in das Büfett.

Wie durch Schichten von Mull, mit denen sein Kopf verbunden sein musste, hörte er Stimmen murmeln und spürte eine sämige, kühlende Flüssigkeit seine Stirn hinablaufen.

»Ist schon gut, alter Junge«, vernahm er von irgendwoher eine verschwommene Stimme und spürte, wie ihm jemand über die Augen wischte. »Hast mehr abgebissen, als du schlucken konntest, was? Das kommt in den besten Familien vor.«

Er wurde links und rechts unter den Armen gepackt und aus dem Zimmer geschleppt. Gern hätte er sich dem erlösenden Schwarz vor seinen Augen überlassen, doch der Klumpen in seiner Kehle, der ihm den Atem nahm, hinderte ihn daran. Als er für den Bruchteil einer Sekunde und unter größter Mühe die Augen öffnete, erkannte er an seinen Seiten Werner und Tim. Sie brachten ihn in sein Zimmer und legten ihn auf sein Bett. Das also war die lang erwartete Feier zu seinem dreißigsten Geburtstag, der Start in sein viertes Lebensjahrzehnt: Er lag sternhagelvoll im Bett, fühlte sich sterbenselend und bekam keine Luft.

»Wir stellen dir noch einen Eimer hin«, sagte Tim. »Schlaf dich aus. So was passiert halt, wenn man mit Suff keine Übung hat. Morgen früh wirst du schwören, nie wieder Alkohol anzurühren, aber bis übermorgen hast du's vergessen.«

Geht nicht weg, wollte Paul rufen. Die Knappheit der Luft, die sich in seine Lungen pressen ließ, versetzte ihn in Panik, doch aus seiner Kehle kam kein hörbarer Laut. Werner und Tim standen auf und verließen den Raum. Jäh erfasste Paul das Gefühl, ein riesiger dunkler Schatten sause auf ihn nieder wie damals nach dem Unfall, als sein Käfer ihn unter sich begraben hatte.

Ein Gewicht schien ihm auf Brust und Kehle zu drücken und ihm den Atem zu nehmen. Er japste nach Luft, versuchte sich zu befreien, doch der Druck war zu stark, und ihm fehlte die Kraft. Schwärze umfing ihn von Neuem, und diesmal war sie vollkommen.

Wenn ich jetzt sterbe, sind mein Todes- und mein Geburtsdatum gleich, war das Letzte, was er dachte, ehe er das Bewusstsein verlor.

Er starb nicht. Dass er aber den Morgen nach seinem dreißigsten Geburtstag noch erlebte, kam einem jener Wunder gleich, die man im Nachhinein gern einem zur Allmacht erklärten Schicksal zuschreibt. Vor der geschlossenen Tür seines Zimmers tobte das Fest, tanzten die Leute zu Werners Musik, der gerade Billy Joel rockte, floss der Alkohol in Strömen. Tim und Werner hatten berichtet, dass der Gastgeber seinen Rausch ausschlief, und niemand sah einen Grund, sich um ihn Sorgen zu machen. Werner war jedoch nüchterner geblieben als der Rest. Irgendeine Eingebung veranlasste ihn in einer Spielpause, von seinem Hocker aufzustehen, um nach Paul zu sehen. Es war diese Eingebung, diese seltene Geistesgegenwart, die ihm das Leben rettete.

Mit einem einzigen Blick erkannte Werner, dass Paul im Begriff war, an seinem eigenen Erbrochenen zu ersticken, riss ihn hoch und räumte ihm mit einem Finger die Kehle frei. Dann erst rief er nach den anderen und brüllte den Ersten, der eintraf, an, er solle einen Rettungswagen rufen.

Mit dem grausamsten Kater seines Lebens erwachte Paul in einem Krankenhausbett. Um ihn schwamm alles, und in seinem Kopf hämmerte es, als befände sich ein Schlagzeug darin.

»Sobald Sie sich angezogen haben, können Sie nach Hause«, sagte der Arzt, der die Untersuchung seiner Vitalfunktionen gerade abschloss. »Soweit ich sehen kann, sind Sie mit dem Schrecken davongekommen, aber das verdanken Sie einem solchen Glück, dass Sie am besten in der nächstbesten Kirche eine Kerze stiften gehen. Sie sind dem Totengräber regelrecht von der Schippe gesprungen.«

Das hörte Paul nicht zum ersten Mal. Er rechnete an den Fingern nach und kam auf fünf: das Experiment mit dem Terpentin, seine Hirnhautentzündung, der Unfall im Käfer, die Aspirinkur und der Abgang á la Hendrix.

Nicht eben wenig für gerade dreißig Jahre, dachte er.

Wenn er einer Katze glich, die angeblich neun Leben hatte, dann blieben ihm jetzt noch vier.

17

WARUM NICHT?

WÄHREND EINES AUFTRAGS, den er als Schreiner erledigte, lernte Paul einen Mann namens Daniel kennen, der verschiedene Szeneläden einrichtete. Ein verrückter Vogel, dem nichts unmöglich schien.

»Was du machst, gefällt mir«, sagte Daniel. »Du bist handwerklich gut, du verstehst was von Innenarchitektur und du hast deinen Finger am Puls der Leute, du weißt, worauf sie abfahren. Was hältst du davon, wenn wir beide uns zusammentun?«

Paul hatte nichts dagegen. Geld brauchte er, und die Arbeit mit Daniel war schon deshalb interessant, weil seine Kunden vor allem Szene-Lokale betrieben und er dabei ständig neuen interessanten Menschen begegnete. Sein Leben verlief unruhiger denn je: Die Band löste sich langsam auf, er hatte über Monate kein festes Zuhause, sondern zog von einer Frau zur anderen und lebte mehr oder weniger aus dem Rucksack. Er besuchte Tim, der inzwischen nach Hamburg gezogen war, und hatte da eine witzig-skurrile Liebschaft mit Verena, einer Latex-Fetischistin, konnte dieser Spezialisierung aber auf Dauer nicht genug abgewinnen.

Er fuhr, sooft es ging, nach London, um in den Clubs Elvis Costello oder die Tubes zu sehen, und hatte sich eine größere Gesangsanlage zugelegt, mit der er experimentierte. Die Arbeit an wechselnden Orten passte dazu. Er ließ sich treiben, überraschen, machte keine Pläne, sondern nahm jeden Tag, wie er kam.

»So begabt, wie du bist, hast du geradezu die Pflicht, weiterzumachen und den nächsten Schritt zu gehen«, beschwor ihn ein älterer Schauspieler, den er ab und zu in einem seiner Stammlokale traf. »Dir fällt das doch in den Schoß.«

»Wenn ich Pflicht höre, krieg ich Herpes«, sagte Paul.

Er konnte sich nicht vorstellen, von Ruhm zu träumen, und war froh darüber. Unter Schauspielern wie unter Musikern, die eine berufliche Laufbahn anstrebten, hatte er schon jetzt viel zu viele gesehen, denen ebendiese Träume das Genick brachen, weil sie sie erpressbar machten. Wenn jemand erst einmal anfing, alles für eine Rolle, einen Auftritt, einen Vertrag zu geben, war es mit der Freude am Spiel vorbei. Man verkauft sich nicht ohne Folgen.

Wie zur Bestätigung fuhr Werner sich auf der großen Mintarder Ruhrtalbrücke in den Tod. Er hatte als Barpianist bei einem Multiplex-Kino angeheuert und täglich stundenlang für mehr oder weniger interessierte Besucher Hintergrundatmosphäre geliefert. Es wurde einigermaßen gut bezahlt, aber es kotzte ihn schnell an und er half sich halt mit Koks über die Runden. In einer vereisten Nacht kam er dann auf dem Weg nach Düsseldorf ins Schleudern, krachte in die Leitplanke und starb noch im Wagen. Für Paul ein harter Schlag. Werner vererbte ihm sein Fender-Rhodes-Piano, das er bei Paul untergestellt hatte, um es nicht für Koks zu verhökern. In seinem Andenken fing Paul an, darauf zu üben, und der glockenhafte Klang vertrieb die Melancholie, die mit dem Schicksal vieler Musiker verbunden war. Anlass genug, um sich die Flausen einer eigenen Karriere weiter aus dem Kopf zu schlagen. Für die Leiden, die damit verbunden schienen, war er einfach zu faul.

Rainer Eckart, der Puppenspieler, der mit Paul seinerzeit das erste Stück auf die Beine gestellt hatte, hatte ein originelles Puppenspiel für Kinder entwickelt und fragte Paul, ob er ihn als Partner dafür gewinnen könne.

Ursprünglich sollte Rainers Freundin mit von der Partie sein, aber sie hatte ihn gerade verlassen. Nach Rainers ausführlichem Crashkurs im Puppenspiel konnte Paul ihr das nicht verdenken. Überreden ließ er sich dennoch. Das Stück war hinreißend, und Rainers Begeisterung trotz seiner zuweilen despotischen Ader ansteckend: »Wir gehen damit im ganzen Land auf Tour, wir spielen vor Kindern – ein Publikum, das dir mehr zurückgibt, findest du nirgendwo.«

Warum nicht?, fragte sich Paul. Das war ohnehin die Frage, die ihn durchs Leben trieb. Wenn ihn etwas reizte, wenn eine neue Idee sein Interesse weckte, warum sollte er sie nicht ausprobieren? Das Einzige, was ihn als echten Müßiggänger wirklich störte, war Stillstand und die zwangsläufig damit verbundene Langeweile.

Er ging mit Rainer auf Tour, lernte unterwegs immer besser, den Puppen Leben zu verleihen, und stellte schnell fest, dass sein Freund recht gehabt hatte: Kinder waren ein frenetisches Publikum. Sie hielten sich mit ihrer Leidenschaft nicht brav zurück, sondern johlten, drohten, jubelten und schimpften. Sie harrten nicht in Aufführungen aus, die sie anödeten, und dösten nicht über Tüten mit Theaterkonfekt ein, sondern verlangten Action – von der ersten bis zur letzten Minute.

Es machte Spaß und brachte ihn ins Schwitzen. Weil Kinder über diese wundervolle Fähigkeit, Krach zu machen, verfügten, achtete Paul meist kaum darauf, ob drei oder dreißig kleine Menschen im Publikum saßen. Er konzentrierte sich auf seine Puppen, denen er Seele, Charakter und Temperament verlieh, und ließ sich dabei von den erregten, begeisterten, wild durcheinandertönenden Stimmen anfeuern. Erst als Rainer ihm beim Applaus den Ellenbogen in die Seite haute und rief: »Wir haben den Saal vollgemacht, Mensch, den ganzen Saal«, begriff er, dass es inzwischen dreihundert waren, die dort mit leuchtenden Augen und geröteten Gesichtern vor ihnen saßen.

Dreihundert und dann auch mal wieder dreißig.

Wo sie hinkamen, zerrten die Kinder ihre Eltern, Großeltern, Onkel und Tanten ins Theater. Es war toll, so viele ganz junge Menschen und die Kinder in den »gewachsenen« Begleitern auf eine Reise in ein Fantasiereich zu entführen, und rief in Paul seine eigenen Nachmittage als Kind im Kino wach, als er in Tarzans Dschungel die Welt um sich vergessen hatte. Es erinnerte ihn daran, wie gern er selbst sich in Geschichten verloren hatte, und zeigte ihm, wie gern er es immer noch tat.

Die Abwechslung war ebenfalls ganz in seinem Sinn: Ein paar Monate lang tourte er mit Rainer und dem Puppenvolk kreuz und quer durch die Lande, kehrte aber, wann immer ein lohnender Auftrag anstand, wieder nach Dortmund zurück und stattete mit Daniel eine Diskothek, einen Club oder eine Szene-Kneipe aus.

Das Leben hätte für ihn so weitergehen können. Ihm fehlte nichts, und wenn, dann bemerkte er es nicht. Nach einer erfolgreichen Sommer-Tournee stand wieder einmal Arbeit mit Daniel an: Über mehrere Wochen hinweg waren sie mit der Umgestaltung des Prince, eines angesagten Clubs mit mehreren Bars, Restaurants und Tanzflächen beschäftigt, in denen der Betrieb währenddessen weiterlief. Nach getaner Arbeit wurden sie grundsätzlich eingeladen, noch ein wenig zum Feiern zu bleiben, was Paul gerne annahm. Er mochte die Atmosphäre und die Leute, mochte die Tanzfläche, und auf Zuruf spielte der DJ Funk und Jazz. Und er mochte die Kellnerin, die auf langen Beinen und hohen Schuhen durch sämtliche Säle fegte, ohne ein einziges Mal fehlzutreten.

Sie fiel jedem auf. Ihre Schönheit war sinnlich und hatte dennoch etwas Überirdisches. Schwärmereien über ihre körperlichen Vorzüge beherrschten die Gespräche an den Tischen der männlichen Gäste. Einen, der nicht versuchte, sie anzubaggern, suchte Paul vergeblich. Er selbst war fasziniert von der Würde, die sie ausstrahlte, einer Art von Majestät, von Unnahbarkeit, mit der sie sich umgab, um all diese, zum Teil regelrecht unverschämten, Avancen an sich abgleiten zu lassen. Sie trug ihr langes braunes Haar aufgesteckt wie eine Geisha, sodass es den Blick auf ihren schlanken Hals freigab. Er sah ihr gern nach, wenn sie zwei Tabletts balancierend mit diesem unendlich eleganten Gang davonschwebte.

»Stimmt eigentlich was mit dir nicht, Kumpel?«, fragte einer der Männer an seinem Tisch. »Du glotzt den Frauen nicht auf den Hintern, sondern auf den Hals?«

Paul fiel darauf keine Antwort ein. Er wusste nicht,

wohin er bei einer Frau sah. Er wusste nur, die Erotik kam für ihn nur über das Wesen. Da war der Körper oder das Alter absolut drittrangig. Ohne diese Ausstrahlung regte sich in seiner Libido gar nichts. Es war immer das Wesen einer Frau, das er liebte.

Vielleicht war das ja der Grund dafür, dass sie ihm keine Abfuhr erteilte, als er sie ansprach. Dabei hatte er sie noch nicht mal angesprochen, das Gespräch war einfach über einen fehlenden Gin Tonic oder irgendeine andere Belanglosigkeit zustande gekommen.

Paul erinnerte sich später nicht mehr. Nur daran, dass er seither regelmäßig ein paar Worte mit ihr wechselte, wenn er im Prince war, dass die Wortwechsel länger wurden und dass er begann, sich Abend für Abend darauf zu freuen.

Sie hieß Juliette.

Der Name passte. Sie war einfach keine Ingrid, keine Birgit und nicht einmal eine Sabine, obgleich Paul für diesen Namen eine Schwäche hatte. Auch wenn sie beteuerte, keine französischen Vorfahren zu besitzen, sah sie so aus: sinnlich-erotisch, kapriziös, ein bisschen vornehm und ein bisschen geheimnisvoll.

Nachdem sie in einer späten Stunde zuließ, dass er ihren schlanken Nacken küsste, probierte man einander und kam sofort auf den Geschmack. Sie, die bisher ihrem Faible für farbige Musiker treu geblieben war, fand Pauls Vielseitigkeit ebenso reizvoll.

Paul faszinierte, dass in dieser so exotischen Hülle ein zutiefst bodenständiges Geschöpf steckte. Juliettes Lieblingsessen entstammten alle der bürgerlichen Küche, sie trug privat am liebsten flache Schuhe zu knielangen Röcken und verbrachte ihre freien Abende gern mit Meditieren und Stricken. Ihren Job hasste sie.

»Ich verdiene gut und kann mich vor Trinkgeldern nicht retten«, erklärte sie Paul bitter. »Nur kapieren die meisten Gäste leider nicht, dass meine Berufsbezeichnung ›Kellnerin‹ lautet, nicht ›Objekt der Begierde‹.«

In ihm regte sich ein Beschützerinstinkt, den er so nicht von sich kannte. Er wollte sie aus diesem Club, in dem sie sich von allen Seiten begafft und wie eine Ware abgeschätzt fühlte, herausholen.

»Warum kündigst du nicht?«, fragte er sie.

Sie lachte auf. »Weil ich nicht im Lotto gewonnen habe, mein Hübscher. Und weil ich keinen Sugardaddy habe, der mir die Miete bezahlt.«

Sie hatte niemanden, der ihr die Miete bezahlte, und er, der in der Partnerschaft mit Daniel ausgezeichnet verdiente, hatte keine Wohnung. Der Schluss daraus lag nahe, auch wenn etwas in ihm noch davor zurückschreckte, ihn zu ziehen.

Er war glücklich mit Juliette, wie er mit vielen Frauen glücklich gewesen war. Dass die Wochen verstrichen und er noch immer mit ihr glücklich war, während sich bei anderen längst Überdruss eingestellt hätte, fiel ihm nicht auf.

»Nur damit du's weißt«, sagte sie irgendwann. »Ich mag nicht so aussehen, aber ich bin ein One-Guy-Girl. Und ich stehe auf One-Girl-Guys. Wenn du's gern anders hast, ist das dein gutes Recht. Aber dann sag's mir jetzt, ehe es zu spät ist, denn das ist nichts für mich.«

Paul überlegte. Dass er es gern anders hatte, konnte er wohl kaum leugnen. Andererseits genoss er die Zweisamkeit mit Juliette – den Sex, das Tanzen und Reden, das dem Sex vorausging, die kribbelnde Erregung, die er noch immer spürte, wenn er sie einen Raum betreten sah. Vielleicht irritierte ihn ihre Geisha-Attitüde, mit der sie ihm selbst den Kaffee mit Blumen ans Bett brachte, weil das in der Welt, die ihm vertraut war, einigermaßen befremdlich wirkte.

Und er fragte sich: Warum eigentlich nicht? Eine perfekte Kaffeezeremonie war zumindest mal etwas anderes.

Dennoch fiel es ihm schwer, sich vorzustellen, dass er nicht über kurz oder lang wieder eine andere Frau begehren würde, weil es ja letzten Endes immer so gekommen war. Selbst bei Pia, die er eine ganze Weile lang für die einzige Frau der Welt gehalten hatte. Auf der anderen Seite lebte er aber heute, und da gab es auf intensivste Weise Juliette.

Warum also sich Gedanken über Dinge machen, von denen er nicht wusste, wann, wie und ob sie überhaupt je eintreffen würden? Juliette zu lieben war schön. Als sie eines Abends von einem Gast nicht nur begafft, sondern begrapscht wurde, ohne dass die Betreiber des Clubs etwas dagegen unternahmen, stand Pauls Entschluss fest.

»Du machst hier keine weitere Nacht«, sagte er und schloss die Arme um seine Liebste, um sie zu beruhigen. »Morgen ziehe ich zu dir und komme ab sofort für die Miete auf. Du kannst dir eine Pause gönnen und in Ruhe überlegen, was du in Zukunft gern machen willst.«

Wie so oft nach einer seiner spontanen Entscheidungen war ihm ein bisschen schwindlig, aber das bedeutete nicht, dass er schwankte. Noch am gleichen Abend kündigte Juliette, und Paul stopfte seine Siebensachen in den Rucksack, um zu ihr zu ziehen.

Für ein Liebespaar war die Wohnung mit Stube, Schlafzimmer, Küche und Bad im Grunde groß genug. Warum sie Paul dennoch schleichend zu klein und beengt vorkam, begriff er selbst nicht recht. Er hatte als Kind in sehr viel kleineren Behausungen gelebt, hatte in den verschiedenen besetzten Häusern und Wohngemeinschaften seinen Schlafraum mit etlichen anderen geteilt und hatte sich dennoch nie derart eingezwängt gefühlt wie jetzt. Manchmal war es ihm, als könne er kaum atmen. Sein Bedürfnis nach Platz war auf einmal unersättlich, und obwohl er so wenig besaß, schienen seine paar Besitztümer nirgendwohin zu passen.

Juliette war eine Frau, die sich um ihre Wohnung mit aller Hingabe kümmerte, die Topfpflanzen hegte und pflegte und jeder Fläche eine klare Funktion zuordnete. So jemanden hatte Paul noch nie erlebt. Vielleicht entstand dadurch dieses seltsame Gefühl der Enge, versuchte er sich zu beruhigen. Mit der Zeit würde es sich bestimmt legen, und er würde sich in Juliettes Wohnung daheim fühlen. Schließlich war es doch in der Vergangenheit immer so gewesen, dass er sich über kurz oder lang in veränderten Verhältnissen, in ungewohnten Umgebungen zurechtgefunden hatte. Warum also nicht auch diesmal? Er hatte diesen Weg immerhin selbst gewählt, er lebte mit der Frau zusammen, die er liebte, und hatte keinen Grund, sich zu beklagen.

Und Juliette tat wirklich alles, um ihm sein Leben angenehm zu machen: Sie tauchte ein in das Leben einer vollendeten Hausherrin, putzte die Wohnung, kaufte ein und wirbelte in der Küche, um ihn, wenn er von der Arbeit kam, mit einem gedeckten Tisch und einem seiner Lieblingsgerichte zu empfangen. So viele Lieblingsgerichte, wie Juliette ihm zubereiten wollte, konnte Paul sich gar nicht ausdenken, und zum ersten Mal konnte er ein Wissen anwenden, das seine Mutter ihm als Kind eingebläut hatte: Juliette legte Wert darauf, zu jedem Gericht das passende Besteck zu benutzen.

»Du Glückspilz wirst nach Strich und Faden verwöhnt«, sagte Bea, Juliettes Busenfreundin, die mit ihrem Mann Udo ein paar Straßenzüge weiter wohnte und täglich zum Kaffee besuchte. »Was meinst du, wie viele Männer dich darum beneiden?«

Paul hegte daran keinen Zweifel. Warum es ihm selbst so schwerfiel, sich daran zu freuen, war ihm ein Rätsel. Jedenfalls fühlte er sich schwerer, er hatte zugenommen ...

»Du brauchst doch nicht jeden Tag zu kochen«, sagte er zu Juliette und legte den Arm um ihre Taille, was vor seinem Einzug genügt hatte, um über einander herzufallen. »Heute Abend lade ich dich zum Essen ein, was hältst du davon? In irgendeinen tollen Schuppen mit Livemusik, und nach dem Essen tanzen wir beide ins Bett.«

»Ach, ich weiß nicht«, erwiderte Juliette. »Bea hat mir dieses tolle Frikasseerezept mitgebracht, das wollte ich heute ausprobieren. Es schmeckt dir bestimmt. Udo liebt es, und du isst doch auch so gern Hühnchen.«

Esse ich so gern Hühnchen?, fragte sich Paul und gab sich gleich darauf lakonisch selbst seine Antwort: *Warum nicht?*

Er ging kaum noch aus. Juliette hatte meist eine häusliche Aktivität – von dem Hühnerfrikassee bis zur Lecture von Maharishi – geplant, und Paul fühlte sich ein wenig platt wie von einer Lawine überrollt. Er wusste manchmal nicht, wie ihm geschah. Als schließlich Tim ein Machtwort sprach und ihn auf ein Glas Wein zu einem ihrer alten Lieblings-Beatschuppen regelrecht entführte, fiel ihm zu seiner eigenen Verblüffung auf, dass er seit Wochen in keinem Lokal mehr gesessen hatte.

Tim tat ihm gut. Der Druck, der ihm die ganze Zeit das Atmen erschwert hatte, wich. Es machte Spaß, dem Freund zuzuhören, wenn er von seinen diversen Plänen und Ideen erzählte und Projekte beschrieb, die sie in absehbarer Zukunft zusammen angehen könnten.

Als Tim ihn jedoch zu seinem eigenen Leben befragte, geriet ihr Gespräch ins Stocken. Es gab einfach nichts, das er, dessen Tage und Nächte doch immer bis zum Platzen voll gewesen waren, dem Freund hätte erzählen können. Er hatte wieder mit dem Zeichnen angefangen. Irgendetwas musste er an den langen häuslichen Abenden mit sich anfangen, irgendwo musste er mit seiner überschäumenden Kreativität hin, und schon bald hatte er seine Freude am Ausdruck mit Zeichenstift und Pinsel wieder entdeckt. Ansonsten aber gab es nichts zu berichten. Seine Arbeit ging ihren Gang, und in seiner Freizeit waren er und Juliette aufeinander konzentriert.

Tim war schlau. Er war sein Freund. Einer, dem er nicht einmal dann etwas hätte vormachen können, wenn er es gewollt hätte. »Ist es das, was du dir vorgestellt hast?«, fragte er.

Paul überlegte. Was hatte er sich vorgestellt? Für gewöhnlich hielt er sich mit Vorstellungen eher selten auf, sondern blieb offen und nahm die Dinge, wie sie kamen.

Was sein Zusammenleben mit Juliette betraf, so hatte er wohl angenommen, dass sie ein paar Wochen lang zu Hause bleiben und sich mit ihren neuen Plänen Zeit lassen würde, dass es sie aber irgendwann wieder nach draußen in die Welt ziehen würde, so wie es ihn selbst nach draußen zog. Diese allzu komfortable Häuslichkeit törnte ihn gehörig ab.

Dabei war er doch in einem Alter, in dem man von ihm erwarten konnte, dass er erwachsen, sesshaft und vor allem monogam wurde. Zahllose Freunde aus seinen wilden Jahren hatten inzwischen geheiratet, einen Hausstand gegründet und schickten ihm Weihnachtskarten, die sie als stolze Daddys mit greinenden Säuglingen im Arm zeigten. Warum nur war ihm selbst noch immer so gar nicht danach?

»Pass auf dich auf«, sagte Tim, als sie sich gegen elf – und damit früher als jemals zuvor – voneinander verabschiedeten. »Lass dich nicht verbiegen.«

»Ich versuche mein Bestes«, versprach Paul, war aber nicht sicher, was genau er damit meinte.

Als er und Juliette am folgenden Abend auf der Couch saßen, nahm sie ihr Strickzeug zur Hand, irgendein flauschiges, blau und braun gestreiftes Teil, das zu beängstigender Größe angewachsen war, und hob es freudestrahlend in die Höhe. »Lass mich mal rasch anhalten«, sagte sie. »Ich bin mir nicht ganz sicher, ob ich mit dem Halsausschnitt wirklich jetzt schon anfangen oder lieber doch noch einen Streifen dranhängen soll.«

Ehe Paul es sich versah, stand sie vor ihm und presste ihm das wollene Teil auf Brust und Bauch. Er hatte sich um modische Fragen nie gestritten, hatte sich als Junge von seiner Mutter in die unmöglichsten Klamotten stopfen lassen, doch der Gedanke, ringsherum quer gestreift eingestrickt zu werden, verursachte ihm Beklemmungen, vor denen er auf dem schnellsten Weg flüchten musste.

»Ich lauf mal schnell runter und hol mir was zu rauchen«, murmelte er, wand sich aus dem dezent nach Schaffell duftenden Gewebe und war gleich darauf schon im Treppenhaus. Unwillkürlich musste er an die sprichwörtlichen Männer denken, die angeblich nur schnell zum Zigarettenholen gingen und auf Nimmerwiedersehen verschwanden. Zum ersten Mal konnte er sie verstehen.

Aber solche Gedanken waren ungerecht. Es gab auch Abende mit Juliette, an denen er ebenso wie sie ihre Zweisamkeit genoss. Die Intensität, mit der Juliette ihn liebte, hatte er nie zuvor erlebt. Eigentlich war es eine Ehre. Sie las ihm buchstäblich jeden Wunsch von den Augen ab. Dass er sich bei den meisten dieser Wünsche nicht erinnern konnte, sie je gehabt zu haben, änderte nichts daran, dass ihre Hingabe ihn berührte.

Wenn sie überhaupt einmal ausgingen, dann waren oft Bea und Udo dabei. Letzterer gehörte zu den wenigen Menschen, die Paul faszinierend unsympathisch waren. Udo war ein ehemaliger Junkie und offenbar der Meinung, er habe damit in seinem Leben genug geleistet. Seine Tage verbrachte er damit, anderen Moral zu predigen, seine kluge, dauerbeschäftigte Frau nach Strich und Faden auszunutzen und obendrein an allen und allem herumzunörgeln. Bea hingegen war die geborene Macherin. Was sie wollte, packte sie an, und nahm dabei das Leben ihrer Umgebung ebenso sanft wie bestimmt in beide Hände wie ihr eigenes. Auf diese Weise hatte sie ihren Udo aus seinen trüben Sümpfen herausgezogen, und jetzt hatte sie ein neues Projekt: Das Lebensglück ihrer Freundin Juliette.

»Eure Wohnung ist für zwei ja wirklich sehr klein«, begann sie eines Abends und sprach damit Paul aus dem Herzen. »Aber als Paar in wilder Ehe ist eine größere hier in der Nähe wohl kaum zu bekommen.«

Juliette seufzte. »Die Wohnung ist außerdem so unpraktisch. Die Küche ist so ungünstig geschnitten, und ich hätte ja auch gern einen Balkon. Außerdem wäre es so schön, wenn wir ein bisschen näher beieinander wohnen könnten.«

Sie wohnten keine zehn Minuten Fußweg voneinander entfernt, doch seit jenem Abend gab es für Juliette kaum noch ein anderes Thema als die Unzufriedenheit mit ihrer derzeitigen Wohnsituation. Dann aber tauchte »die Traumwohnung« auf der Bildfläche auf, und über etwas anderes wurde fortan nicht mehr gesprochen.

»Du glaubst ja nicht, was gerade passiert ist!«, begrüßte ihn Juliette eines Abends, als er nach Hause kam. »Bea hat eben angerufen.«

Bea rief jeden Tag an, aber Paul verkniff sich eine Bemerkung. Er hatte ziemlichen Ärger mit dem Besitzer einer Diskothek gehabt, die er gerade mit Daniel ausbaute. Das Wohnungsthema wollte er nicht gerade jetzt vertiefen.

»In ihrem Haus, direkt bei ihr nebenan, wird eine Wohnung frei«, rief Juliette aufgeregt. »Genauso schön wie ihre, nein, im Grunde noch viel schöner: mit Balkon, gekacheltem Bad und allem Drum und Dran.«

Paul hatte begonnen, Studien mit Ölkreide zu malen, die er später verschenkte. Juliettes Freunde rissen sich darum, und gerade arbeitete er an einer für Bea. Er hatte sich darauf gefreut, heute Abend mit einem der Bilder voranzukommen, und hätte über alles lieber geredet als über eine weitere Wohnung, bei der es »so furchtbar schade« war, dass sie als Mieter nicht infrage kämen.

Während er noch überlegte, wie er geschickt das Thema wechseln konnte, sagte Juliette: »Bea hat einen Besichtigungstermin für uns vereinbart. Der Makler erwartet uns in einer Stunde.«

Wieder einmal rollte die Lawine über ihn hinweg, und die Überrumpelung ereignete sich viel zu schnell, um noch auf Gegenwehr zu sinnen. Statt des üppigen Abendessens, das er inzwischen gewohnt war, gab es heute nur ein Leberwurstbrot, das ihm wie ein Feldstein im Magen lag. Anschließend machten sie sich auf den Weg, um »die Traumwohnung« endlich in Augenschein zu nehmen.

Sie war schön, das musste er zugeben. Sie lag im sechsten Stock, und man hätte vom Balkon aus eine tolle Aussicht gehabt, wenn es in Dortmunds Norden etwas gegeben hätte, das die Aussicht lohnte. Der Wohnraum war weitläufig, die Decken höher als in ihrer jetzigen Wohnung, und in einem halben Zimmer, das als Abstellraum genutzt wurde, hätte er sich vielleicht eine Art Atelier einrichten können.

Ob sie allerdings eine Traumwohnung war, vermochte er nicht zu beurteilen. Sein Traum war sie nicht, so viel zumindest stand für ihn fest, aber er war ja auch nicht jemand, der von Wohnungen träumte.

Wovon träumte er überhaupt?, fragte er sich plötzlich.

Es fiel ihm nichts ein. Bisher hatten seine Träume nie viel Raum gebraucht, weil er mit Leben beschäftigt war.

»Wie Sie sehen, eignet sich das Objekt hervorragend für eine junge Familie«, begann der Makler die Wohnung anzupreisen. »Der nach Südwesten gelegene Raum beispielsweise wäre für ein Kinderzimmer wie gemacht.«

Paul horchte auf. Er mochte Kinder, schon immer, und seinen kleinen Bruder Erich hatte er vom ersten Tag an geliebt. Auch in den wechselnden besetzten Häusern hatte es so gut wie immer Kinder gegeben, und auf seinen Touren mit Rainer genoss er die Gesellschaft der kleinen Zuschauer mehr als alles andere. Vielleicht weil in ihm selbst noch immer eins steckte.

Und weil man all diese herrlichen Dinge, die die »echten Erwachsenen« kindisch fanden, nur ungestraft tun durfte, wenn man ein Kind bei sich hatte.

Kinder waren so ganz und gar im Hier und Jetzt! Ihre Gesellschaft war so wohltuend, weil man sich mit ihnen totlachen konnte, ohne dass sie das, was man sagte, deshalb weniger wichtig nahmen.

Wünschte er sich selbst welche? Wollte er in dem quadratischen Vorderzimmer, in das der Makler sie führte, eine Bärchentapete an die Wände kleben und aus Honigahorn eine Wiege zimmern?

Etwas an der Vorstellung war regelrecht berauschend, doch zugleich erfüllte sie ihn mit einer Angst, die ihm das Herz zusammenzog. Die Bilder, die er vor sich sah, waren falsch. Eine solche Kleinfamilienwelt passte nicht zu ihm, zu seiner Unbeständigkeit, die inzwischen ein fester Teil seiner selbst geworden war. Seine Gedanken flogen zurück zu seiner eigenen Kindheit, und die Angst wurde größer, auch wenn eine Spur der Erregung darin blieb.

Juliette sagte gar nichts dazu. Ob sie gern Kinder gehabt hätte, wusste Paul nicht, denn das Thema war zwischen ihnen nie angesprochen worden.

»Wir sind nicht verheiratet«, murmelte er schließlich. Und damit waren sie als potenzielle Mieter vom Tisch.

Während der folgenden Woche hörte Juliette nicht auf, von der Wohnung zu schwärmen. Am Samstag waren sie bei Bea zum Käsefondue eingeladen, ein Zeremoniell, das sich im gesamten Freundeskreis zur Mode entwickelt hatte und das Juliette unbedingt demnächst auch bei ihnen veranstalten wollte. »Wenn wir nur nicht in diesem winzigen Loch von einer Wohnung hausen müssten. Einen schön gedeckten Tisch für sechs Personen bekomme ich hier nirgends unter, und wenn die Gäste sich zusammenquetschen müssen, wird das Ganze stillos.«

Bei Bea saßen sie zu siebt in einer jüngst als Esszimmer abgeteilten Hälfte der Wohnstube, was Juliettes Stimmung noch verschlechterte. »Du bist meine Freundin, und ich schäme mich, weil ich dich beneide«, sagte sie. »Aber ich kann mir einfach nicht helfen.«

»Das ist doch verständlich, würde mir genauso gehen«, erwiderte Bea mitfühlend. »Gerade du mit deinem guten Geschmack und deinem Auge für Inneneinrichtung bräuchtest einfach ein anderes Ambiente. Die Wohnung nebenan ist übrigens noch zu haben. Es haben sich zwar etliche Interessenten gemeldet, aber bisher haben sich die Vermieter noch für niemanden entschieden.«

»Wir kommen für die nicht infrage, das weißt du doch«, sagte Juliette missmutig. »Dass wir Kaution und Miete spielend aufbringen könnten und aus der Wohnung ein Schmuckstück machen würden, interessiert sie nicht, weil wir nicht verheiratet sind.«

Bea legte die Fonduegabel auf ihrem Teller ab, stützte ihr Kinn in eine Hand und blickte von Juliette zu Paul und wieder zurück.

»Warum eigentlich nicht?«, fragte sie.

18

BESTRICKT

PAUL UND JULIETTE heirateten im Juni 1984 auf dem Standesamt in Dortmund. Bea fungierte als Trauzeugin, aber Tim hatte sich geweigert. »Ich tu ja eine ganze Menge für dich«, hatte er gesagt. »Aber wenn mir bei etwas so mulmig zumute ist wie bei dieser Hochzeit, kann ich nicht noch meinen Segen dazu geben. Ich glaube, dass mein bester Freund da sehenden Auges in etwas hineinrennt.«

»Mach halblang«, sagte Paul. »Ich hab dich schließlich nicht gebeten, mein Todesurteil zu unterschreiben.«

Über den dünnen Drahtrand seiner Brille sah Tim ihn mit einem seiner unverwechselbaren Blicke an. »Bist du sicher?«

Paul verspürte ein seltsames Gefühl der Verpflichtung, seine bald angetraute Braut zu verteidigen. »Hast du etwas gegen Juliette? Sie hat dir ja wohl keinen Grund dazu gegeben, und ich habe bisher auch nichts dergleichen bemerkt.«

Er und Tim waren sonst immer auf einer Wellenlänge, und Paul hatte angenommen, dass der Freund Juliette mochte.

»Ich habe überhaupt nichts gegen sie«, brummte Tim. »Im Gegenteil. Juliette ist eine tolle Frau und hat einen anderen als dich verdient.«

»Und was für einen, wenn's gestattet ist?«, fragte Paul ein wenig verschnupft.

»Einen, der sie wirklich heiraten will«, erwiderte Tim trocken und ging.

Als Trauzeuge sprang dann sein alter Freund Jan ein, aber Tims Abgang lag Paul schwer im Magen. Was sollte das heißen, einer, der Juliette wirklich heiraten wollte? Wollte er sie etwa nicht heiraten? Er hatte ihr in aller Form einen Antrag gemacht, hatte den Sektempfang nach der standesamtlichen Trauung organisiert und eine Hochzeitsreise nach Zandvoort gebucht. Flitterwochensuite mit Meerblick. Was glamourös hätte klingen sollen, wirkte auf ihn merkwürdig kleinbürgerlich, aber es hatte eine Stange Geld gekostet und das, obwohl es mit dem Diskotheken-Inhaber, für den er und Daniel arbeiteten, weiterhin Querelen gab.

Auf ihr Geld warteten sie seit Monaten, doch bei der Hochzeitsreise hatte sich Paul nicht lumpen lassen. Auch bei dem eierschalenfarbenen Kostüm, das Juliette trug, hatte er nicht nach dem Preis gefragt. Sie sah schön darin aus, und er wollte sie heiraten.

Hätte er es nicht gewollt, hätte ihn schließlich nichts und niemand dazu zwingen können.

Die Hochzeitsfeier fand im kleinsten Kreis statt: ein paar Freunde von ihr, ein paar Freunde von ihm und die engste Familie. Sein Bruder Erich kam im zu engen Anzug mit einer Freundin. Papa hingegen fehlte. Es ging ihm nicht gut, er hatte zwar zugesagt, aber letztlich nicht kommen können.

»Irgendwas stimmt nicht in seinem Innenleben.« Erich biss sich auf die Lippen und zuckte die Schultern. »Wenn die Ärzte hören, was er so schluckt, sagen die sowieso, da ist Hopfen und Malz verloren.«

Dafür war Pauls Mutter gekommen. In großer Toilette und mit ausladender Hutkrempe war sie angerauscht, nicht als die Bergmannsfrau, als die sie ihr Leben verbracht hatte, sondern als die Tochter des Bürgermeisters, die sie in ihrem Herzen noch immer ausschließlich war. Von Juliette war sie begeistert. Hatte Paul ihr in über dreißig Jahren wenig recht machen können, so hatte er diesmal ins Schwarze getroffen.

»Was für eine ausgezeichnete Wahl«, lobte sie schwärmerisch. »Diese Frau hat Klasse, sie hält etwas auf sich, man spürt gleich, dass sie nicht irgendwer ist. Die kommt aus einem guten Stall.«

Paul stellte das nicht infrage. Er war froh, wenn Gespräche mit seiner Mutter sich auf ein Minimum beschränkten, und entschuldigte sich so schnell wie möglich, um die anderen Gäste zu begrüßen.

»Deine Mutter ist viel netter, als ich gedacht habe«, sagte Juliette, während sie in dem kleinen Seitenzimmer des Standesamts darauf warteten, dass sie aufgerufen wurden.

»Hast du denn gedacht, sie wäre nicht nett?«, fragte Paul aus reiner Neugier. Er konnte sich nicht erinnern, jemals schlecht über seine Mutter gesprochen zu haben.

»Weil du sie nie erwähnst«, erwiderte Juliette. »Weil du sie nie einlädst, sie nie besuchst und jeder Frage nach ihr ausweichst. Ausgerechnet du, der sonst zu jedem, der ihm jemals über den Weg gelaufen ist, Anekdoten auf Lager hat.«

Es war Paul nie aufgefallen, aber sie hatte recht. Von

Bruno Beinlos bis Anton im Wintermantel, er liebte die Menschen, die sein Leben bevölkerten, und er erzählte mit Freuden von ihnen. Wurde er hingegen nach seiner Mutter gefragt, so spürte er, wie er verstummte.

Der Standesbeamte rief sie herein. »Nun wird es ernst«, sagte er und schenkte ihnen ein höchst professionelles Lächeln.

In diesem Augenblick wurde Paul kalt. Schauder rannen ihm über den Rücken, während ihm zugleich im Nacken der Schweiß ausbrach. Hatte er Fieber? Wurde er krank? Seine Glieder waren auf einmal bleischwer und wollten sich nicht vorwärtsbewegen.

»Nun komm schon.« Juliette lächelte. Fast zog sie ihn an den Sitzreihen mit ihren Freunden und Verwandten vorbei zu dem Tisch des Beamten.

Der nahm ein schweres Buch zur Hand und las daraus irgendetwas zur Bedeutung der Ehe vor, das an Paul vorüberrauschte. Dann wandte er sich ihm zu und sprach ihn direkt an:

»Paul Brenner, wollen Sie mit der hier anwesenden Juliette Althaus die Ehe eingehen?«

Es war eine schlichte Frage, ohne all die Schnörkel, die er bei den kirchlichen Trauungen einiger Freunde erlebt hatte. Dennoch kam es ihm vor, als hätten die paar Worte das Gewicht von Backsteinen und legten sich ihm zentnerschwer auf die Brust. Bisher hatte er diese immer wiederkehrenden Atembeschwerden ignoriert. Nur alte Leute und Hypochonder rannten wegen jeder Kleinigkeit zum Arzt, aber so langsam wurde es ihm doch etwas unheimlich.

»Herr Brenner?« Mit erhobenen Brauen sah der Standesbeamte ihm entgegen. »Wünschen Sie, dass ich die Frage noch einmal wiederhole?«

»Nein, nein«, beeilte sich Paul zu versichern. Was? Hellwach verbesserte er sich: »Ich meine natürlich: Ja. Ja, und ich will.«

Die Gäste hinter ihm lachten.

Der Standesbeamte stellte dieselbe Frage Juliette, die sie auf ihre graziöse Weise beantwortete, und dann erklärte er sie zu Mann und Frau. In zwei knappen Sätzen gab er ihnen seine guten Wünsche mit auf den Weg, und damit war die Zeremonie bereits erledigt.

»Hat gar nicht wehgetan, oder?«, neckte die lachende Bea sie vor der Tür, und Juliette fiel ihr um den Hals.

Nein, dachte Paul, wehgetan nicht. Die Gliederschmerzen aber wollten nicht weichen, und in seinem Kopf hämmerten ohne Unterlass dieselben Worte: *Ja, ja, ich will.* Ein Gelübde! Ein Schwur! Was sollte das? Er hatte doch sonst keinen solchen Hang zum Pathos. Vermutlich hatte er sich wirklich irgendeine Art von Sommergrippe eingefangen, die am Meer in Zandvoort schnell wieder verschwinden würde.

Sie stießen mit ihren Gästen an, nahmen Glückwünsche und Geschenke entgegen und brachen unter Applaus nach einer Stunde auf. Mit Rasierschaum hatten ihre Freunde *Just married* an die Rückscheibe von Pauls neuem Auto geschmiert. Er, der sonst für jeden Blödsinn zu haben war, wischte den Schriftzug an der nächsten Raststätte unauffällig ab.

Er liebte lange Autofahrten, und er liebte Holland. Mit Tim fuhr er noch immer ab und an nach Amsterdam, um das Straßentheater und die Atmosphäre zu genießen. Der

Badeort Zandvoort erstreckte sich entlang eines breiten weißen Strands, das Meer glitzerte in der Abendsonne, und das Wetter hätte freundlicher nicht sein können.

»Wenn Engel reisen.« Juliette neben ihm lachte. Sie hatte ihren Sitz nach hinten geklappt, trug ihr Haar mit einem Seidentuch aus dem Gesicht gebunden und wirkte glücklich, entspannt und sah ungemein schön aus. Ihr Hotel war ein weiß verputztes dreistöckiges Gebäude aus der Zeit der Jahrhundertwende, als Zandvoort ein vornehmes, bei Europas High Society beliebtes Seebad gewesen war. Es hatte etwas von vergangenem Glanz und entlockte Juliette einen Laut des Entzückens.

Drinnen überschlug sich das Personal, um ihnen ihren Aufenthalt so angenehm wie möglich zu machen. Das Zimmer war ein wenig plüschig, aber recht hübsch, und auf dem Nierentisch wartete ein silberner Eiskübel mit einer feucht beschlagenen Flasche Champagner. Es war alles in bester Ordnung, und gelungenen Flitterwochen schien nichts im Wege zu stehen. In der Nacht aber wurde Paul so krank, wie er sich seit seiner Borreliose nicht mehr gefühlt hatte, und in den folgenden Tagen besserte sich sein Zustand nicht.

Eine Grippe, vermutete er noch immer. Warum aber hatte er kein Fieber und fühlte sich dennoch so sterbenselend? Anfangs beschwor er Juliette, die sich für die Reise eigens einen neuen Bikini gekauft hatte, allein an den Strand zu gehen, doch sie protestierte, das sei ja wohl kaum der Sinn einer Hochzeitsreise. Stattdessen setzte sie sich zu ihm ans Bett und strickte. »Einen leichten Sommerpullover nach englischem Muster – wie ihn sich die Tennisspieler in Wimbledon um die Schultern knoten.«

Paul war so jämmerlich zumute, dass er nicht einmal leisen Widerspruch anmeldete. Nach drei Tagen gaben sie auf und beschlossen abzureisen.

»Du bist daheim und bei deinem Hausarzt besser aufgehoben«, sagte Juliette bestimmt.

Paul hatte gar keinen Hausarzt, und sobald er im Auto hinter dem Steuer saß, fühlte er sich besser.

»Es tut mir leid«, murmelte er. »Ich wollte dir nicht die Reise verderben.«

»Du kannst ja nichts dafür«, lächelte Juliette. Auch damit hatte sie recht, aber Paul gelang es nicht, seine diffusen Schuldgefühle völlig zum Schweigen zu bringen.

»Wir fahren einfach später noch einmal«, versuchte sie ihn zu trösten und lachte ein wenig gekünstelt auf. »Wir haben ja unser Leben lang Zeit.«

Ja, dachte Paul, *wir haben unser Leben lang Zeit,* und bei dem Gedanken überrollte ihn eine neue Welle der Übelkeit.

Beinahe war er froh, dass er sich sofort nach ihrer Rückkehr mit massiven Problemen, die den Ausbau der Diskothek betrafen, konfrontiert sah und nicht zum Nachdenken kam. Der Inhaber hatte seinen Bankrott erklären müssen, und er hatte nicht einmal die Hälfte des vereinbarten Betrags bezahlt. Das Geld mussten sie abschreiben. Aus der Konkursmasse würden sie keinen Pfennig mehr bekommen.

Nach Jahren ohne Geldsorgen war Paul auf einmal und völlig unerwartet in finanziellen Nöten. Auf die von seiner Gattin so heiß ersehnte Traumwohnung bestand noch immer Hoffnung, die Kaution musste für den Fall der Fälle bereitgehalten werden, doch ihre laufenden Kosten wurden nicht geringer. Die junge Ehefrau und er waren sich einig, dass Juliette erst einmal nicht ins Berufsleben zurückkehrte. Es musste schleunigst Geld her, und die Zusammenarbeit mit Daniel hatte für Paul nach der Katastrophe mit der Diskothek keine Zukunft.

Wie so oft in seinem Leben spielten ihm Zufall, Schicksal oder welche Macht auch immer für derlei Dinge zuständig war, eine neue Verdienstmöglichkeit in die Hände, noch ehe er dazu kam, sich auf die Suche nach einer zu machen.

Auch wenn sich die Band vor geraumer Zeit aufgelöst hatte, waren sie, war er in guter Erinnerung geblieben. Völlig unverhofft erhielt er nun einen Anruf der Intendanz des Schauspielhauses Dortmund, wo sie eine Matinee gespielt hatten. Man lud ihn ein, an einem Stück mit Musik mitzuwirken, das in einer Szene-Kneipe aufgeführt werden sollte.

Zum ersten Mal ging er ein Engagement am Theater mit so etwas wie Ernst an. Das Honorar, das man ihm bot, war für die Stunden, die er würde investieren müssen, lächerlich. Wenn sie ihn wollten, würden sie ihn angemessen dafür bezahlen müssen. Über die Gehälter und Arbeitsbedingungen von Schauspielern, Regisseuren und anderen Menschen, die rund um das Theater beschäftigt waren, hatte er sich zuvor wenig Gedanken gemacht. Rühmte sich Deutschland nicht, eine Kulturnation zu sein, gar das Land der Dichter und Denker? Er war davon ausgegangen, dass Kunstschaffende in einem solchen Land gut gestellt waren – und musste jetzt erkennen, dass er sich geirrt hatte.

Wann immer die Kulturnation es für nötig hielt zu sparen, mussten zuerst die Kulturschaffenden dran glauben.

Schauspieler zum Bespiel waren durch keinerlei Rahmenbedingungen oder gar Tarifverträge abgesichert. Die Intendanten legten mehr oder weniger willkürlich fest, was sie dem Einzelnen boten, und dieser konnte nach dem Motto »Friss oder stirb« entscheiden, was er daraus machte.

Paul entschied sich gegen das Fressen. Das Angebot, das man ihm gemacht hatte, war einfach nicht angemessen, und im Gegensatz zu den meisten Kollegen wusste er, dass er von einer Ablehnung nicht sterben würde. Noch immer weigerte er sich, sich erpressen zu lassen, auch wenn sich daheim auf dem Küchentisch die Rechnungen türmten. Seit er sich als Schüler seine Süßigkeiten mit Nebenjobs finanziert hatte, wusste er, dass er sich das, was er brauchte, auf die eine oder andere Weise verdienen konnte. Er hatte vieles gelernt, war stets offen, Neues zu lernen, und stellte sein Licht nicht unter den Scheffel, sondern wusste, was er wert war. Wenn es mit dem Engagement beim Schauspielhaus nichts wurde, würde sich etwas anderes finden.

Mit dieser Grundhaltung setzte er sich an den Verhandlungstisch. Mehr oder weniger erwartete er, dass die Intendanz ihr Angebot zurückziehen würde und sein Engagement damit gestorben war, doch zu seiner Überraschung boten sie ihm mehr Geld. Es wurde eine lange, zähe Verhandlung, ehe sie schließlich eine Einigung erzielten: Paul erhielt einen Festvertrag über zwei Jahre zu Bedingungen, die das, was er erhofft hatte, sogar noch überstiegen. Er musste jedoch unterschreiben, dass er darüber Stillschweigen zu bewahren hatte. Dass das Schauspielhaus, immerhin ein namhaftes Theater, einem

Niemand, der nie eine Stunde Schauspielunterricht genossen hatte, derart umwarb, verblüffte ihn.

Auch nach Monaten brachte er es nicht fertig, sich selbst als Schauspieler zu betrachten, doch er war jetzt wohl einer geworden. Nicht nur in den Programmheften, sondern auch in den Kritiken in der Presse las er des Öfteren seinen eigenen Namen.

Es tat ihm unerwartet gut, in die Welt des Theaters einzutauchen. Nicht weil ihm der Klüngel, die Querelen und das Hierarchiestreben, die dort herrschten, auch nur im Mindesten gefielen, sondern weil er die Arbeit dort mochte, die Herausforderungen gefielen ihm, und er traf dort auf Menschen, die so eigen und einzigartig waren, wie er es schätzte. Einer von ihnen war Henning Retter, ein junger Mann, der nicht mehr als fünfundzwanzig Jahre zählte, bei Götz Friedrich in Hamburg Regie studiert hatte, ein hervorragendes Diplom sein Eigen nannte und von der gesamten Theaterwelt als Wunderkind gehandelt wurde. Paul fand ihn sympathisch, und Henning suchte praktisch vom ersten Tag an Pauls Gesellschaft.

»Mit dir kann man wenigstens normal reden«, sagte Henning. »Du bist so ungefähr der Einzige hier, der mich nicht wie irgendein Naturphänomen mit drei Köpfen behandelt, sondern einfach wie einen Typen, mit dem man gern mal einen trinken geht.«

Sie gingen recht oft einen trinken. Und sie inspirierten einander. Henning feierte Erfolge als Schauspieler, inszenierte Opern und verfasste Drehbücher. Ihnen beiden war klar, dass sie irgendwann gemeinsam etwas auf die Beine stellen würden.

Gleichzeitig nahm Pauls eigenes Stück, das sich an ein junges Publikum richtete, Gestalt an. Die Aufführung im neu eröffneten Fletch Bizzel erwies sich immerhin als Achtungserfolg.

Wenig später trafen die Vermieter der Traumwohnung endlich eine Entscheidung: Die frisch Vermählten waren die glücklichen Gewinner, und dank des Zweijahresvertrags am Theater und des geleisteten Ehegelübdes stand dem von Juliette so lange ersehnten Umzug nun nichts mehr im Wege.

Das Gelübde lag Paul im Magen, als hätte er einen Wackerstein geschluckt. Es waren nur ein paar Worte gewesen, und doch schaffte er es nicht, den formalen Akt als Teil seines Alltags, als Teil seiner selbst zu sehen. Er hatte einen Schwur geleistet, hatte einen ernsthaften Vertrag unterzeichnet, der ihn nicht wie ans Theater für zwei Jahre, sondern für sein ganzes Leben an Juliette band. Nur ein Kind konnte sich der Hoffnung hingeben, so etwas ließe sich ohne Folgen eingehen, und Paul war keins mehr.

Jetzt endgültig nicht mehr.

Es fühlte sich an, als würde Juliette all die Wollstränge, die sich in ihrem Handarbeitskorb türmten, um ihn herum verstricken, bei seinen Füßen angefangen und sich langsam, aber unaufhaltsam nach oben arbeitend. Inzwischen war sie bei seinem Hals angekommen. In der Nacht träumte er jetzt manchmal wieder den Albtraum seiner Kindheit, in nur leicht abgewandelter Form: Er wurde immer kleiner und verlor sich in Wollgewebe, bis ihn niemand mehr sah.

»Und? Wie ist das Eheleben?«, fragte ihn Tim, der ihm

in seiner unaufgeregten Weise die Treue hielt, auch wenn Paul immer seltener Zeit für ihn hatte.

»Bestrickend«, rutschte es Paul heraus und musste wider Willen grinsen.

Es gehörte zu Tims größten Qualitäten als Freund, dass er wusste, wann es besser war, nicht nachzufragen.

Die Mietverträge lagen zur Unterschrift bereit. Paul hätte sich gern gedrückt. Ihm kam es vor, als wäre sein gesamtes Leben auf einmal vertraglich geregelt. Juliette aber war Feuer und Flamme, lebte auf und machte sich ans Gestalten ihres neuen Lebensraums. »Endlich haben wir eine gemeinsame Perspektive.«

Dass nicht nur er, sondern auch sie unzufrieden war, hatte er manchmal zu spüren geglaubt und durch ihre Worte sah er es bestätigt. Warum allerdings die neue Wohnung erst die gemeinsame Perspektive schaffen sollte, leuchtete ihm nicht richtig ein.

Doch er begann mit der aufwendigen Renovierung, baute die Wohnung vor allem nach Juliettes Wünschen um, und fand auch immer noch eine weitere Verbesserung, die er umsetzen konnte. Fast war es, als wolle er damit den Einzug hinauszögern, auch wenn es dafür überhaupt keinen Grund gab. Denn sie waren ja glücklich. Irgendwann waren in den Räumen sämtliche Verschönerungsarbeiten erledigt, und es gab nichts mehr zu tun, als die Möbel aufzustellen.

Der Tag des Umzugs kam. Juliette und Bea hatten plattenweise Häppchen vorbereitet, die sie zusammen mit Flaschenbier an die Helfer verteilten. Die Stimmung war beschwingt, vergnügt, alles alberte herum und lachte, nur Paul hatte wieder einmal das Gefühl, ihm liege ein bleiernes Gewicht auf der Brust. Allmählich ging er sich selbst auf die Nerven. Was wollte er denn? Er hatte eine großartige Frau, einen spannenden Job und er zog in eine Wohnung, in der er mehr Platz für sich haben würde. Die Rolle des Miesmachers passte nicht zu ihm. Also gab er sich einen Ruck, ignorierte das quälende Druckgefühl und packte nach Kräften mit an.

Er hatte einen schmiedeeisernen Dauerbrandofen angeschafft, der ohne Zweifel die Atmosphäre langer Winterabende aufwerten würde, der jedoch höllisch schwer war. Tim, der zum Helfen gekommen war, bot an, ihn mit Paul gemeinsam zu tragen, aber dieser hatte ihn sich bereits auf die Sackkarre geladen. »Zu zweit ist das Ding zu unhandlich«, sagte er und begann, mit seiner Last die sechs Stockwerke hinaufzusteigen.

Mit jedem Schritt, den er setzte, jeder Stufe, die er erklomm, nahm der Druck auf seiner Brust zu. Nach dem dritten Stockwerk war ihm auf einmal, als schließe sich eine eiserne Zwinge um seine Rippen und presse sie ihm mit aller Gewalt zusammen. Der Schmerz war schier unerträglich. Paul verlor das Gleichgewicht und stürzte auf die Knie. Der schwere Ofen entglitt ihm und polterte mehrere Stufen hinunter.

Ihm war schwarz vor Augen. Wie ein auf den Rücken gefallener Käfer lag er da, besaß nicht einmal die Kraft, sich zusammenzukrümmen, und konnte nur Stoßgebete an eine unbekannte Macht absenden, dass der Schmerz vorübergehen möge. Auf seinen Lippen erkannte er den metallenen Geschmack von Blut. Er musste sich auf die Zunge gebissen haben, doch der Schmerz in seiner Brust war so überwältigend, dass er davon gar nichts spürte.

Wie aus weiter Ferne nahm er ein Gewirr von aufgeregten Stimmen wahr, erkannte die von Juliette, die von Tim und die des unsäglichen Udo, der sich wie üblich wichtigmachte und in näselndem Tonfall pseudo-buddhistische Weisheiten von sich gab.

»Um Gottes willen, mein Liebster, was ist denn los, was ist dir passiert?« Juliette war offenbar in heller Panik. »Zum Teufel, warum ruft denn nicht endlich jemand einen Arzt!«

Paul war nicht in der Lage zu antworten, doch nach ein paar Minuten begannen die unbarmherzigen Druckwellen ein wenig milder zu werden. Zug um Zug kam er wieder zu Atem, und schließlich verebbten die Schmerzen ganz. »Es geht schon wieder«, rang er sich keuchend ab und hangelte nach dem Treppengeländer, um sich daran aufzurichten.

»Was war denn nur los? Hat dich der Ofen beim Fallen verletzt?«

Mühsam öffnete Paul die Augen und sah in das entsetzte Gesicht seiner Frau.

»Ich weiß es nicht«, bekannte er. »Verletzt habe ich mich jedenfalls nicht. Irgendein Schwächeanfall wahrscheinlich, nichts von Bedeutung. Ich habe letzte Nacht nicht sonderlich gut geschlafen.«

Juliette bestand darauf, dass er nicht mehr mit anpackte, sondern sich oben in der Wohnung hinlegte. Er protestierte zwar, doch insgeheim war er dankbar. Er fühlte sich noch immer elend und schwach und sah sich kaum in der Lage, auch nur einen Schreibtischstuhl ins nächste Zimmer zu tragen.

Von dem seltsamen Schwächeanfall erholte er sich

lange nicht richtig. Zwar ging er zur Arbeit, plante mit Henning neue Projekte und half seiner Frau beim Einrichten der Wohnung, sodass er äußerlich wieder gesund schien.

Im Innern aber kam er sich vor, als wäre er über Nacht zehn Jahre gealtert. Dabei hatte er zum Kranksein wahrlich keine Zeit und noch weniger Lust. Er war noch lange keine vierzig, und noch vor Kurzem hatte er sich jung und voller Lebenskraft gefühlt.

Juliette drängte ihn, zum Arzt zu gehen, aber Paul bezweifelte, dass der ihm helfen könnte.

»Vielleicht geht es mir besser, wenn der Vertrag mit dem Theater ausläuft«, sagte er.

»Aber warum denn das?«, fuhr sie ihn an. »Deine Arbeit als Schauspieler ist doch toll, du verdienst gutes Geld, und alle beneiden dich darum.«

Worum alle mich beneiden, muss noch lange nicht das sein, was mir guttut, dachte er.

Zu Juliette sagte er: »Ja, das Schauspielern macht mir Spaß, aber am Theater mache ich Abend für Abend das Gleiche, und das ist so geisttötend. Ich weiß in der vierten Vorstellung schon nicht mehr, was ich den Leuten noch bieten kann. Henning und ich hätten eine Menge anderer Ideen, aber von denen will bei der Intendanz niemand etwas hören. Das Stück ist erfolgreich, also bleibt das Stück so lange im Programm, bis es sich totgelaufen hat. Was ein paar zufällig daran beteiligte Schauspieler wollen, interessiert keinen Menschen.«

»Von Ideen bezahlt sich nun einmal nicht die Miete«, sagte Juliette, aber sie klang weder schnippisch noch höhnisch, sondern eher tieftraurig. Offenbar verstand sie ihn nicht, und weil sie als seine Frau ihn mehr als jeder andere hätte verstehen sollen, tat ihr das weh.

Was ist mit uns geschehen?, hätte er sie fragen sollen. *Wir konnten doch mal vom anderen nicht genug bekommen. Wo ist das alles hin?*

»Du siehst nicht gut aus«, sagte Henning am nächsten Abend auf der Probe.

»Herzlichen Dank«, brummte Paul. »Ich fürchte, du gewinnst auch nicht unbedingt einen Schönheitswettbewerb.«

»So meine ich das nicht. Du siehst aus wie ein Fisch auf dem Trockenen. Wie einer, der überhaupt nicht mehr in seinem Element ist, auch wenn er verzweifelt so tut, als wäre er es. Na los, Mann. Schmeiß hier das Handtuch, und dann fangen wir beide was Neues an.«

Für gewöhnlich wäre das genau die Lösung gewesen, die Paul gewählt hätte. Abwerfen, was nicht mehr zu ihm passte, wie man einen abgelegten Mantel in die Altkleidersammlung gab. Eine neue Gelegenheit ergreifen und ausprobieren, was daraus werden konnte. Jetzt aber sagte er:

»Ich habe Schulden, Mann, und ich habe eine Frau zu ernähren. So einfach was Neues anfangen, das geht bei mir nicht mehr.«

Der Satz löste einen Anfall von Klaustrophobie in ihm aus. *Das geht bei mir nicht mehr.* Es war ein Gedanke, der ihm sein Leben lang fremd gewesen war.

Tim ging sogar noch einen Schritt weiter. »Mach mir nichts vor«, sagte er. »Wenn ich mich so mies fühlen würde, wie du aussiehst, würde ich das Bestattungsinstitut anrufen.«

»Und was soll ich deiner Ansicht nach dagegen tun?«, fragte Paul.

»Dich nicht einsargen lassen«, erwiderte Tim. »Vergiss das mit dem Zement und den Rissen nicht. Und dieser Kinderglaube, dass das Wetter schön wird, wenn wir unsern Teller leer essen, der ist falsch. Wenn dir der Brei nicht schmeckt, lass ihn stehen. Das weißt du doch genauso gut wie ich.«

Paul verstand genau, was der Freund ihm sagen wollte. Er verstand auch, dass er es sich längst selbst gesagt hatte, auch wenn er es bisher vermieden hatte, sich zuzuhören. Im Theater konnte er zur Not noch eine Weile durchhalten, bis eins seiner anderen Projekte spruchreif war. Beruflich würde er immer wieder auf die Beine kommen, glaubte er, und die Wege, die sich ihm als Schauspieler auftaten, begann er ja gerade erst auszuloten.

In seiner Ehe aber konnte er nicht länger durchhalten. Weder er noch Juliette würden wieder auf die Beine kommen, solange sie beieinanderblieben, und Wege, die es auszuloten galt, taten sich für sie nicht auf, sondern verschlossen sich.

Auch mit dem anderen, was er gesagt hatte, hatte Tim recht: Juliette war eine wunderbare Frau. Eine, die einen Mann verdiente, der wirklich mit ihr verheiratet sein wollte.

Er selbst aber war jemand, der nie hatte heiraten wollen, mit dem in dieser Hinsicht etwas nicht funktionierte, der dafür nicht geboren war. Wenn er an Ehe dachte, fiel ihm immer noch die traurige Gemeinschaft seiner Eltern ein, sein lebensfroher, geselliger Vater, der zu einem Dasein im Dunkel gezwungen worden war, und seine Mutter, die einem Glück nachjagte, das sie an Helmuts Seite nie gefunden hatte.

In letzter Zeit hatte er sich mit Juliette viel zu häufig und über die absurdesten Banalitäten gestritten. Das musste aufhören.

Sie hatten sich einmal sehr geliebt, und keiner von ihnen war ein schlechter Mensch. Als Henning eine Wohnung im Dortmunder Vorort Hörde mietete und Paul anbot, zu ihm zu ziehen, griff er zu.

Am Abend sagte er es Juliette. Es war kein einfaches Gespräch. »Lass es uns versuchen. Wenn wir uns nacheinander sehen, komme ich einfach wieder zurück, und wir machen einen neuen Versuch. Wenn wir aber sehen, dass wir ohne einander besser dran sind, lassen wir uns scheiden.«

Beide mussten weinen, doch im Grunde spürten sie, dass bei aller Traurigkeit bereits Tränen der Erleichterung darunter waren.

Zu einem weiteren Versuch kam es, weil Paul kurz nach seinem Umzug in einen Unfall verwickelt wurde und für längere Zeit ins Krankenhaus musste. Es wäre Juliette herzlos erschienen, ihm in dieser Situation nicht zur Seite zu stehen, Paul genoss ihre Pflege und zog noch einmal bei ihr ein. Dieses Mal stritten sie nicht einmal mehr, die Luft war raus, und auch Juliette begriff wohl endgültig, dass Paul nicht aus dem Material war, aus dem Ehemänner gemacht werden.

Die Trennung danach war endgültig, die Scheidung erfolgte in beiderseitigem Einvernehmen. Sie nahmen sich einen gemeinsamen Anwalt, und Paul verzichtete zu ihren Gunsten auf alles.

Das, was er nicht entbehren konnte, hielt er ja endlich wieder in den Händen und würde es so schnell nicht mehr loslassen: das Gefühl, er selbst zu sein.

19

DAS LETZTE LEBEN

WÄRE ER nicht verheiratet gewesen, hätte er den Vertrag im Schauspielhaus Dortmund vorzeitig abgebrochen. So aber hielt er durch. Henning hatte ein Stück über Elvis geschrieben, und das Stück wurde ein Erfolg. Also spielte er weiter. Das meiste machte ihm Spaß, und Durststrecken gab es in jedem Job.

Er hatte auch seine Arbeit als Schreiner und Innenausstatter gemocht, beides musste erst einmal ruhen, und das Wichtigste war auch weiterhin für ihn, dass kein Stillstand eintrat. Auf diese Weise war der Beruf ihm keine Last, sondern blieb ein Abenteuer. Den Rest seiner Zeit nutzte er für das, was er in den Jahren seiner Ehe allzu sehr vermisst hatte: zum Leben. Für Freunde und alte Freundinnen, lange Nächte, kurze Tage, Reisen und Veranstaltungen, Spontanität und Spaß.

Eine Zeit lang wohnte er mit Henning zusammen, dann wieder mit Tim. Sie belebten alte Liebschaften, ohne an die Beziehungen, die sich ergaben, sonderliche Ansprüche zu stellen. Sie luden ihren großen schillernden Freundeskreis zu sich ein, und Paul kochte für alle, während Tim zum Mundschenk avancierte. Es war eine wilde, berauschte, fröhliche Zeit ohne viel Nachdenken. Er kaufte sich einen Mercedes, ein weißes Coupe 230 CE, sammelte überall Bekannte und Freunde ein und cruiste durch die Welt.

Bis er unsanft aus seinem Flow gerissen wurde. Auf der Rückfahrt von Amsterdam, bei der er mit Tim noch mal alte Zeiten aufleben ließ, kam Tim mit dem Benz ins Schleudern, rauschte mit 150 von der Bahn, mähte einen Baum um, knallte gegen eine Schallschutzwand und das Auto landete auf dem Dach.

Beide versicherten sich gegenseitig, dass sie unverletzt waren, und kletterten raus. Es war früher Nachmittag, und die Sonne hatte keine Chance gegen die Wolken. Während sie noch einen leichten Schock hatten, betrat die Polizei den Unfallort. Ohne sich um die beiden zu kümmern, inspizierten sie als Erstes die Reifen, was Paul völlig auf die Palme brachte. Er schrie sie an und erweckte damit den Eindruck, betrunken zu sein. In diesem Zusammenhang drängten sie Tim, doch zuzugeben, dass nicht er, sondern Paul der Fahrzeuglenker gewesen sei. Was Paul komplett sauer machte. Er stellte sich an den Standstreifen und winkte ein Taxi raus, das ihn nach Hause brachte. Simone, eine hinreißende Frau, die in den letzten Wochen ihre Zeit mit ihm teilte, kam, um ihn zu trösten. Was ihrem süßen Charme mühelos gelang.

Als er am nächsten Morgen erwachte, lag er nicht mehr in seinem Bett, sondern in der Achterbahn. Alles drehte sich in einem Tempo, das den Magen sofort nach außen stülpte. Selbst als er die Augen schloss, ging die Show weiter. Innerhalb von Minuten war er klatschnass und konnte nur noch um Hilfe schreien. Jede Bewegung verursachte neue, heftigere Wellen Zu seinem Glück war Simone noch da, schaltete schnell und sorgte dafür, dass er wieder einmal mit Blaulicht die Klinik geschafft wurde.

Die Sonne des nächsten Mittags strahlte, als Paul zu

sich kam. Ein Arzt blickte mit todernster Miene und unverhohlenem Tadel auf ihn hinunter.

»Da haben wir Sie also wieder bei uns, Herr Brenner«, sagte er. »Dafür sollten Sie Ihrem Schöpfer danken.«

»Was ist denn mit mir los?«

»Sie sind weit glimpflicher davongekommen, als zu erwarten war. Wie fühlen Sie sich denn?«

»Irgendwie merkwürdig«, antwortete Paul wahrheitsgemäß. »Schwimmend, schwerelos schwankend.«

»Das ist kein Wunder Sie haben über das Schleudertrauma einen Totalausfall sämtlicher Gleichgewichtsorgane erlitten. Und dafür, dass es nicht schlimmer ist, können Sie dankbar sein. Dass Sie mit Ihrer Krankengeschichte noch leben, verwundert hier nämlich die gesamte Station. Sie haben entweder einen mächtigen Verbündeten da drüben auf der anderen Seite, oder Sie sind der größte Glückspilz, der mir je begegnet ist.«

Welche von beiden Möglichkeiten zutraf, vermochte Paul nicht zu entscheiden. Das überließ er all denen, die sich mit dem Jenseits auszukennen glaubten. Er selbst hatte genug mit dem Diesseits zu tun: Er erholte sich nur langsam und musste feststellen, dass sein Gleichgewichtssinn anfällig blieb. Er war wie eines jener zerbrechlichen Güter, die mit dem Aufkleber »fragil« auf den Kisten verschickt wurden, damit der Zusteller darauf achtgab, sie nicht zu beschädigen.

Er musste sich daran gewöhnen, mit möglichen Ausfällen zu leben und vorsichtig zu sein.

Was ihn wirklich erschreckte, war ein Nebensatz des Arztes: »Wenn so ein Aussetzer wieder auftauchen sollte, müssen Sie dringend vorbeikommen«, sagte er mahnend.

»Nach einem Herzinfarkt ist es unbedingt anzuraten, regelmäßige Kontrollen wahrzunehmen.«

»Aber ich habe doch noch nie einen Herzinfarkt gehabt«, begehrte Paul auf.

»Oh doch, das haben Sie – und zwar keinen ganz leichten, die Narbe ist nicht zu übersehen.« Der Doktor nannte mit ziemlicher Präzision einen Zeitraum, in dem der Infarkt stattgefunden haben musste. Paul wurde kurz heiß und dann kalt. Der Umzug in die neue Wohnung mit Juliette fiel ihm ein, der schier mörderische Schmerz und sein Sturz auf der Treppe. Er hatte es als einen Schwächeanfall abgetan und zu vergessen versucht.

»Der Infarkt hätte Sie umbringen können«, sagte der Arzt. »Einen zweiten sollten Sie auf keinen Fall riskieren. Schon gar nicht im Zusammenhang mit einer Schwindelattacke. Panik ist dann schnell tödlich.«

Die Warnung war deutlich, doch der Gedanke, sich zu schonen und sein Leben von nun an auf Sparflamme zu köcheln, war ihm fremd und unbehaglich.

»Du bist eben keine dreißig mehr«, sagte Daniel, der zehn Jahre älter war und im Geschäft mit Innenausstattungen gerade erneut Fuß fasste.

Nein, wohl nicht, dachte Paul, der sich noch immer allzu häufig wie höchstens zwanzig fühlte und der sich auf einmal bewusst machen musste, dass langsam die Vierzig näher rückte. Noch mehr beschäftigte ihn jedoch die Tatsache, dass er offenbar zwei weitere Male in einer Situation gewesen war, in der er den Regeln der Wahrscheinlichkeit nach hätte sterben müssen. Als Katze hätte er inzwischen bereits sieben seiner Leben verloren. Es blieben ihm nur noch zwei übrig. Er wollte daran nicht denken, aber in den Nächten war es nicht immer ganz einfach, die unterdrückten Gedanken am Aufkommen zu hindern.

»Du brauchst eine neue Herausforderung«, sagte Henning. »Ich glaube, deine Affäre mit dem Theater ist vorbei. Die ganz große Liebe war es ja sowieso nicht.«

»Wie bitte?«, entfuhr es Paul. Gerade Henning hatte zu jenen gehört, der ihn immer wieder regelrecht gedrängt hatte, dem Schauspiel treu zu bleiben.

»Ich kenne da eine Casting-Direktorin, der ich dich gern vorstellen würde«, sagte Henning. »Anna Lisa Bauer. Nette Frau.«

»Nette Frauen lerne ich immer gern kennen, aber vielleicht muss ich mich ganz neu orientieren«, erwiderte Paul.

»Warte damit noch mal. Die kommt extra hierher, um Typen für eine Ruhrpottsaga zu casten«, sagte Henning. »Ich glaube, du gehörst vor die Kamera, Mensch.«

»Diese Ruhrpottsaga«, wie Henning sich ausdrückte, trug den Titel *Schwarzes Gold,* erzählte die Geschichte einer Bergarbeiterfamilie, die die Zeit des Nationalsozialismus und den Zweiten Weltkrieg umfassen sollte, und offenbar fehlten noch ein paar authentische Darsteller für Nebenrollen.

Warum nicht, dachte sich Paul wieder einmal. In ein paar Features hatte er bereits mitgespielt, es hatte sich so ergeben, und er war überrascht gewesen, wie viel Honorar dafür gezahlt wurde. Für deutlich weniger Arbeit erhielt er beim Fernsehen mehr Geld als in jedem seiner anderen Berufe, was höchst erfreulich war, weil es ihm mehr Zeit für all das ließ, was ihm wichtig war.

Anna Lisa war in der Tat eine nette Frau, und das Treffen mit ihr verlief sehr angenehm.

»Sie sind ein guter Typ«, sagte sie zu ihm. »So etwas suchen wir für die Serie. Wir müssten mit Ihnen rasch ein paar Probeaufnahmen machen, da Sie kein Portfolio vorzuweisen haben. Die letzte Entscheidung hat außerdem immer der Regisseur, Karl Emmermann. Haben Sie morgen Abend nach den Probeaufnahmen Zeit für ein Treffen mit ihm?«

Karl Emmermann traf sich mit ihm in einer Kneipe, was Paul schon einmal sympathisch war. Er trank Bier und führte kein Bewerbungsgespräch mit ihm, sie plauderten vielmehr über Gott und die Welt – vornehmlich die des Ruhrpotts. Paul genoss die ungezwungene Atmosphäre des Gesprächs und vergaß beinah, dass er einer Rolle wegen gekommen war. Er fühlte sich wohl.

Irgendwann, als die Rechnung bereits beglichen war und sie bei einem Absacker saßen, stützte Emmermann das Kinn in die Hand, fasste ihn direkt ins Auge und sagte: »Gut, das wäre dann klar. Du bist mein Dicker.«

Unwillkürlich blickte Paul an sich herunter. Hatte er zugenommen? Selbst wenn das der Fall gewesen wäre, hätte er sich nicht als übergewichtig bezeichnet, und so sehr er Direktheit schätzte, kam ihm das doch ein wenig übertrieben vor.

Emmermann bemerkte offenbar seinen verdutzten Blick und grinste. »Der Dicke ist eine Figur«, klärte er ihn auf. »Eine wichtige Figur, keine ganz einfache Rolle, aber du bist für so einen Kerl mit Ecken und Kanten ideal. Im Übrigen kann man dick auch spielen, ohne es zu sein. Wir engagieren ja normalerweise auch keinen Mörder, um einen darzustellen. Geh gleich morgen früh zur Produktionsfirma wegen der Kostümprobe.«

Er wurde in abgetragene Klamotten gesteckt, mit einem Schnäuzer dekoriert und fühlte sich umgehend als »Dicker«. Kaum war er abgeschminkt, kam Emmermann hereingeschneit: »Komm, wir müssen noch kurz was drehen, um dich den Produzenten vorzustellen!«

In einem leeren Büro drehten sie in aller Eile drei kurze Szenen, die nach der Vorführung direkt zu einem weiteren Engagement nach der Pott-Serie führten.

So kam Paul wieder einmal wie die Jungfrau zum Kinde zu einem Vertrag mit einem Sender. Nie zuvor hatte er so viel Geld verdient, und Spaß machte es obendrein. Noch immer nahm er keinerlei Schauspielunterricht und verwarf nach kurzer Überlegung auch den Rat, sich coachen zu lassen, wie es zahlreiche Kollegen taten. Stattdessen ließ er sich ganz auf die Verwandlung ein, die in ihm vorging, sobald er das Kostüm und die Maske des »Dicken« überstreifte. Ihm war schon am Theater schleierhaft gewesen, warum man Emotionen herstellen muss, um sie darstellen zu können. Er fragte sich oft, wie die jungen Kolleginnen und Kollegen, die in ihrer Ausbildung den großen Gefühlen begegneten, sich ihnen bewusst aussetzten, Erlerntes und Gefühltes auseinanderhalten sollten. Paul hatte oft genug das Gegenteil bemerkt. Sich auf die zu spielende Situation mit allen Sinnen einzulassen, war für ihn vollends ausreichend. Dann stimmte der Ton und das Timing. Man brauchte nur Rhythmusgefühl. Seine Liebe zum Tanz zahlte sich aus, sein musikalisches Gehör, der Mut zur Spontanität.

Das gefiel ihm am Drehen. Das Statische, Künstliche

der Bühne fiel weg, und er konnte für die Zeit des Takes zu einem anderen Menschen werden, in einer Figur spazieren gehen und schließlich ganz und gar in ihr verschwinden. Wenn ihn Kollegen und Mitarbeiter am Set mit »Dicker« ansprachen, statt sich seinen Namen zu merken, fühlte er sich davon nicht beleidigt, sondern freute sich.

Dementsprechend machte er die Erfahrung, dass grundsätzlich die Szenen am stärksten und überzeugendsten wirkten, die mit dem ersten Take im Kasten waren. Wenn endlose Wiederholungen eingefordert wurden, verlor die Darstellung mit jeder Aufnahme an Kraft. Nur beim ersten Mal wirkte alles echt und lebendig, und kleine Unebenheiten taten dem keinen Abbruch. Im Laufe der Jahre lernte er Regisseure zu schätzen, die sich auf dieses erste Mal konzentrierten, statt eine Perfektion anzustreben, die es für ihn ohnehin nur im Spontanen gab.

»Alles, was leicht geht, ist richtig« – ein Maharishi-Grundsatz – wurde zu seiner Faustregel, seinem Leitstern. Was allzu schwer erkämpft werden musste, war in aller Regel den Kampf nicht wert, weil sich etwas in ihm dagegen sträubte. Wie im Leben.

Immerhin befolgte er den Rat, sich einer Agentur für Schauspieler anzuschließen, und wählte eine der angesehensten des Landes, um sich vertreten zu lassen. Das Tempo, mit dem dort gearbeitet wurde, hatte er allerdings nicht erwartet: Kaum waren sämtliche Folgen von *Schwarzes Gold* abgedreht, bekam er sofort allein aufgrund von wenigen Probeaufnahmen eine Rolle in einem *Tatort*, und gleich darauf wurde er für eine zwanzigteilige Serie engagiert. Worum andere mühsam kämpften, lief anscheinend bei ihm wie von selbst: Er brauchte sich nicht zu bewerben, sondern erhielt mehr Angebote, als er wahrnehmen konnte. Er drehte zuweilen in drei Produktionen parallel. Den Beruf, den er nicht erlernt hatte, erspielte er sich, entwickelte wachsendes Vergnügen daran, und die Leute mochten offenbar, was er machte.

In diesen Jahren wurden für Fernsehproduktionen unvorstellbare Summen ausgegeben, das Privatfernsehen hielt in Deutschland Einzug, und auch die öffentlich-rechtlichen Sender drehten immer und überall. Paul spielte gern eckige, kantige, schwierige Typen wie den »Dicken«, auch Kerle, die er im realen Leben nicht mit der Kneifzange angefasst hätte, denn gerade das Fremde, Unvorstellbare reizte ihn. Hätte ihm jemand angeboten, eine Frau zu spielen, er hätte sofort zugegriffen. Umso weiter die Rolle von seiner eigenen Wirklichkeit entfernt war, desto interessanter war sie für ihn.

In einer Art Nebeneffekt wurde aus dem Jungen aus dem Pott ein Weltbürger. Es waren die frühen 1980er, die Welt öffnete sich, die Deutschen wurden etwas weltgewandter. Paul wurde ein Reisender in Sachen Emotionsverleih. Er reiste zu Drehs nach Frankreich und Holland, nach Italien, Belgien und in die USA, nach Hongkong, Ägypten, Kuba und Afrika. Der Kerl aus dem Pott saugte alles in sich auf.

The world is my oyster, sagen die Briten – und in diesen Jahren entsprach der Satz Pauls Lebensgefühl.

Er war offenbar wirklich Schauspieler geworden, so merkwürdig es ihm noch immer erschien. Das Fernsehen, die

Wunderwelt seiner Kindheit, hatte ihre Pforten geöffnet und ihn zu einem Teil von sich gemacht.

Wenn dies also sein vorletztes Leben war, dann nutzte er es gut, fand er. Wie er auch die Leben davor gut genutzt hatte. Es gab im Rückblick natürlich manches, das er nicht noch einmal so gemacht hätte, doch im Grunde bereute er wenig.

Sein vierzigster Geburtstag konnte kommen. Er empfand kein Grauen mehr davor, sondern würde in rauen Mengen Champagner auffahren und endlich wieder einmal nach Herzenslust für seine Freunde kochen.

So spannend die Herausforderungen des neuen Lebens auch waren, so brachten sie doch eine schwer zu beschreibende Einsamkeit mit sich. Schauspieler waren am Drehort meist auf sich gestellt und untereinander nur schwer kompatibel. Sie waren Rivalen, nicht nur Kollegen, und wenn man sich abends zusammensetzte, musste reichlich Alkohol fließen, um die angespannte Stimmung zu lockern, die Rollen abzulegen und sich irgendwie zu heimisch zu fühlen.

Natürlich gab es wie in jedem Bereich seines Lebens auch hier etliche Menschen, die Paul gern mochte, interessante Bekanntschaften und Frauen, in die er sich verliebte. Die Vertrautheit, die ihn mit Weggefährten wie Tim, Henning oder Eri verband, stellte sich jedoch nicht ein, und umso mehr wollte er diese bewährten Freundschaften feiern.

Heinz, ein Lebemann, mit dem er sich angefreundet hatte, bot seine Kneipe als Veranstaltungsort an, und Paul fuhr nach Düsseldorf, um den versprochenen Champagner zu besorgen. Auf dem Rückweg überfiel ihn von einer

Sekunde zur anderen eine Übelkeit, die so heftig war, dass er es gerade noch schaffte, den Wagen an den Straßenrand zu lenken, ehe ihm schwarz vor Augen wurde.

In seinem Oberbauch tobten wütende Schmerzen, und verzweifelt würgend und nach Luft schnappend brach er über dem Steuerrad zusammen.

Der Fahrer eines vorbeifahrenden Autos verständigte die Rettung, und ein weiteres Mal landete Paul in einem Krankenhausbett, wo er beim Erwachen einen Vortrag zu hören bekam, der ihm allmählich wie ein wiederkehrendes Echo seines Lebens erschien:

»Guten Morgen, Herr Brenner. Schön, dass Sie mal wieder reinschauen. Hätte der Herr, der Sie gefunden hat, nicht so schnell geschaltet, hätte das böse ausgehen können. Und das kann es auch in Zukunft noch, wenn Sie von jetzt an nicht wirklich besser auf Ihre Gesundheit achten.«

Er erfuhr, dass er eine sogenannte Leberverhärtung erlitten hatte, ein Phänomen, von dem er noch nie zuvor gehört hatte. Wenn sich eine solche Verhärtung wiederholte, konnte seine Leber dauerhafte Schäden davontragen.

Bilder seines Vaters blitzten vor seinem geistigen Auge auf – abgemagerte Glieder, zitternde Hände, gelbe Pergamenthaut und noch gelber verfärbte Augen. Hastig schüttelte er die Gedanken ab. Er war noch jung, wollte morgen erst seinen vierzigsten Geburtstag feiern und fühlte sich ja auch bereits wieder voller Kraft.

Die Feier seines Vierzigsten fand ohne ihn statt, denn es dauerte Tage, ehe man ihn aus dem Krankenhaus entließ. Die Freude am Leben würde er sich jedoch nicht nehmen lassen, sondern den Vorfall so schnell wie möglich vergessen. In seinem Hinterkopf blieb jedoch die Gewissheit zurück:

Selbst als Katze hätte ich jetzt mein letztes Leben angebrochen.

Und da so ein Leben offenbar zu zerbrechlich war, um darauf aufzupassen, sah er besser zu, dass er auch dieses bestmöglich nutzte.

Noch besser als die acht zuvor.

20

STUHL FÜR ZWEI

PAULS SCHAUSPIELERLEBEN setzte sich fort, wie es angefangen hatte: Er erhielt eine Rolle nach der anderen, ohne sich darum bemühen zu müssen. Da er das Hierarchiegerangel und die Konkurrenzkämpfe am Set nicht mitmachte, sondern stets im Hinterkopf behielt, dass er sein Geld auch auf andere Weise verdienen konnte, war er bei den Kollegen beliebt. Viele wählten ihn, um ihr Herz auszuschütten – nicht nur, weil er ein offenes Ohr hatte, sondern auch, weil sich rasch herumsprach, dass er sich von niemandem einschüchtern ließ. Auch nicht von Geldgebern, Redakteuren und Produzenten. Von klein auf hatte Ungerechtigkeit ihm Sodbrennen verursacht, und daran hatte sich nichts geändert. Diese Branche hat mit dem Alter extreme Probleme. Frauen, ohnehin schon vom Machismo und Schönheitswahn verfolgt, hatten ab fünfundvierzig extreme Probleme, engagiert zu werden.

Wenn er miterlebte, wie verdiente Schauspieler und Schauspielerinnen, deren Glanzzeit vorüber war, für einen Hungerlohn spielen mussten und zudem respektlos behandelt wurden, ging er auf die Barrikaden. Ein Darsteller in den Siebzigern, den er als Kind schon bewundert hatte, saß stundenlang in glühender Hitze auf einem Klappstuhl, um auf einen winzigen, schlecht bezahlten Auftritt zu warten, während gehypte Jungdarsteller in ihren Trailern mit Sonderwünschen auf sich aufmerksam machten. Viele, die ihrem Traum von Schauspielberuf so gut wie jede Sicherheit geopfert hatten, wurden regelrecht ausgebeutet. Das knallharte Prinzip von Angebot und Nachfrage gleich Marktwert sorgte dafür, dass dieser Beruf der Prostitution immer näher war als der Kunst.

Hier und da gelang es Paul, für Einzelne bessere Bedingungen und vor allem mehr Respekt herauszuschlagen, doch ihm war bewusst, dass er im Grunde auf verlorenem Posten gegen Windmühlenflügel kämpfte. Schauspieler hatten keine Vertretung, keine Lobby – sie wurden geliebt, angehimmelt und dann ersetzt und vergessen. Verbrauchsware. Echte Stars gab es in Deutschland so gut wie gar nicht, und wenn jemand mal sehr gehypt wurde, ließen die schlechten Geschichten und die Häme nie lange auf sich warten. In Deutschland wachsen keine Bäume mehr in den Himmel. Eine Verehrung der Schauspielkunst wie in Frankreich oder Österreich gab es in diesem Land noch nie. Hier wollte man die, die zu hoch kamen, schnell wieder am Boden sehn.

Der Wunsch, dagegen etwas zu tun, den Kampf für gesicherte Rechte auf die festen Füße einer Organisation zu stellen, erwachte schon früh in ihm, aber vorerst fehlte es ihm dafür an Zeit und am nötigen Überblick. Seine Welt schien sich immer schneller zu drehen, und er gab sich dem Strudel gern hin, weil er ihn daran hinderte, an Dinge zu denken, an die zu denken sich nicht lohnte.

Eine seiner liebsten Rollen war die eines gestressten Familienvaters in einer Satire über den Pauschal-Tourismus, die im ägyptischen Urlaubsparadies Hurghada gedreht wurde, weil das ursprünglich vorgesehene Spanien sich weigerte, für eine Verulkung eines seiner wichtigsten Wirtschaftszweige Drehorte zur Verfügung zu stellen. Der Film wurde über Nacht zum Kultfilm. Noch Jahre später konnten begeisterte Zuschauer ganze Dialoge daraus auswendig zitieren. Insgeheim aber dachte Paul, wenn statt der Spielhandlung das Chaos und die diversen Querelen am Drehort gefilmt worden wären, hätte der Film womöglich noch erfolgreicher sein können.

Kurz zuvor hatte Paul außerdem eine tragende Rolle in einer deutsch-österreichischen Familiensaga übernommen, die für einen erst kürzlich aus der Taufe gehobenen Privatsender produziert wurde. Der Sender strahlte rund um die Uhr ein Programm aus, musste dafür über fünfzig Filmproduktionen pro Jahr erstellen und hatte ein mörderisches Budget zur Verfügung.

Mit Insa Rudolff, der Programmdirektorin, verstand er sich auf Anhieb. Insa war eine Frau, die jeden Winkel der Branche wie ihre Westentasche kannte, zugleich eine kluge Geschäftsführerin und eine Frau mit Herz und Gespür. Er freute sich auf weitere Jahre der Zusammenarbeit mit ihr, und er schien tatsächlich einen Punkt in seinem Leben erreicht zu haben, in dem er sich um seine Zukunft kaum noch Sorgen zu machen brauchte.

Er hatte dazu ohnehin nie geneigt, doch wenn er erlebte, wie Freunde und Kollegen sich mit Existenzsorgen quälten und abstrampeln mussten, wurde ihm klar, wie viel Glück er gehabt hatte, und er empfand eine tiefe Dankbarkeit.

Mit Daniel und dessen Ehefrau Susanne war Paul über all die Jahre in engem Kontakt geblieben. Auch wenn es mit dem Innenausbau mal nicht gut lief. Paul mochte Susanne, die ebenfalls Schreinerin war und die mit Daniel den Laden schmiss, sie hatte immer gute Ideen und wie Paul liebte sie Holz als Werkstoff. Als Susanne ihren vierzigsten Geburtstag feierte, war das ein wichtiger Termin für Paul.

»Wir feiern ganz groß«, sagte Daniel. »In dem tollen Laden gegenüber vom Prince. Weißt du noch, da war diese schnelle witzige Oberkellnerin.«

Die Erinnerungen ans Prince hatte Paul nach der gescheiterten Ehe nach besten Kräften verdrängt. In dem Bistro gegenüber war er ein paarmal gewesen, aber ihm fiel nur ein, dass er mit dem Inhaber über das miese Gulasch, das dort serviert wurde, gestritten hatte und er danach nicht wieder hingegangen war.

»Sag bloß, du weißt nicht mehr?«, fragte Daniel. »Haben die Ehe und Juliette alle anderen Erinnerungen aus der Zeit gelöscht?«

»An was?«, fragte Paul zurück. »An das Gulasch?«

»Quatsch. An die schlagfertige Kellnerin mit der Traumfigur und den schönen Augen.«

Dass ihm in dieser Hinsicht etwas entgangen sein sollte, konnte Paul sich nicht vorstellen. »Da bei mir nichts klingelt, nehme ich an, ich bin ihr nie begegnet«, sagte er. »Sonst hätte ich mich vermutlich nicht so lange mit dem arroganten Arsch und seinem Gulasch aufgehalten.«

»Seltsam«, murmelte Daniel. »Wir sind doch in dem Laden ständig ein und aus gegangen, und sie hat die ganze Zeit da gearbeitet. Ich glaub, Juliette kannte sie auch.«

»Aber ich nicht«, sagte Paul knapp. Gesprächen über

Juliette ging er noch immer aus dem Weg. Auf Susannes Geburtstagsparty aber freute er sich, auch wenn er mit dem Ort keine angenehmen Erinnerungen verband.

An dem Abend selbst kam er zwei Stunden zu spät, weil der Regisseur, mit dem er zu der Zeit drehte, den Termin überzogen hatte. Wieder und wieder hatte er dieselbe Szene drehen lassen, was Paul hasste. Die absolut hohle Ansage nach dem zehnten Take: »Nee, nee, nee, so funktioniert das nicht für mich! Kannst du das vielleicht anders betonen?«, war der Tropfen, der das Fass überlaufen ließ. Paul verließ das Set, weil er wusste, dass ausreichend Material gedreht war, und hörte den Regisseur noch brüllen, bis er ins Auto stieg.

Er kannte solche Situationen: Ein Regisseur hatte seine eigene Interpretation der Szene im Kopf und gab keine Ruhe, ehe er nicht sämtliche Darsteller in die entsprechende Richtung gebogen hatte. Man fragte sich, wofür so jemand überhaupt Charaktere besetzt hatte. Das Ergebnis solcher Arbeit war nie zufriedenstellend, weil die Stimmung, die der Vorstellung des Regisseurs entsprach, im Bild hinterher gekünstelt und leblos wirkte.

Die Atmosphäre hatte sich den ganzen Drehtag über aufgebaut, wobei eine der jüngeren Schauspielerinnen vor lauter Erschöpfung in Tränen ausbrach und ausfiel. Entsprechend geladen war Pauls Stimmung, als er sich endlich auf den Weg zu Susannes Party machte.

Laute Musik und Schwaden von Rauch drangen ihm entgegen, als er die Tür des Lokals öffnete. Susanne und Daniel hatten offenbar die halbe Stadt eingeladen. Die Menschen drängten sich so dicht, dass sie beim Tanzen nicht hätten umfallen können.

Paul war von anstrengenden Wochen voller Drehtermine ausgelaugt, und der heutige Tag hatte noch einmal sämtliche Kräfte gekostet. Er schlug sich zum Geburtstagskind durch und gratulierte. Anschließend aber wollte er sich nur noch hinsetzen, sich von Daniels märchenhafter Kellnerin einen Drink servieren lassen und erst einmal ankommen, ehe er eventuell ans Tanzen dachte.

Er reckte sich auf die Zehenspitzen und sah sich um. Weit und breit schien es keinen einzigen leeren Flecken, geschweige denn einen freien Stuhl zu geben. Da entdeckte er im Winkel neben der Theke eine junge blonde Frau, die gerade von einem Typen im weinroten Dinnerjackett zum Tanzen aufgefordert wurde und sich von ihrem Stuhl erhob. Pfeilschnell bahnte er sich seinen Weg durch die Massen, um die begehrte Sitzgelegenheit zu ergattern, ehe sie ihm jemand vor der Nase wegschnappte.

Doch diese Idee hatte er nicht allein. Von der anderen Seite kämpfte sich eine Frau ebenfalls durch die Menschenmenge und erreichte gleichzeitig mit ihm den freien Stuhl.

Ihre Blicke trafen sich, und beide mussten lächeln.

Es gab sie, diese Augenblicke, in denen die Welt ganz kurz stillstand, als hätte jemand ein Foto geschossen und den Moment für die Ewigkeit festgehalten.

Was für ein verdammt schönes Weib, dachte Paul und wollte den Blick der dunklen Augen, in denen so viel Leben schimmerte, nicht loslassen.

»Bitte«, versuchte er galant zu sein und wies auf die Sitzfläche des Stuhls.

»Ach was«, winkte sie ab. »Du hattest bestimmt einen genauso anstrengenden Tag wie ich. Und wir sind ja beide nicht gerade schwergewichtig – komm, wir teilen uns den Stuhl.« Dazu lächelte sie und der gesamte Umkreis schien zu strahlen.

»Teilen! Wirklich?« Paul war verdutzt.

»Ja.« Die Schönheit lächelte weiter, setzte sich ganz selbstbewusst hin und nahm dabei genau die Hälfte der Sitzfläche für sich ein. Paul zögerte nur für den Bruchteil einer Sekunde, dann setzte auch er sich. An seiner Seite spürte er ihre warme, lebendige Gegenwart. Sie hatten augenblicklich ein gemeinsames elektrisches Feld.

»Ich bin Cora. Wenn man sich schon einen Stuhl teilt, sollte man wissen, mit wem man es zu tun hat.«

»Ich bin Paul.«

Pauls Müdigkeit war wie weggeblasen. Es kam ihm vor, als hätte er ein Pfeifchen mit bestem Stoff inhaliert.

Die Tatsache, dass sie beide in die gleiche Richtung schauten, was den ganzen Abend über so blieb, obwohl immer wieder Plätze frei wurden, machte die Situation sofort unsterblich.

Wäre Paul anschließend gefragt worden, was er sich noch mit ihr teilen wollte, so hätte er, ohne mit der Wimper zu zucken, erwidert:

»Was nicht?«

ANKÜNFTE
ENDE OFFEN

21

DER GANZE REST

CORA HATTE die schönsten Augen von der Welt. Die schönste Seele auch. Man konnte unmöglich Augen wie Cora besitzen, ohne zugleich die schönste Seele zu haben. Paul hatte sich nie für einen haltlosen Romantiker gehalten. Dass er einer war, einer sein konnte, einer sein wollte, entdeckte er erst jetzt.

Sie war natürlich die Kellnerin, von der Daniel geschwärmt hatte. Im Nachhinein konnte Paul nicht fassen, wie es möglich war, dass er in all den Jahren in dieser Stadt, ja sogar in jenem Lokal ein und aus gegangen war, aber die wundervollste Frau, die im gesamten Ruhrgebiet herumlief, nicht bemerkt hatte.

Er bemerkte sie jetzt. Er bemerkte sie ohne Unterlass, denn er konnte an nichts anderes mehr denken. Und er wollte es auch gar nicht.

Ihren Job als Kellnerin hatte Cora mittlerweile aufgegeben. Stattdessen arbeitete sie als Pressesprecherin bei einem Stahlwerk. Zuvor hatte sie sich aus eigenen Kräften ein Studium finanziert und sich in mehreren anderen Berufen bewährt, und das gehörte zu den ersten Dingen, die ihm an ihr gefielen: In dieser Hinsicht war sie wie er – vielseitig, offen, bereit, ständig Neues zu lernen und auszuprobieren.

»Du bist ein Chamäleon«, sagte sie zu ihm, nachdem

er ihr ein wenig von den Stationen seines Lebens erzählt hatte. Für gewöhnlich redete er lieber über andere als über sich selbst, doch bei ihr sprudelte er, sobald sie ihm nur eine Frage stellte. »Wo das Leben dich hinsetzt, richtest du dich ein.«

Besser hätte er selbst sich nicht beschreiben können. Er hob die Brauen und lächelte ihr in die Augen. »Tatsächlich? Und könnte es sein, dass mich das Leben gerade zu einem weiblichen Chamäleon gesetzt hat?«

Das Nächste, was er an ihr geradezu genoss, war, dass sie zusammen mit einem Lachen alles auflösen konnten, vom ersten Augenblick an und selbst in den ernstesten Momenten, die noch auf sie zukamen. Sie war ein weibliches Chamäleon, das zu schwimmen begann, sobald man es ins Wasser warf, aber vor allem ein Paket geballter Lebenskraft. Sie beklagte sich nicht, sondern packte an. Um all das zu meistern, was ihr Alltag von ihr forderte, musste sie zweimal so viele Stunden zur Verfügung haben wie andere Menschen.

Cora lebte nämlich nicht allein. Sie sagte es ihm, als er sie bat, sich am folgenden Abend mit ihm in einem Café zu treffen.

»Ich würde mich freuen, dich wiederzusehen, Paul. Aber es geht nur, wenn wir beide mit offenen Karten spielen. Hier sind meine: Ich bin Mutter von zwei Kindern. Anna ist neun, und Michael ist fünf. Von dem Vater habe ich mich vor Kurzem getrennt. Falls du mich jetzt immer noch wiedersehen willst, komme ich sehr gerne morgen nach Feierabend in das Café.«

Wie sollte er es nicht wollen? Sie hatte auch noch zwei Kinder, wundervoll!

An dem Tag überzog der Regisseur wieder die vereinbarte Drehzeit um Längen, sodass Paul keine Gelegenheit mehr hatte, vor dem Treffen mit Cora nach Hause zu fahren und sich umzuziehen. Für seine Rolle trug er einen schwarzen Adidas-Trainingsanzug. Nicht gerade das Outfit, das ein Mann gemeinhin wählen würde, um seine Traumfrau zu erobern. Aber es würde genügen müssen, denn Cora warten zu lassen und womöglich zu riskieren, dass sie schon weg war, war keine Option. Und in seinem Innersten wusste er, dass sie keine Frau war, die solche Äußerlichkeiten abschreckten.

Er behielt recht. Cora war schön, Cora war elegant und so geschmackvoll gekleidet, dass sich alle Köpfe nach ihr umdrehten. Und es störte sie nicht im Geringsten, mit einem Begleiter im verschwitzten Trainingsanzug auszugehen, der den ganzen Tag noch nichts gegessen und auch keine Zeit gehabt hatte, sich die Haare zu kämmen.

Vielleicht fiel es ihr nicht einmal auf, weil es viel zu viel anderes gab, dass sie bei diesem ersten richtigen Treffen beschäftigte. Mit offenen Karten spielen hieß die Devise, die Cora ausgegeben hatte, und Paul war gewillt, sich darauf einzulassen. Er hatte nichts zu verbergen. Am wenigsten vor ihr.

Schon weil es ihm ernst war. Sie blieben, bis das Café ihnen wenig höflich mitteilte, dass man gern schließen wolle. Anschließend fuhren sie gemeinsam zu ihr nach Hause, wo die unbezahlbare Susanne, Daniels Gattin, die mit Cora seit Jahren befreundet war, geduldig die Kinder hütete.

Anna und Michael.

Es war zu spät, um sie an diesem Abend noch kennenzulernen, aber Paul freute sich darauf. Beim ersten Schritt in Coras Wohnung fühlte er sich wohl.

Es war das Gegenteil von allem, was er in Juliettes Wohnung empfunden hatte. Dabei war nicht viel Platz, für drei Menschen war es gerade ausreichend, doch er fühlte sich nicht im Mindesten beengt.

Er blieb über Nacht.

Die Bekanntschaft mit den Kindern wollten sie behutsam angehen, doch ihre Bedenken waren völlig unnötig. Michael und Anna stürzten sich regelrecht auf Paul und adoptierten ihn als eine Art großen Freund. Die Rolle gefiel ihm. Er hatte nicht vor, sich vor ihnen als Autorität aufzuspielen. Stattdessen wollte er ihnen vermitteln, dass er keinerlei Bedrohung darstellte, ihnen ihre geliebte Mutter nicht wegnahm, sondern im Gegenteil etwas Neues, Bereicherndes in die Familie bringen konnte.

Er war vom Charme und der Klugheit der Kinder auf der Stelle bezaubert und fand in dem kleinen Mädchen und dem kleinen Jungen so viel von Cora, dass sie sein Herz im Sturm eroberten. Er drängte sich nicht auf, kämpfte um keine Rolle, wollte lediglich ein weiterer Mensch sein, der die beiden liebte. Menschen, die einen lieben, hatte man als Kind schließlich nie genug.

»Als Erwachsener auch nicht«, lächelte Cora, als er diese Gedanken mit ihr teilte.

»Da hast du recht«, erwiderte er. »Allerdings sind mir in meinem Leben nicht sonderlich viele Erwachsene begegnet, sondern vorwiegend verletzte, nach Liebe hungernde Kinder in viel zu großen Schuhen.«

Sie nahm seine Hand. »Dass du kaum Ängste hast, dich kindisch zu benehmen, liegt sicher daran, dass du auf die Erwachsenen nie neidisch warst.« Sich neben Cora als erwachsen zu bezeichnen schien ihm in der Tat kindisch.

Paul wusste genau, dass er immer mehr Glück als Verstand gehabt hatte. Der Verstand stellte sich gerne hinterher ein – und dann sah alles ganz verständlich aus. Er war in seinem ganzen Leben nie wirklich ungerecht behandelt worden. Selbst seine Mutter kam ja nicht aus ihrer Haut, das hatte er schon als Junge verstanden. Er konnte schlicht niemand, auch nicht seine Mutter, für sich verantwortlich machen. Das war ein gutes Gefühl.

Stillstand bedeutete das allerdings nicht. Es bedeutete, dass er sich dem nächsten Abschnitt seines Lebens gewachsen fühlte.

Wenn Paul eine neue Beziehung begonnen hatte, lebte er oft wochenlang wie unter einer Glasglocke, um den noch frischen Rausch allein mit seiner Partnerin, vor der Welt geschützt, auszukosten. Jetzt, mit Cora, wo er sich das mehr als alles andere wünschte, war das am wenigsten möglich: Die Welt musste schon um der Kinder willen mit einbezogen werden.

»Anna und Michael haben genug Wechsel und Verlust erlebt«, sagte Cora in ihrem festen Tonfall, der deutlich machte, dass es an ihrem Entschluss kein Rütteln gab. »Sie brauchen Stringenz.«

Sie war das Gegenteil seiner eigenen Mutter: Das Wohl ihrer Kinder stand für sie an erster Stelle, und sie war entschlossen, die beiden zu schützen.

Paul ließ sich darauf nur zu gerne ein. Er hatte sich in seinem Leben allem, was ihm wichtig war, ganz und gar hingegeben, und er hatte vor dieser neuen Aufgabe keine

Angst. Helmut, der schließlich auch nicht sein leiblicher Vater gewesen war, hatte ihm viel Glück und Wärme geschenkt und ihn mit seiner Art, ihn so, wie er war, anzunehmen, zu einem selbstbewussten Menschen erzogen. Warum sollte er nicht in der Lage sein, eine ähnliche Rolle für Anna und Michael zu spielen? Sie waren glücklich, wenn sie zu viert zusammen waren, und wenn er Cora aushalf und die Kinder während ihrer Arbeitszeit betreute, kamen sie blendend miteinander zurecht. Ihre gemeinsamen Freunde bestätigten, dass sie als brandneue Patchworkfamilie einen guten Eindruck machten.

Nach und nach wurden auch die anderen Freunde einbezogen und zeigten sich ähnlich beeindruckt.

Als Paul Cora und Tim einander vorstellte, sagte sein bester Freund lediglich trocken: »Das ist also dein Deckel.«

»Deckel?«

»Für jeden Topf gibt's den einen«, entgegnete Tim und sandte Cora sein anerkennendes Grinsen, das so etwas wie eine Adelung war.

Erich und Helmut, der so krank war, dass er nicht mehr aus dem Bett aufstehen konnte und der Schmerz sich tief in seine Züge eingegraben hatte, waren ebenfalls sofort von Cora eingenommen.

»Die lass nicht wieder weg, mein Junge«, sagte er und bemühte sich, die Hand von Paul zu drücken. »Die meint es gut mit dir, und unterm Strich ist das das Einzige, was zählt: Dass man es gut miteinander meint.«

Es zeichnete Cora aus: Sie meinte es gut mit den Menschen, die ihr begegneten, und sie tat ihnen gut.

Seltsamerweise verspürte Paul den Wunsch, sie seiner

Mutter vorzustellen. Bei keiner anderen Frau hatte er sich so etwas gewünscht, sondern war froh gewesen, wenn er seiner Mutter so weit wie möglich aus dem Weg gehen konnte. Daran hatte sich auch nichts geändert, aber mit Cora war eben alles anders. Sie würden sich nicht nur einen Stuhl teilen, sondern den ganzen Rest, sie würden nicht nur ein Liebespaar sein, sondern eine Familie. Zu einer Familie gehörten Großeltern, Schwiegereltern, das ganze Denken in Generationen.

Coras eigene Eltern waren warmherzige, großzügige Menschen und liebevolle Großeltern für Anna und Michael. Nach kurzer anfänglicher Skepsis nahmen sie Paul mit offenen Armen auf. Maria und Martin stammten aus Siebenbürgen und wohnten in einem Haus am Chiemsee, in dem die Familie zu jeder Tages- und Nachtzeit willkommen war. Zum Clan gehörten neben Onkel, Tanten, Cousins und Cousinen auch Coras Bruder Walter mit seiner Frau und drei quirligen Söhnen, sodass zu Familienfesten das Haus voller Leben war.

Ein wenig fühlte sich Paul an die Sonntage daheim bei Opa erinnert. Wobei Coras Eltern ganz andere Charaktere waren, bei ihren Festen ging es bei Weitem gesitteter zu, aber die Wärme, das laute Lachen und Durcheinanderreden und das Gefühl der Zugehörigkeit waren ähnlich.

Vielleicht hoffte Paul im tiefsten Innern wider alle Vernunft, seine Mutter könne Cora eine Spur davon ebenfalls schenken: ein warmes Willkommen in der Familie. Ein Gefühl der Zugehörigkeit.

Natürlich war diese Hoffnung so töricht, dass er sich hinterher einen Idioten schalt.

Cora präsentierte sich so, wie jeder sie kannte und

liebte: herzlich, charmant, gewinnend und fröhlich. Sie verstellte sich nicht, denn das entsprach nicht ihrer Art, sondern begegnete seiner Mutter, die im Begriff war, ihren zweiten Mann zu Tode zu kochen, mit der Offenheit und Echtheit, die ihrem Wesen eigen waren.

Pauls Mutter konnte damit nicht viel anfangen. Coras Herzlichkeit überrumpelte sie. Wenn Menschen sich so schnell öffneten, war ihr das suspekt, und sie hielt es für ein Zeichen von mangelnder Klasse.

»Dass du einen schlechten Tausch gemacht hast, ist dir ja wohl klar, oder nicht?«, tuschelte sie Paul zu, als Cora im Bad war. »Die Juliette war eine Feine, eine ganz Besondere – aber die? Du bist doch ein angesehener Schauspieler, die kann dir doch nicht das Wasser reichen.«

Paul verschlug es die Sprache, was wahrlich nicht häufig geschah. »Und dann zwei Kinder!«, tuschelte seine Mutter weiter. »Ich meine, wenn du welche gewollt hättest, hättest du dir doch wohl mit Juliette eigene anschaffen können, statt jetzt fremde Ferkel zu füttern. Juliette hat sich Kinder gewünscht, da bin ich mir ganz sicher.«

»Mutter, Anna und Michael sind keine fremden Ferkel, und Cora ist eine beruflich erfolgreiche, gut verdienende Frau, die ihre Kinder selbst ernähren kann!«, fuhr Paul sie an. »Und wenn sie mir irgendwann erlauben würde, mich daran zu beteiligen, würde ich mich in erster Linie geehrt fühlen.«

Damit ging er, fing Cora im Korridor ab und floh mit ihr aus dem Haus.

»Ich weiß beim besten Willen nicht, was ich mir davon versprochen habe«, sagte Paul, als sie auf der Straße standen und er wieder frei atmen konnte.

»Vielleicht gab es da etwas, mit dem du abschließen musstest«, erwiderte seine kluge geliebte Frau. »Etwas, von dem du dich noch einmal selbst überzeugen musstest, dass es nicht vorhanden ist.«

Paul begriff, dass er sich nie auf eine feste Beziehung mit einer Frau hatte einlassen können, weil das tiefe Misstrauen, das er gegen seine Mutter hegte, dem im Wege gestanden hatte. Nicht einmal in seiner Ehe hatte er seine Frau wirklich an sich herangelassen, weil im Hintergrund dieser Argwohn lauerte. Es war nicht Juliettes Schuld gewesen, dass zwischen ihnen keine belastbare Nähe aufgekommen war, sondern es lag an diesen alten Ängsten. Spätestens jetzt stand für Paul fest, dass er Cora zu jedem Aspekt seines Lebens Zutritt gewähren würde. Was für Paul eine echte Herausforderung war.

Er wollte seine Mutter mit einbeziehen in seine junge Familie, er wollte sich quasi entschuldigen bei ihr für all seinen Widerstand und das Misstrauen, das sich verselbstständigt hatte, aber es war vollkommen klar, dass sie ihre Interessen immer über die ihrer Kinder stellte. So war sie, und so musste man sie nehmen.

Cora war vollkommen anders, und die Familie, in die sie ihn einlud, war es ebenfalls. Es war eine Familie, in der sich die einzelnen Mitglieder umeinander kümmerten und in der einem das Wohl des anderen am Herzen lag. Egal, was für Steine das Leben ihnen vor die Füße warf, sie würden sie gemeinsam aus dem Weg räumen.

Einige der Steine allerdings erwiesen sich als echte Felsbrocken, und in diesen turbulenten ersten Wochen und Monaten blieb beiden kaum Zeit, ihre Liebe sorglos zu genießen. So sehr sie zusammen sein wollten, ihre Arbeit verlangte, dass sie die meiste Zeit getrennt waren. Paul drehte in Berlin und München, Coras Büro war in Essen.

»Ich will mit euch zusammenziehen«, sagte Paul. »Aber wie es im Augenblick aussieht, ist das nur in einem Wohnwagen möglich.«

»Keine schlechte Idee.« Cora grinste schief. »Nur stehen Kinder im Alter von Michael und Anna auf feste Wohnsitze, feste Freundeskreise und feste Gewohnheiten. Wenn wir tatsächlich umziehen, müsste es außerdem unbedingt vor Michaels Einschulung geschehen. Es ist schon hart genug, dass Anna die Schule wechseln müsste.«

Eine Zeit lang pendelten sie weiter zwischen den Städten und Wohnsitzen hin und her. Es kostete Kraft, doch sie konnten sich zu keiner Entscheidung durchringen. Auf beiden Seiten hingen berufliche Verpflichtungen, Einkommen und Sicherheiten daran, die gegeneinander aufgewogen werden mussten.

22

STEINE IM WEG

MICHAEL UND ANNA waren ebenso wie ihre Mutter offene, unverstellte Menschen, die nicht zur Geheimniskrämerei neigten. Weder Cora noch Paul hatten sie gedrängt, etwas für sich zu behalten, und so erzählten sie allen Menschen, die zu ihrem Leben gehörten, von der neuen Entwicklung darin.

Auch ihren Vätern.

Von Annas Vater gab es wie erwartet keinerlei Schwierigkeiten. Leo war ein freundlicher Mensch, hatte sich aus der Erziehung seiner Tochter ohnehin weitgehend herausgehalten und wollte sich auch jetzt nicht in den Weg stellen. Paul spürte zuweilen, wie das kleine Mädchen ihn beobachtete, als würde sie ihn an ihrem Vater messen. Er war entschlossen, Anna zu geben, was Helmut ihm gegeben hatte, Verlässlichkeit und als einzigen Anspruch, möglichst nur zu tun, was sie glücklich machte. Aber er war sich auch im Klaren darüber, dass es nicht einfach werden würde. Stiefväter wie Papa waren seltene Edelsteine, und der wurde man nicht über Nacht.

Hinzu kam seine Arbeitsbelastung. Während der Drehzeit gab es kaum Pausen, nicht selten wurde sechzehn Stunden hintereinander gedreht, und oft bekam er Cora und die Kinder wochenlang kaum zu sehen.

Michaels Vater Hannes war zuerst alles andere als entspannt, was den Wegzug seines Sohns anging. Aber das Schicksal hatte einen Joker im Ärmel. Eine aparte blonde Jazzsängerin verliebte sich in Hannes, wurde direkt schwanger und brauchte seine volle Aufmerksamkeit. Mit dem Versprechen, den Kontakt zwischen Vater und Sohn aktiv zu pflegen, durften sie den Umzug planen.

Coras Chef wurde versetzt, und der »Neue« fing sofort an, Entlassungen vorzunehmen. Er strich Coras Stab empfindlich zusammen, und sogar ihre Sekretärin und enge Freundin musste gehen. Nach einem kurzen Schock zuckte sie mit den Achseln. »Vielleicht ist das ja ein Wink des Schicksals«, sagte sie. »Bisher bin ich vor einem Umzug auch deshalb zurückgeschreckt, weil ich hier eine so gute Stellung und finanzielle Sicherheit habe. Jetzt aber will ich hier nur noch weg und wieder neu anfangen.«

Paul war selig. Gern hätte er Cora versichert, dass sie sich um ihre finanzielle Zukunft keine Sorgen machen musste und sich mit dem Neuanfang Zeit lassen konnte, weil er als Schauspieler genug für sie alle verdiente. Er wusste jedoch, dass Cora eine stolze, unabhängige Frau war, die selbst unter den schwierigsten Umständen immer auf eigenen Füßen gestanden hatte. Es war ihr wichtig, das auch weiterhin zu tun, und er würde ihr, so gut er konnte, dabei helfen.

Zunächst aber ging es darum, die Stadt zu wählen, in der sie ihr gemeinsames Leben begründen wollten. Zur Auswahl standen Berlin und München, da Paul in beiden Städten aus beruflichen Gründen viel Zeit verbrachte. Um zu einer Entscheidung zu kommen, machten sie erst in der einen, dann in der anderen eine Woche Urlaub mit den Kindern.

Paul hatte so gut wie sein ganzes Leben im Ruhrgebiet verbracht. Der Pott war ein Teil von ihm, dennoch gab es in einem verborgenen Winkel in seinem Innern immer eine leise Sehnsucht nach Bayern, eine duftende Erinnerung an den Wursthimmel, die göttliche Landschaft mit den schönsten Seen und viele leuchtende Bilder aus glücklichen Kindheitssommern.

Eine Art Heimatgefühl.

Umso glücklicher war er, als die Entscheidung einstimmig auf München fiel. In der Herzstadt mit Welt würden sie sich wohlfühlen, dessen war er sich sicher.

Den größten Teil der Wohnungssuche musste Cora allein absolvieren, weil Paul in einem aufreibenden Dreh steckte und kaum Zeit erübrigen konnte. Sooft es ihr möglich war, fuhr sie nach München. Parallel dazu begann sie bereits, sich auf ihre berufliche Neuorientierung vorzubereiten.

Cora hatte sich von Anfang an stark für Pauls Berufsleben interessiert. Auch weil es dabei um ihn ging, vor allem aber weil sie schon immer rege am kulturellen Leben interessiert war und Theater, Film und Fernsehen liebte. Aus ihrer Berufserfahrung brachte sie hervorragende betriebswirtschaftliche Kenntnisse mit, und ihr Trumpf-Ass war ihre Fähigkeit, mit Menschen umzugehen, sich auf sie einzulassen und mit ihnen zu verhandeln. All das brachte sie auf die Idee, ihre Fühler in Richtung der verschiedenen Schauspielagenturen auszustrecken, die zu dieser Zeit noch rar gesät waren.

Paul fand die Idee ausgezeichnet. Für den Beruf der Schauspielagentin war Cora mit ihren ausgleichenden diplomatischen Fähigkeiten wie gemacht. Nur eins störte ihn: »Du bist so gut, du bringst so viel mit, weshalb solltest du für jemanden arbeiten, der dir das Gehalt einer Anfängerin zahlt und dir obendrein vorschreibt, wie du deine Arbeit zu tun hast?

Du hast doch genug Gespür, und was dir an Branchenkenntnis fehlt, eignest du dir im Handumdrehen an. Mach dich doch selbstständig, bau dir deinen eigenen Stamm von Klienten auf. Und deinen ersten Klienten hast du ja schon.«

»Ist das dein Ernst?«

Paul nickte. Er war entschlossen, der renommierten Agentur, die ihn bisher repräsentiert hatte, zu kündigen und sich künftig von seiner Liebsten vertreten zu lassen. Er glaubte an sie.

Cora war zögerlich, rechnete die finanzielle Seite durch und erstellte einen Geschäftsplan. »Allein schaffe ich es nicht«, lautete ihr Fazit. »Ich habe nicht genug Kapital, um die unvermeidliche Durststrecke am Anfang durchzuhalten, und mit den Kindern kann ich kein Risiko eingehen. Aber wenn sich eine passende Partnerin finden ließe, die vielleicht aus dem künstlerischen Bereich kommt und mich ergänzt, müsste es zu schaffen sein.«

Paul war wild entschlossen, ihr eine solche Partnerin aufzutreiben, und er fand sie schnell.

Ellen, eine Schauspielkollegin, mit der er in mehreren Produktionen gedreht hatte, beklagte sich seit Langem darüber, dass ihr die Bedingungen des Berufs nicht länger behagten und sie sich einen Wechsel wünschte.

»Ich will nicht aus der Branche weg, ganz und gar nicht«, hatte sie ihm erklärt. »Das alles ist ja meine Welt hier, aber ich habe einfach in meinem Leben genug eifersüchtige Freundinnen gespielt, ich will meinen Kopf noch für etwas anderes gebrauchen.«

Ellen war intelligent, vielseitig gebildet und kannte die Branche aus dem Effeff. Sie wusste, was Casting-Direktoren und Produzenten sich wünschten, und verfügte über einen schier unerschöpflichen Fundus an persönlichen Beziehungen.

»Warum setzt ihr zwei euch nicht einmal bei einem Glas Wein zusammen und vergleicht eure Vorstellungen?«, schlug er Cora vor. »Ich gehe in der Zeit mit den Kindern ins Kino.«

Cora und Ellen gingen miteinander Wein trinken, stellten fest, dass sie gut miteinander auskamen, und hatten ein paar Wochen später bereits das Konzept ihrer Agentur fix und fertig.

»Ich denke, sie ist genau die Richtige«, meinte Cora. »Das Geschäftliche ist zwar nicht ihre Welt, aber dafür bin ich ja da. Und Ellen bringt zum Ausgleich das Insiderwissen mit, ist kreativ und hat eine Menge Ideen.«

Die beiden Frauen kümmerten sich um die Finanzierung, mieteten Büroräume an und bereiteten sich auf den Start ihres Unternehmens vor. Und genau in dieser Zeit fand Cora endlich in München auch eine Wohnung, die sie sich leisten konnten und die zumindest nicht völlig von dem, was sie sich vorgestellt hatten, abwich.

»Natürlich ist sie im Grunde zu klein für vier Personen. Die Kinder müssen mit wesentlich weniger Platz auskommen, die Lage ist nicht ideal und die Küche ist nicht viel mehr als eine Kochnische. Aber es ist immerhin besser, als weiter aus Koffern zu leben und nirgendwo zu Hause zu sein.«

Paul stimmte ihr zu. Die Wohnung war kein Traum, aber Hauptsache, sie würden endlich zusammen sein.

Und wieder musste Cora erfahren, wie das Leben an der Seite eines Schauspielers sein kann. Paul hatte einen mörderischen Drehplan, und so musste Cora den Umzug weitgehend allein machen.

»Das war das Letzte, was ich wollte«, versicherte er ihr.

»Das weiß ich«, lächelte sie. »Wenn du das gewollt hättest, würde ich nämlich nicht mit dir zusammenziehen.«

In ihrer besonnenen Art organisierte sie die kommenden Wochen. Jeden Abend nach dem Dreh rief Paul sie aus Berlin an, egal wie spät es wurde. Immer versicherte sie ihm, dass alles seinen Gang ging, dass sie zurechtkam, dass er sich keine Sorgen zu machen brauchte. Er war jetzt schon so lange mit ihr zusammen, glaubte, sie wie keine andere zu kennen, und doch gelang es ihr noch immer, ihn zu verblüffen. Es war kaum zu glauben, wie stark sie war. Ihre Versicherungen, dass alles gut war, halfen ihm, sich auf seine Arbeit zu konzentrieren. Als es ihm jedoch endlich gelang, sich für ein Wochenende freizumachen, um zu ihr nach München zu fahren, erschrak er.

Cora war bleich, schmal und wirkte abgekämpft. Sie gab sich heiter, versuchte, sich nichts anmerken zu lassen, doch er hatte sie noch nie so erschöpft gesehen.

»Das alles ist zu viel für dich«, sagte er. »Ich mache mir Vorwürfe, weil ich dich damit allein lasse.«

»Der Umzug ist ja so gut wie überstanden«, erwiderte sie leichthin. »Die Ummeldungen sind alle erledigt, und auf die Gründung der Agentur konzentriere ich mich, sobald die Kinder sich eingelebt haben.«

»Läuft denn damit alles glatt, oder kann ich euch helfen?«

»Nein, nein, es ist alles geregelt«, wehrte sie ab. »Es gab Schwierigkeiten, weil Ellen im ersten Versuch die Lizenz verweigert wurde. Wir haben noch ein paar organisatorische Dinge zu erledigen, dann sind wir so gut wie startklar.«

Er bewunderte, wie systematisch sie alles anging, aber er machte sich dennoch Sorgen um sie. In jener kurzen Nacht liebten sie sich intensiver denn je, und es fiel ihm unendlich schwer, am Morgen wieder abzureisen und sie mit dem Schlamassel allein zu lassen. *Bald haben wir es überstanden und sind zusammen,* versuchte er, sich zu beruhigen. Aber er wusste auch, dass sein Beruf ihm immer viel abverlangen würde, und in dem Feld, für das Cora sich gerade entschieden hatte, sah es nicht viel besser aus. Ihr Leben würde immer hektisch und bis zum Rand vollgepackt sein, und vermutlich war es genau das, was zu ihnen beiden passte.

Jahrelang hatte er es so und nicht anders gewollt, doch zum ersten Mal wünschte er sich, es ginge zumindest zeitweise ein wenig ruhiger zu, und sie hätten mehr Zeit für sich. Er hatte jetzt Verantwortung für eine Familie, nicht nur für sich und seinen Weg, auf dem er sich bisher sehr entspannt hatte treiben lassen.

An einem Sonntag im Herbst, an dem die Isarstadt sich nicht von ihrer weiß-blau strahlenden, sondern von ihrer nasskalten, trüben, hässlichsten Seite zeigte, zogen Cora und die Kinder um. Paul hatte im Wetter nie dunkle Vorboten gesucht, doch in diesem Fall schien es sich tatsächlich als Omen zu erweisen: Der Start in München wurde seiner Familie alles andere als leicht gemacht. Die Kinder hatten zu kämpfen, um sich in der neuen Stadt, an neuen Schulen und unter neuen Gefährten zu behaupten, es gab ständig Streit mit irgendwelchen missgünstigen Nachbarn, und dass Cora das Ganze weitgehend allein zu bewältigen hatte, machte es nicht besser. Nach wie vor drehte Paul praktisch rund um die Uhr und schaffte es nur gelegentlich, ein Wochenende in seinem neuen Zuhause zu verbringen.

Diese kurzen, kostbaren Wochenenden wollten sie dann nicht mit Problemen und Erledigungen vergeuden, sondern einzig ihr Zusammensein genießen.

Hinzu kam, dass der Start der Agentur vor der Tür stand, und Cora bis tief in die Nacht letzte Dinge auf den Weg brachte. Als Paul im Februar endlich eine Drehpause hatte und auf ein paar Tage heimkam, erschrak er heftig. Seine Geliebte hatte dunkle Ringe unter den Augen, aß kaum und wirkte regelrecht krank.

»Du hast dich vollkommen überfordert«, sagte er, zog sie an sich und hielt sie fest, als könne er ihr damit im Nachhinein noch etwas von der Belastung nehmen.

»Ein bisschen vielleicht.« Sie lachte auf. »Aber nun ist ja alles in trockenen Tüchern. Die Kinder fangen an, sich zurechtzufinden, aus der Wohnung haben wir gemacht, was daraus zu machen war, und mit den Nachbarn werden wir uns schon arrangieren. Und die Agentur ist richtig gut angelaufen. Ich kann kaum fassen, was für illustre Klienten wir nach so wenigen Wochen schon in unserem Portfolio haben.«

»Du bist eben gut«, sagte Paul, der wusste, dass sie es gewesen war, die jene namhaften Kollegen für die Agentur angeworben hatte. »Aber dir geht es nicht gut, und das macht mir Sorge.«

»Dass es mir nicht gut geht, ist nicht ganz richtig«, widersprach Cora.

»Aber du siehst so elend aus«, entfuhr es ihm.

Sie lachte auf. »Nach einem Kompliment klingt das nicht gerade, aber ich denke, ich verstehe, was du meinst. Erfahrungsgemäß bessert sich das mit dem Aussehen, wenn die ersten drei Monate überstanden sind.«

»Die ersten drei Monate?«

Sie suchte seinen Blick, und diesmal stand kein Lachen darin. »Ich bin nicht krank, mein Geliebter. Ich bin auch nicht überarbeitet. Ich bekomme ein Kind.«

23

MAXMOBIL

CORA UND PAUL heirateten am 25. April 1997.

Dieses Mal tat es keine bescheidene Zeremonie, denn dieses Mal wurde eine Ehe geschlossen, die sich beide Partner von ganzem Herzen wünschten. Sie feierten ein großes Fest mit sämtlichen Freunden und Verwandten, und auf die Frage, ob er diesmal bereit sei, als Trauzeuge zu fungieren, sagte Tim, es sei ihm eine Ehre.

Die Hochzeit war wunderbar, Cora die schönste Braut, die man sich denken konnte, und Paul, der keinen Anzug, der ihm gefiel, hatte finden können, erschien in einem, den er sich selbst hatte schneidern lassen. Dass er ein gottverdammter Riesen-Glückspilz war, weil diese Wahnsinnsfrau ausgerechnet ihm ihr Jawort gab, stand sowieso fest. Der einzige Wermutstropfen in einem perfekten Wein war das Fehlen von Helmut. Ausgerechnet er, der ihnen alles nur erdenkliche Glück wünschte, war zu krank und zu schwach, um anzureisen.

Inzwischen war klar, dass er nicht mehr lange zu leben hatte. Längst wussten alle, dass seine Leber von Krebs befallen war, und wenn dieser elende, von Schmerz und Qual gezeichnete Rest von einem Leben zu Ende ging, würde es ein Segen und eine Erlösung sein.

Paul aber würde es immer wehtun, dass dieser herzensgute Mann es nicht geschafft hatte, sich noch einmal aufzurappeln und ein paar Jahre seines Lebens zu genießen. Wenn jemand es verdient hatte, dann er. Für die Kindheit, die er ihm geschenkt hatte, die Männerabende, Fußballspiele und Currywürste, die Hits aus der Radiotruhe und das Gefühl von völligem Vertrauen würde er ihm für immer dankbar sein.

An seinem Vorbild orientierte er sich bei seinen Bemühungen, Anna und Michael ein guter Stiefvater zu sein. Auch wenn natürlich nicht alles reibungslos lief und ihre unterschiedlichen Temperamente in der kleinen Wohnung gelegentlich aneinander rasselten, zeigte ihm die Vertrautheit, in der sie miteinander umgingen, dass sie auf dem richtigen Weg waren. Er nahm die Kinder an, wie sie waren, und überfrachtete sie nicht mit Erwartungen.

Es fühlte sich gut an. Auf die gemeinsamen Jahre, die noch vor ihnen lagen, freute er sich, und auch die Schwierigkeiten in der Pubertät, die Freunde voraussagten, machten ihm keine Angst.

Angst machte ihm ein ganz anderes Kind.

Sein eigenes, das in Coras Bauch nun schon so viel Raum einnahm, dass man es unter der Seide ihres Kleids erahnen konnte.

Er hatte sich freuen wollen. Er hatte ihr klarmachen wollen, dass er sich auf dieses wie auf jedes andere Abenteuer mit ihr gerne einließ, dass sie es schaffen würden, es nehmen, wie es kam, und dass es großartig werden würde.

Hatte er es so nicht sein Leben lang gehalten, war er damit nicht gut gefahren und war alles, was er mit Cora zusammen anfing, nicht tatsächlich großartig?

Warum also fühlte er sich so verzagt, warum gelang es

ihm dieses eine Mal nicht, die Dinge auf sich zukommen zu lassen, warum machte ihm ausgerechnet dieses winzige Wesen, das aus ihrer Liebe zueinander entstanden war, eine derartige Heidenangst? Er tagträumte, was dem Kind alles passieren könnte, weil er nicht oft genug da wäre, alle Katastrophen musste er ja lediglich an seinen eigenen acht Leben hochrechnen.

Er bekam sogar Flugangst. Er, der schon Tausende von Meilen genossen hatte, saß schlotternd in seiner Reihe und musste auf Langstrecken darum bitten, zwischendurch in der Kanzel mitzufliegen. Erst ein Flugangstseminar holte ihn wieder runter.

Paul besuchte eine Wahrsagerin, die ihm von Kollegen empfohlen wurde. Misstrauisch saß er vor einer äußerst schräg anmutenden Dame in einem spießigen Wohnzimmer und ließ sie seine Hand lesen. Dem Sohn würde nichts passieren, aber es gäbe große Schwierigkeiten mit Pauls Mutter und die würde sehr alt werden. Etwas erleichtert versuchte er, sich zu entspannen.

Eine Woche später erlitt seine Mutter den ersten Schlaganfall.

Er war versucht gewesen, Cora etwas vorzumachen, die Angst, die ihn beutelte, zu überspielen, weil er es als kränkend für sie empfand. Ein guter Schauspieler war er jedoch schon immer nur gewesen, wenn er ein Kostüm überstreifte, und ihre Beziehung hatte solche Verstellungen nicht verdient. Cora war auch zu klug und kannte ihn zu gut, um ihn nicht sofort zu durchschauen.

»Ich habe nur Angst, dass ich ihm nicht gerecht werde, dass ich Ansprüche entwickle, die ihn verbiegen, also dass ich das gar nicht kann – sein Vater sein.«

»Bei Michael und Anna machst du deine Sache ziemlich gut«, sagte Cora.

»Da hatte ich auch ein Vorbild«, sagte Paul. »Das beste Vorbild, das ich mir denken kann. Mein Stiefvater, der für mich immer mein Vater war und bleiben wird, ist ein prächtiger Mensch, und solange ich mich an ihm orientiere und die Kinder mir ein bisschen helfen, werden wir schon zurechtkommen. Aber als leiblicher Vater? Von meinem leiblichen Vater weiß ich nur, dass er ein seelischer Krüppel war, der meine Mutter sitzen gelassen und nie einen Pfennig bezahlt hat.«

»Und sonst nichts?«, fragte Cora.

»Sonst nichts.«

»Vielleicht wird es Zeit, dass du das änderst«, sagte sie. »Damit du deinen Frieden mit der Vergangenheit gemacht und dein Material beisammen hast, ehe du dir überlegst, was für eine Art von Vater du selbst für deinen Sohn oder deine Tochter werden willst.«

Im ersten Impuls hatte Paul abwehren wollen.

Im zweiten ließ er sich darauf ein.

Mit Coras unaufdringlicher Begleitung begann er, in seiner Vergangenheit zu forschen. Allzu weit wollte er nicht gehen, verspürte noch immer keinerlei Wunsch, seinen Erzeuger, der ihm nie ein Vater gewesen war, kennenzulernen. Immerhin bemühte er sich aber auf eigene Faust, ohne seine Mutter zu befragen, etwas über ihn herauszufinden.

Nach allem, was Paul bei seinem Kratzen an der Oberfläche zum Vorschein brachte, hatte sein Vater weitere Kinder gezeugt, um die er sich keinen Deut gekümmert hatte. Offenbar war es ihm vor allem darum gegangen, blonden, blauäugigen Nachwuchs in die Welt zu setzen, und wo das fehlgeschlagen war, war er zur nächsten Frau mit entsprechenden Attributen weitergezogen.

Als er die ersten Einzelheiten erkannte, wünschte Paul einen Augenblick lang, er hätte in dem Sumpf nicht zu rühren begonnen. Dass sein Vater sich in der Zeit des Nationalsozialismus nicht eben als Mensch erwiesen hatte, auf den man stolz sein konnte, hatte er schon befürchtet, weil so viele seiner Freunde dasselbe von ihren Vätern hatten erfahren müssen. Dass er jedoch der Leibstandarte SS Adolf Hitler angehört hatte, war bei Weitem mehr, als er so unvorbereitet schlucken konnte. Und die Tatsache, dass er sich in Nürnberg in der Nähe des Reichsparteitagsgeländes begraben ließ, machte klar, woran bis zum Schluss sein Herz hing.

Alimente gezahlt hatte er allerdings die ganzen Jahre hindurch, auch wenn Pauls Mutter standhaft das Gegenteil behauptet und sich darüber bei ihren Freundinnen und Feindinnen wortreich beklagt hatte. Sie hatte sich vor allen zur Heldin und Märtyrerin stilisiert, und Paul fragte sich, warum. Glaubte sie, sie würde auf diese Weise mehr bewundert, mehr geschätzt, mehr geliebt?

Bei seiner Reise in die Vergangenheit war noch etwas anderes zutage getreten: In Begleitung von Cora war er nach Pöttmes gefahren, in die Geburtsstadt seiner Mutter, in der seine Eltern sich begegnet sein mussten. Aus reiner Neugier, ohne jeden Hintergedanken, hatte er einen Besuch im Rathaus eingeschlossen, in dem sein viel zitierter Großvater als Bürgermeister residiert haben musste. Als ein sichtlich betagter Beamter, der ihm auf einem der langen Korridore begegnete, ihn fragte, wonach er suche, hatte er wahrheitsgemäß geantwortet:

»Ich bin der Sohn von Heike Brenner, der Tochter eines früheren Bürgermeisters. Da ich ohnehin in der Gegend bin, dachte ich mir, ich schaue mir einmal die Wirkungsstätte meines Großvaters an.«

»Brenner?«, fragte der Beamte verblüfft. »Sie sind der Enkel von Wilhelm Brenner? Sie sind mir gleich so bekannt vorgekommen, als Sie mir entgegenkamen, allerdings dachte ich, ich würde Sie aus dem Fernsehen kennen.«

Dass das durchaus möglich war, verschwieg ihm Paul und bestätigte stattdessen, dass er der besagte Enkel war.

»Feiner Kerl, der Wilhelm«, bekundete der Beamte mit einem Nicken. »Guter Schafskopfspieler, immer für einen Spaß zu haben, und als Straßenbaumeister hat dem keiner was vorgemacht. Aber Bürgermeister ist der hier nie gewesen. Wie Sie auf den Gedanken kommen, weiß ich nicht.«

Paul fing an zu lachen und bekam sich lange nicht mehr ein. Dazu brauchte er mehrere Stunden, in denen er immer wieder kichern musste. Nach ein paar Nachforschungen gab es nichts daran zu rütteln: Sein Großvater war in Pöttmes Straßenbaumeister gewesen, nicht mehr und nicht weniger. Die Mär von der Tochter des hohen Würdenträgers, mit der seine Mutter ihn und seinen Vater zeitlebens tyrannisiert hatte, war nichts als Prahlerei und Lüge.

Ich hätte weder eine Heldin noch eine Märtyrerin oder eine Bürgermeisterstochter, sondern einfach nur eine Mutter gebraucht, dachte Paul, doch sein Mitleid galt in diesem Augenblick nicht ihm selbst, sondern tatsächlich der Frau, die er einst Mutti genannt hatte, weil sie sich mit ihrem Ringen um den schönen Schein um so viel gebracht hatte.

Sein Kind würde eine Mutter haben.

Die beste, die ein Kind sich wünschen konnte.

Und es würde auch einen Vater haben, der diesen Ehrentitel verdiente, dazu war Paul entschlossen. »Ich glaube nicht, dass du dir Sorgen machen musst, mit deinem sogenannten Vater etwas gemeinsam zu haben. Auch dann nicht, wenn du ihm ähnlich siehst.«

Dass Paul ihm ähnlich sah, hatte eine der Frauen, die er als frühere Geliebte seines Vaters ausfindig und aufgesucht hatte, mit beredtem Staunen beteuert. Flüchtig hatte Paul sich erschrocken und gleich darauf geschämt, ungute Erinnerungen geweckt zu haben.

»Ein charmanter Kerl ist der ja gewesen, der Helmut«, hatte die Frau verlegen gemurmelt und sich abgewandt.

Das tat vielleicht am meisten weh. Dass seine beiden Väter – der Erzeuger und der echte, wie er sie jetzt für sich nannte – denselben Namen trugen. Aber der eine hatte bis zu seinem Tod einem menschenverachtenden System gehuldigt. Der andere hingegen war in der gesamten Straße bei jedermann beliebt gewesen, hatte für jeden ein freundliches Wort, ein Bier aus seinem Eimer, ein paar Münzen für jeden, der es dringend brauchte, und ein Lächeln, wenn es den Menschen um ihn herum gut ging.

Nur dieser Helmut zählte.

Seine Halbgeschwister würde er vielleicht irgendwann ausfindig machen, um sie kennenzulernen, doch dafür war noch nicht der richtige Zeitpunkt. Im Augenblick gab es weit Wichtigeres, auf das er sich zu konzentrieren hatte: Seine Arbeit, die ihn forderte, und seine Familie, die ihn brauchte.

Nachts bei einem Dreh in Hamburg, der dank eines einfallslosen Regisseurs ohnedies immer langweiliger wurde, beschlich ihn plötzlich die Angst, die Gene seines leiblichen Vaters könnten sich bei ihm durchsetzen. Er dachte an seinen Jähzorn, der ihm schon manche Prügelei eingebracht hatte. Das »Erbe« seiner Mutter in dieser Hinsicht war auch nicht gerade herzerfrischend. Ehen waren nach all seinen Erfahrungen Arrangements, die so gut wie nie das Beste vom Menschen übrig ließen. Er überlegte, was die Notwendigkeit und der Druck seiner Abwesenheit und die Existenzängste aus ihrer jungen Ehe machen konnten, und beschloss, eine zweite Wohnung anzumieten, um zwei Lebensbereiche für alle zu haben, in denen ihre Persönlichkeiten nicht dem Alltag zum Opfer fielen. Es gab diesen Spruch: Das Geheimnis einer guten Ehe sind getrennte Badezimmer. Wie viel mehr konnten da getrennte Schlafzimmer bewirken. Die Routine im Bett hätte für alle Zeit keine Chance mehr.

Paul freute sich darauf, diese wunderbare Idee mit Cora zu teilen, und war sicher, alle zukünftigen Probleme ihrer Ehe mit einem Schlag gelöst zu haben.

Bei seiner Rückkehr nach München bat Paul den Vermieter, ihm die gerade frei gewordene Nachbarwohnung ebenfalls zu vermieten. Dann kam das Gespräch mit Cora.

Als die Kinder im Bett waren, setzten Paul und Cora sich mit einer Flasche Wein auf den Balkon. Paul fühlte sich unglaublich clever und schilderte in allen Farben seine Überlegungen und den schon vollbrachten Coup.

Cora sah ihn nur an und schwieg. Dann sagte sie leise:

»Paul, willst du dein Leben lang mit der Reißleine am Boden rumlaufen? Es gibt keine Sicherheit, denn das wäre tatsächlich der Tod der Liebe.«

Paul nickte, während ihm Tränen den Blick verschleierten. Das war das Ende seiner Albträume.

Paul machte den Deal mit der Nachbarwohnung rückgängig.

Sie genossen ein paar strahlende Sommertage zu viert, fuhren zum Baden an Seen, gingen Eis essen, spazierten durch die sonnigen Straßen der Stadt, besuchten Coras Eltern am Chiemsee, hielten sich so oft wie möglich außerhalb der Wohnung auf. Die würde, sobald die kalte Jahreszeit Einzug hielt, wieder zu klein sein, so viel war Paul klar. Wo vier Personen gerade eben Platz fanden, würde sich ein fünfter nur mit größter Mühe dazwischen quetschen lassen, und die Nachbarn, die sich bereits über jedes nicht völlig geräuschlose Spielen von Anna und Michael beschwerten, würden bei Babygeschrei vermutlich ausrasten.

Es war nicht das Ende der Welt. Er selbst hatte unter weit beengteren Bedingungen gewohnt, und sie würden es ganz bestimmt hinbekommen. Dennoch blieben ihm diese Gedanken im Hinterkopf. Er hätte seiner Familie gern ein geräumigeres Zuhause geboten, und er hätte sich gewünscht, dass sein Kind, wenn es die Welt kennenlernte, zumindest einen kleinen Flecken, einen Winkel, einen Ort in all dem Treiben besaß, der nur ihm allein gehörte.

Cora und er hatten sich sämtliche Kinderbetten mit Gitterstäben und Himmeln angesehen. Eine seiner frühesten Visionen, die ihn in zahllosen Träumen verfolgt hatte, dieser kleine schreiende Junge, der sich an den Gitterstäben seines Bettchens hochgezogen hatte, klopfte wieder bei ihm an.

Für Paul stand fest, ihr Kind sollte sich nicht fühlen wie ein Haustier, das man in seinem Käfig verstaute, wenn man keine Zeit für es hatte. Es sollte von Anfang an über sein eigenes Reich verfügen – und sei es auch noch so klein.

Während er die Pläne zeichnete und in Auftrag gab, überholte ihn das Leben und fand in seiner wundervollen Art, die alles Grübeln sinnlos machte, einfach statt. In einer kristallklaren Hochsommernacht voller Sternschnuppen setzten bei Cora die Wehen ein, und am strahlend schönen Morgen des 20. August kam Max Brenner zur Welt.

»Herzlichen Glückwunsch, Sie haben einen gesunden Sohn«, sagte die Hebamme und legte das rosige, verschmierte Bündel Leben in Pauls Arme.

Um ihn herum piepten und summten Geräte, eilte Personal hin und her, schlugen Türen. Paul aber war es, als wäre alles still. Er war der erste Mensch, der diesem Wunder von einem Geschöpf auf der Welt begegnete, der Erste, der ihn in den Armen hielt. Erfüllt von einer stummen Andacht, die er nie zuvor empfunden hatte, sah er seinem Sohn in die weit geöffneten Augen, in denen noch etwas von der Ferne und Unendlichkeit schimmerte, aus der er gekommen war.

Ich werde Fehler machen, mein Sohn. Ich werde mich so blöd anstellen, dass es wehtut und du dich fragst, was du verbrochen hast, dass das Schicksal dir einen derartig dämlichen

Vater aufbürdet. Ich werde dich zu sehr behüten oder nicht genug Zeit für dich haben, ich werde von dir überfordert oder nicht sensibel genug sein, ich werde mich irren und mir keinen Rat wissen. Aber ich werde dich immer lieben und immer für dich da sein. Darauf kannst du dich verlassen. So ein Kerl aus dem Pott ist ein Kumpel, den du im Leben nicht mehr loswirst.

Da die Geburt problemlos verlaufen war und sowohl Max als auch Cora rundum gesund waren, wurden sie nach vier Stunden aus dem Krankenhaus entlassen. Paul aber nutzte die nächsten Tage, um mit Hochdruck das Kinderbett fertigzustellen.

Er versah es mit belastbaren Rädern und baute es mit Kabinettschränken, Spielflächen und einer Gangway zu einem Miniaturkinderzimmer aus – einem Maxmobil.

Your home is your castle, my son.

Von den Zinnen seines kleinen Schlosses aus würde Max sich seine Welt erobern können, und dank der Räder konnten sie ihn überallhin mitnehmen. In die winzige Küche passte das Maxmobil nicht hinein, aber wenn sie es vor der offenen Tür »parkten«, war Max in ihrer Nähe und hatte den Überblick über das Geschehen.

Anna und Michael erwiesen sich als begeisterte große Geschwister, die ihren kleinen Bruder mit Aufmerksamkeit überschütteten. Sie waren jetzt tatsächlich in jedem Sinne des Wortes eine Familie: Max, der mit jedem von ihnen verwandt war, war das Glied, das sie alle verband.

Wenige Wochen nach Maxens Geburt erfuhr Paul durch einen Kollegen von einer Wohnung in Münchens Süden, die verkauft werden sollte. Ohne auch nur eine Sekunde zu überlegen, vereinbarte er einen Besichtigungstermin, fuhr mit Cora hin und verliebte sich auf den

ersten Blick: Die Wohnung war riesig, alle Räume so weitläufig, dass man darin mit ausgebreiteten Armen hätte
herumlaufen wollen, und die Küche würde sich in einen
echten Gourmet-Tempel umgestalten lassen. Die Wohnung war hell, sie lag ruhig und dennoch zentral, und sie
war genau das, von dem Cora und er, ohne es zu wissen,
geträumt hatten.

Sie zögerten nicht. Die Wohnung war teuer, wie in
München nicht anders zu erwarten, aber sie war das, was
sie wollten. Ein Zuhause. Schneller, als sie sich sonst zum
Kauf von einem Paar Schuhen entschlossen, sagten sie
zu, und kurz darauf brachten sie schon den Umzug auf
den Weg.

Sie hatten ihr Brenner-Home de luxe gefunden.

Von hier aus war alles möglich, egal unter welchen
Umständen es sie wo auch immer hin verschlug, es gab
jetzt einen Ort, an den sie von überall zurückkehren konnten.

Die Familie Brenner war angekommen.

Für das Sims vor einem der großen Fenster, die auf die
Straße hinausgingen, besorgte Paul klammheimlich ein
Kissen. Ihre Wohnung lag im zweiten Stock und in der
bayrischen Landeshauptstadt war es nicht üblich, sich von
Fenster zu Fenster zu unterhalten.

Aber man konnte ja nie wissen, wer unten vorbeikam.

VERDICHTETES ZUM ABSCHLUSS

MEER

In all der Weite
Enge fühlen,
Schon weil das Herz
Den Brustkorb braucht
Wie eines
Von den Schalentieren –
Selbst wehrlos
In Chitin getaucht.

Dem Rauschen
Deines Blutes lauschen,
Derweil das Meer
Sich vor dir bricht,
Gezeitenlanges
Vorwärtstaumeln
Vergisst die Flut
Die Ebbe nicht.

Ist all das Pulsen
Nur ein Atem,
Ist Wind wie Wasser
Nur aus Luft?
Die Fläche hart begrenzt
Durch Krümmung
Und über allem
Wellenduft?

Die Seele schrumpft,
Der Kosmos wächst
Und langsam trägt
Der eigne Ton.
Dramatisch
Auf Diät gesetzt
Schwimmt letztlich
Auch der Frust davon.

MICHAEL BRANDNER
September 2010

GESTERN. HEUTE. MORGEN.

DIE DEUTSCHE SPRACHE kennt den Begriff Heimat nur im Singular. Man hat also immer nur eine, was impliziert, dass man sie auch nur einmal verlieren kann. Wer seine Heimat verloren hat, trägt sie bekanntermaßen im Herzen. Da beseitigt die Zeit alle Grausamkeiten, Belanglosigkeiten und in vielen Fällen auch den Zwang, dass man sie lieben musste.

Man kann sich aber auch einfach eine neue Heimat suchen. Dann legt man die alte in die Vitrine zum Nippes und staubt sie regelmäßig ab.

Lokalpatriotismus hat deshalb latent den Geschmack der Aneignung von Zugehörigkeit. Davon gab es im Pott, in der Sammelstelle der Vertriebenen und Geflohenen verständlicherweise reichlich. Dass ich dazu nie eine Neigung verspürte, hat mich hin und wieder beunruhigt. Aber dabei blieb es. Meine Heimat waren stets die Seelen, die ich geliebt habe.

Als ich den Himmel über dem Ruhrgebiet zum ersten Mal wirklich gesehen habe, war er braun und lag fast auf dem Boden. Dortmund Wickede, der erste Ort meines Ankommens im Ruhrgebiet, war zwar ländlich mit Fachwerkhäusern und Weiden, aber die Schlote der Stahlwerke mit ihren langen Rauchfahnen machten daraus eine dramatische Kulisse.

Merkwürdigerweise waren die Menschen darunter bunt und unverhältnismäßig gut gelaunt. Sie lebten gegen die Kokerei- und Gießereiwolken an, die das Licht ihres Alltags immer wieder nach unten dimmten. Hier hatte jeder das »Heimatlos« gezogen. Man war vertrieben oder verschoben und irgendwie doch angekommen. Man konnte sich nur mit Vorsatz fremd fühlen. Also war es normal, jeden da abzuholen, wo er war. In den Zechen und Stahlwerken hing das tägliche Leben am dünnen Faden, da musste man sich auf die Kumpel verlassen, auf Gedeih und Verderb. Eine Multinationale im Kleinformat.

Das kulturelle Leben fand in Kneipen statt, von denen es Hunderte in jeder Stadt gab. Quasi an jeder Ecke eine. Gesangsvereine, Taubenzüchter, Karnickelzüchter, Sparvereine und Tanzvergnügen hatten alle denselben Background. Hier wurde das – meist kurze – Leben, so gut es ging, gefeiert. Kaum einer, der die Rente lange genoss. Silikose und Gase leisteten da ganze Arbeit.

Wir Kinder waren alle auf der Straße. Kein Platz in den kleinen Wohnungen, also: »raus mit euch!« Ein wenig wie streunende Hunde durchforsteten wir unseren Kiez. Im Rückblick ein glückliches Leben. Bei uns waren die Erwachsenen die Missbrauchten. Die Möglichkeit, friedlich über das eigene Schicksal zu entscheiden, war nach der Zeit der Nazidiktatur für einige schlicht verstörend, das traf die Reichen genauso wie die Armen. Dieser kurze Moment der Geschichte schaffte eine Gleichheit, die es so nie wieder gab.

In den frühen Nachkriegsjahren fiel es der Moral schwer, ernst genommen zu werden, gerade in Bezug auf Sexualität. Der Hunger nach Wärme und Lust fragte nicht nach

Konsequenzen und führte oft zu Kurzschlusshandlungen, deren Ergebnis zum Beispiel ich war. Ein Kind der Liebe, wie der Pfarrer unserer Gemeinde im Norden Dortmunds stets süffisant bemerkte, wenn die Rede auf eine meiner Sünden kam, die ich jeden zweiten Samstag neben der Standardsünde »Ich habe Vater und Mutter belogen« erfinden musste. Eine Kette von Fantasien und Erinnerungen – zwei Begriffe, die einander bedingen –, die einmal mehr klarstellten, jemandem wie mir müsse man verzeihen, wenn der Apfel nicht weit vom Stamm landet. Damit war ich schon früh der Verpflichtung enthoben, anständig werden zu müssen.

Ich möchte daher die Gelegenheit nutzen, der fragwürdigen Moral der katholischen Kirche meinen innigsten Dank auszusprechen. Es waren ihre Verbote, die mich auf direktem Weg in die Faszination des weiblichen Geschlechts lockten.

»Das Schwein vergisst als Erstes, dass es auch mal ein Ferkel war.« Diese simple Tatsache – ein gern benutztes Zitat meines Großvaters – hatte schon immer fatale Folgen. Dieser Satz hat meiner Autoritätsgläubigkeit schon sehr früh den Todesstoß versetzt. Lebensziele und Sinnfindung waren für mich schon früh mit dem Makel der Erpressbarkeit verbunden und die Familie sehr oft der Erfüllungsgehilfe.

Wahrnehmung: ein herrlicher Begriff im wahrsten Sinne des Wortes. Meine Mutter hat sich die Wahrheit, wenn möglich, immer so zurechtgebogen, wie sie es brauchte, was dazu führte, dass sie mich zum perfekten kleinen Lügner ausbildete. Ihrer verkorksten Weltsicht zufolge hatte die Lüge mehr als nur eine Berechtigung.

Sie war das Florett der Benachteiligten, reine Selbstverteidigung, moralisch einwandfrei.

In der völligen Abhängigkeit, in der man sich als Kind zweifellos befindet, sieht man den Gewachsenen aus der Froschperspektive direkt in die Seele. Als Erwachsener hat man das meist vergessen und glaubt, man könne ihnen etwas vormachen.

Die Gutmütigen unter uns, zu denen ich gehöre, verziehen ihnen generell, weil selten Böses hinter allem steckte. Die Gebeutelten nahmen ihr berechtigtes Misstrauen mit auf die Reise durchs Leben.

Es braucht gute Väter, um aus Jungs glücksfähige Menschen zu machen. Sonst versuchen sie, dem Leben ständig zu beweisen, dass sie es verdient haben. Für Söhne ist die Abwesenheit von oder gar die Ablehnung durch den Vater eine Narbe, die oft ein ganzes Schicksal dominiert. Ich habe allein durch Drogen früh einige Freunde an diese nicht verheilende Narbe verloren.

Es gab die, die redeten, und die, die schwiegen. »Ich weiß noch genau« ist ein Halbsatz, der mich meine ganze Jugend begleitet hat. Für die, die redeten, war diese Eröffnung ein Startpunkt, um das Gefühl, dass einem jemand zuhört, zu genießen. »Ich weiß noch genau« – das war wie das Heben des Taktstocks zu Beginn einer Ouvertüre in einer hoffentlich neuen Variation. Das nachzuerleben kann ein Roman nur unvollkommen einfangen. Um wie viel kunstfertiger muss eine Beschreibung sein, um auch nur annähernd das Gefühl zu erzeugen, das ein Erzähler in sich trägt.

Ich habe schon als Kind immer sehr genau beobachtet, wie sich die Geschichten, die Anekdoten im Lauf der Zeit verändert haben. Wie aus Anklängen Gewissheiten wurden und aus Nebenrollen Hauptdarsteller.

Wohingegen die, die schwiegen, fast immer exakt dieselben Worte benutzten, um abzuwehren, was sie nicht fassen konnten. Nach dem Krieg waren es viele, die so wortlos waren.

»Ach, Junge!« Es waren immer dieselben zwei Wörter, mit denen mein Vater auf Fragen nach seiner Vergangenheit antwortete. Merkwürdigerweise verrieten mir diese beiden Wörter mehr, als die ständig sich ändernden Versionen meiner Onkel, die sich dabei die immer wieder auftauchenden Ängste von der Seele redeten, bevor sie sie in Bier und Schnaps ertränkten.

Alkolhol war ein Ventil, das es leichter machte, eine Vergangenheit zu haben. Besoffen vor Trauer, um wieder lachen zu können. Ein einziger Schwebezustand im schnell wachsenden Wirtschaftswunder. Schon damals nahm die technische Entwicklung ein Tempo auf, das letztlich von dieser Zwischenkultur, von dieser Zweckheimat nichts übrig ließ. Der Pott von damals findet nur noch im Museum statt.

Heute fällt es mir schwer, die Gefühle, die eigentlich damit verbunden sein müssten, zu rekapitulieren. Es riecht wie überall, und der Himmel ist so blau wie überall, aber Arbeiter sieht man kaum noch. Dafür jede Menge Facility-Manager.

Selbst das glücklich duftende grüne Bayern meiner Kindheit hat die Spuren der Erinnerung verwischt. Die Großonkel und -tanten, die das Gefühl von absoluter Bodenständigkeit garantierten, haben die Idylle mit ins Grab genommen. Heute ist Pöttmes sauber und wirklich schön hergerichtet, aber man hat die Patina des Marktfleckens wegpoliert. Meine Nase jedenfalls findet dort keine Spuren mehr.

Obwohl es schöne Begegnungen gab, war ich jedes Mal danach verunsichert, ob diese Fragmente meiner Vergangenheit wirklich etwas mit mir zu tun haben. Was mich zu der Überlegung bringt, eigentlich immer nur Gast gewesen zu sein an den Orten meines Lebens.

Der Versuch, aus allem ein Lebensbild zu stricken, hat stets etwas Makrameehaftes. Es hat viele Löcher, durch die der Wind pfeift, und der Unterschied zwischen Realität und Wahrnehmung verliert sich in der Anmutung, Erinnerungen durch ein Sieb zu streichen, um sie flüssiger zu machen und die Verschmutzungen der eigenen Fantasie herauszufiltern. Der Brei, der aus alldem entsteht, lässt sich dann in jede Form gießen.

Eine davon ist Paul. Er ist die Inkarnation meiner Wahrnehmung. Ein typischer Zeitgenosse, der wie ich versucht herauszufinden, was das Ganze zusammenhält. Getrieben von der Neugier an sich und hoffnungslos verliebt in die Möglichkeit, dass irgendwann alle erkennen: dass das Paradies die Welt ist, in der wir leben.

Paul ist mutiger, als ich es je war, und charmanter, als ich es gerne gewesen wäre. Er ist mir immer wieder begegnet im Laufe meines Lebens, und er hat jedes Mal einen Eindruck hinterlassen, an dem ich mich gerne orientiert habe. Er sah immer anders aus, was ich beruflich ja auch versuche, nur bei ihm ist es noch intensiver, er schafft es tatsächlich, andere zu sein.

Ich verdanke ihm viel, und sein Glaube an das Gute hat aus mir einen glücklichen Menschen gemacht.